シーボルトの親友

Beste Vriend

中野和久

長崎文献社

もくじ

装画　赤間龍太
装幀　酒村勇輝

シーボルトの親友

Beste Vriend

一、米沢の流人阿蘭陀《おらんだ》通詞・吉雄忠次郎

町医者の吉田元碩《よしだげんせき》は眼前の男に問いかけた。

「つまり、この書物にありますように、肺の役目というのは血液を浄化し、言葉の調子を整え、汚物を体内から排出することですか？」

男は瞑目したままだった。整った総髪の元碩に対し、伸びきった髪を後ろで束ね、無精ひげが頬まで広がっている。布団に横になったまま小刻みに咳をすると静かに答えた。

「少し、違うと思います……。呼吸で吸い込んだ新鮮な気が血に溶け込んで体を巡るというのは間違いないと思いますが、血液を浄化するのは腎臓だと。そして、取り除かれた不純物は小便と混ざって体内から出されるとも、かの先生は仰っていました」

「なるほど。たしかに腎臓は膀胱とつながっていますからな。では、この『解体新書』はもう中身が古いということになりますかねえ」

元碩は、かなり使い古された感じのする解体新書を口惜しそうに捲《めく》りながら言った。

男はようやく薄く目を開いた。気怠《けだる》そうに体を起こしたが、顔をゆがめるとすぐさ

ま体の向きを変えて布団を肩から羽織った。また咳が出る。部屋の中だというのに、吐き出される息はうっすらと白い。

「その書物が世に出たのは安永三年（一七七四年）で、もう五十年以上前です。しかも原書の『ターヘル・アナトミア』を翻訳した中心人物の前野良沢先生もオランダ語をまだ十分に習得してはいなかったと存じております」

「はあ。そのことはわたしも聞いたことがあります。杉田玄白先生らと苦心して翻訳に三年以上もかかったそうですね」

「はい。そうしたまさに手探りとも言えるなかで、数年もかけて翻訳と書の刊行を行ったことは大変な偉業であることは間違いありません。しかし誤訳も少なからずあったことから、五年ほど前に重訂版が出たと耳にしましたが」

言って男は鼻をすすると、枕もとの湯呑茶碗を手にした。だが中身はただの水である。

「ええ。それも知っていますが、わたしのような身分の低い医者には手が届きません。この書は杉田玄白殿に師事され、その後に米沢藩の侍医まで勤められた高橋桂山様がお持ちになっておられた物を最近譲り受けたものでして」

男の顔つきが少し変わった。

「その高橋桂山というお方は、もしや長崎にも修学されたことがあおりで？」

「ええ。そのようにも聞いております。しかし桂山様は一昨年お亡くなりになりまして、今はご嫡男の松丘様が跡を継いでおられます。この書は、その松丘様から縁あって先日、私が頂戴したのです。すでに重訂版も持っており、遺品整理の一環としての意味合いもあるようでしたが」

男は視線を落とした。

「そうですか。桂山殿は亡くなっておられたのですね。聡明で気のお優しいお方でしたが」

今度は元碩が眉を寄せる。

「桂山先生をご存じで？　そう言えば生前、先生から貴方の様子を尋ねられたことがあります。――長崎から来たオランダ通詞、吉雄忠次郎はどうしているか、と」

その男、忠次郎は手に息を吹きかけ、ゆっくりとこすり合わせながら答えた。

「桂山先生がお若い時に長崎へ修学した際、オランダ外科を教授したのが私の伯父である吉雄献作という者です」

元碩は目を見開いた。

「そのような繋がりが……。それで、貴方は桂山様と長崎での面識があったのですね？」

「はい。当時私はまだ十二、三の子供でしたが、本家の屋敷で毎年開かれるオランダ正月の宴の席でお目にかかったことがあります。私がオランダ語で挨拶をしましたら大変感心して頂き、お返しとして米沢の方言を教えてくださいました」

「ほう。例えばどんな？」

「随分昔のことで、もうほとんど覚えてはおりませんが、出てきたオランダ風の料理を前にして『私は、くちばしが長い』と何度も言われていたのが印象に残っています。どんな意味だったかは失念してしまいましたが」

元碩が破顔して言った。

「くちばしが長いは、わたしが修学した江戸でも通じませんでしたからね。九州ではなおさらでしょう。それは御馳走が出た時に、頃合いよく現れた人に使う言葉なんです。でも、けして悪い意味合いではありませんよ」

「そうでしたか。私はてっきり、鳥が長いくちばしで餌をついばむのを想像していました。つまり、がつがつ食らうというような意味合いかと」

元碩が膝を叩いて笑った。つられて忠次郎も珍しく口元を緩めた。

「それにしても、忠次郎さんの家系は名のある通詞や蘭方医がたくさんいらっしゃるのですね。あ、たしかこの書物の序文を書いている方も吉雄姓だったと……」

元碩は解体新書の序文が書かれている巻を開いた。その内容は、前野良沢や杉田玄白の師として彼らの奮励努力に対して最大の賛辞がしたためてあり、その序文の最後には『阿蘭陀訳官西肥　吉雄永章　撰』と名が記されていた。

「それは先ほど申した我が伯父、吉田献作の父親で、吉雄耕牛の諱《いみな》です。私からすれば祖父の兄、つまり大伯父となります。もう他界して三十年にはなりますが」

元碩が半ば呆れ顔になる。

「もう、すごいとしか言いようがありませんな。まあ、その血統を受け継ぐ貴方のこれまでの功績を鑑みても、御一族の秀抜さは十分に納得できますが」

朗らかに話す元碩とは正反対に、忠次郎の顔には影が差していった。

「わたしが知っているだけで貴方は、長崎ではオランダ語のほかにエゲレス語も習得し、幕府の江戸天文台詰通詞を勤めておられた。また常陸の大津浦にエゲレス船が来航した際も応接通弁に当たったと聞いています。ほかにも数々の訳書を――」

「もう、やめて下され」

忠次郎は話を遮ると強く咳き込んだ。すかさず元碩が背中をさすったが、忠次郎はさらに声を絞り出して言った。

「私は、一族の面汚しです。そして、幕府から永牢を申し付けられた重罪人です。ですからこのような長崎、いや江戸からも遠く離れた出羽国、米沢の座敷牢にいるのです。買いかぶりはやめていただきたい」

元碩は忠次郎の両肩に手をかけた。

「まあ、落ち着いて下され。あまり興奮するとお体に障ります。わたしが余計なことを喋り過ぎました。申し訳ございません。さあ、もう横になりましょう」

忠次郎は苦悶の表情を浮かべながら床へ入った。元碩が諭すように言う。

「あまり思い詰めてはいけません。貴方の所為もいつかは是認され、恩赦が出る日が来ることもあるやもしれません。希望を持つことです」

元碩の言葉に忠次郎は固く目を閉じたまま、

「このようなことになるのなら、いっそ高橋景保様のように死罪になったほうが……」

と呟くと布団を頭から被り、黙りこくった。元碩はため息を吐くと、持ってきた薬箱の引き出しを開け、紙包の漢方薬をいくつか取り出した。

「それでは本日はそろそろ失礼します。帰りに喘息の薬を番人に渡しておきますので、きちんと服用してください。今回はずいぶんと虚労の症状が見られますので黄耆建中湯《おうぎけんちゅうとう》も処方しておきます。効能については、心身の疲労と上気を納め……。いや、医術にもお詳しい貴方には説明の必要はありませんね」

忠次郎は体を丸めたまま無反応だった。元碩は自分まで悄然とした気分になり、薬箱を風呂敷に包むと立ち上がった。

「外はこのところずっと雪景色です。暖が取れないのはさぞかしお辛いでしょう。上番を通じて、藩に治療の名目で火鉢を置くように具申しておきましょう。ではまた」

と元碩が立ち上がった時、ようやく背後から「かたじけのうございます」と、くぐもった声が聞こえた。

米蔵を改築した座敷牢がある福田町の石坂廣次宅を出た元碩は、雪に覆われた道を藁沓《わらぐつ》で踏みしめながら、忠次郎の体を心配していた。

正月を過ぎたころから忠次郎の容体は一層悪化している。持病である喘息が、この雪国という土地柄により高ずるのは致し方ないにしろ、日増しに精神が不安定な症候も顕著になってきている。

忠次郎が江戸で永牢と決せられ、米沢の上杉佐渡守勝義へ御預けとなって優に二年半が経っていた。その罪状は、出島のオランダ商館医師シーボルトが、当時の書物奉行兼天文方筆頭の高橋景保などから禁制の日本地図や書籍類の贈答を受けた際、忠次郎がそれらの取次をしたというものだった。

また忠次郎以外にも、シーボルトと特に親しかった通詞、馬場為八郎や稲部市五郎も同じような罪状で永牢となり、馬場は出羽国亀田藩に、稲部は上野国七日市藩に護送されていた。最も刑が重かったのは高橋景保の死罪だったが、高橋は判決が出る前に投獄されていた伝馬町牢屋敷にて連日の詰問がたたって獄死している。

一方、出島のシーボルトも帰国の際に密かに持ち帰ろうとしていた地図などの禁制品を長崎奉行所から押収され、帰国を差し止められた上に長期にわたって厳しい取り調べを受けた。のちに国外追放、再入国禁止という外国人に対する最も厳しい処分を受けている。

このように、いわゆる『シーボルト事件』は幕府を揺るがす大事件となり江戸、長崎において連累者も多数に上ったと元碩は聞き及んでいる。しかし、一連の事件に対して腑に落ちないところがあった。

末端の連累者は別として、幕府の要職に就いていた高橋景保や、通詞のなかでも高位である大通詞の馬場や通詞目付だった忠次郎までもがシーボルトに加担している。しかも扱った品々が禁制の物で、それが幕府に発覚してしまえば、重罪となるのは火を見るよりも明らかなはずである。

忠次郎らは、なぜそんな危険を冒してまでシーボルトに協力したのか？　余程の報酬があったのか？　いや、忠次郎はそのような金品に釣られる人間には見えない。むしろ実直を絵に描いたような男である。

シーボルトはオランダ商館医として日本に来たそうだが、商館長らと『江戸参府』という四年に一度の将軍に拝謁して献上物を呈する行事に参加した際は、定宿の長崎屋で医師をはじめ地理学や植物学などの先駆者らと面談していたと、当時江戸に修学していた医師仲間からも耳にしている。そうしたなかで、シーボルトは日本の幅広い見聞と禁制の品を収集する工作を行っていたのだろうか。

しかし、賢明で名高いシーボルトなら、それがご法度だとも分かっていたはずである。

――いったい、あの者の真の目的は何だったのか？

元碩は、自分自身のなかにある懐疑心を解くためにも、また忠次郎の心を開かせて少しでも快方に向かわせるためにも、謎の多いシーボルト事件を考察したいと思っていた。だが、これまでも忠次郎は事件に関することになると口をつぐんでしまう。

忠次郎の体への負担を考えれば無理はできないが、心を病んでいる者を単に乱心とか癲狂《てんきょう》などと一括りし、監禁したり薬で気を静めるような処置だけでは治るものではない。まずは、心のしこりを引き出すことだと元碩は考えている。

今日『解体新書』を持参したのもその一環だったのだが、逆効果に終わった。

――さて、この次はいかように接するか……。

元碩は、強くなってきた北西の季節風に背を丸めながら家路についた。


翌日から大寒波が襲来し、藩の牢獄では風邪などの罹患者数が急増したため、元碩は多忙な日々を送った。元碩は町医者の身分だったが、米沢市中では元々評判が高かった。そして、修学先の江戸で二宮桃亭に師事して帰藩後は、藩から徒罪者《ずざいしゃ》の治療を仰せつかるようになり、文政八年の痘瘡《とうそう》流行時には療治に挺身し、御賞にあずかった人物でもあった。また他藩の宿泊人の治療など、宿場医の仕事も託され、そのような理由から忠次郎の治療も命ぜられていたのである。

　元碩は忠次郎の具合を気にかけていたが、泊りがけの看病など激務を余儀なくされ、福田町の座敷牢に足を運べなかった。もっとも、容体が急変した場合は藩より知らせが来ることにはなっている。仕事が一段落し、忠次郎の元へ出向いたのは前回より五日後だった。

　ずっと空を覆っていた薄墨色の雲から久しぶりに晴れ間がのぞいていた。道端に積まれた雪はまだ人の背丈ほどだったが、藩から此度の役料も下付され、気分がいい元碩は途中で買った菓子折りを携えて忠次郎を尋ねた。

　座敷牢がある蔵へ入ると、わずかだか暖気があった。番人用の狭い板間の前に小ぶりな火鉢が置かれている。元碩が番人の竹田又七という足軽に挨拶をすると、又七は顔をほころばせた。

「いやぁ、ちょうど風邪気味だったんで火鉢が置がれで助がってっず」

　元碩は眉を寄せた。

「はあ。しかしわたしは、忠次郎さんのために火鉢を所望したのですがね」

又七は鼻を啜ると木格子を指した。

「上役から、火の気のあるものば牢の中には入れてはいげねど言われだど。まあ『掟』だから仕方ねだべ」

元碩はため息交じりに頷いた。幕府から通達されているというその掟の内容とは、牢では煙草はもちろん火入れは許されず鼻紙以外の紙や筆墨も与えてはいけなかった。また食事も魚類を出す場合は骨を取り除かれたものでなければだめであった。ほかにも団扇《うちわ》は柄の短いもの、手ぬぐいも短いものしか使えなかったり、髪結は月代を剃ることを許されなかった。その上、常に見張り番から監視されており、これらは自殺の防止のためであろうが、これでは生きる屍となるのは当然である。

「その掟も少しは緩和してよいかと思いますがね。あの通り、寝たきりなのですから」

「さあ、おらに言われでもどうにもなんね」

肩をすくめる又七に元碩は苦笑すると、羽織の袖の中から紙包を取り出した。

「来る途中で菓子を買ってきました。よろしかったらどうぞ」

又七は包を開くと相好を崩した。

「こりゃどうも。家の者喜ぶっす。あ、でも今日のお役目終わるのは日が変わるごろだがら、帰ってもみんな寝でるな」

「お住まいはこの近くでしたね。わたしは一刻はおりますから。これから届けられたらどうです？」

「いや、でも……」

「わたくしがしっかり見張っておきますから」

元碩の言葉に又七は暫く思案したあと、

「では、少しの間お願いすます。んだげんと、先生が牢さ入れば鍵はかげさすてもらいます」

「はい。それは承知です。ごゆっくりどうぞ」

元碩が牢へ入ると又七は牢に施錠し、いそいそと出ていった。二人のやり取りを横になったまま聞いていた忠次郎が口を開いた。

「火鉢の件、ありがとうございました。元碩先生のおかげで、少しは楽になりました」

「それはようございましたな。今日は、米沢の銘菓をお持ちしましたよ」

元碩が風呂敷から菓子折りを出すと、忠次郎はむっくりと起き上がった。咳をして頭を下げる。

「いつも気を使って頂き、すみませぬ」

「いやいや、なんの。これは『氷雨の松』と言う菓子でしてね。当地でよく採れる青畑豆という大豆を粉にして砂糖や水あめを加えて練ったもので、献上菓子でもあります」

元碩は、説明しながら棒状の菓子を和菓子楊枝で斜めに切って忠次郎に渡した。

「ほら、これを三つ並べて立てると門松のように見えるでしょう?」

「ふむ。確かにそうですね」

と忠次郎は菓子を口に入れた。

「うん、甘い。味は、きな粉に似ていますね」

「ええ。まあ、きな粉も大豆の粉ですからな。しかし、長崎は白砂糖が豊富にあってカステイラなどという美味な南蛮菓子もあるとか。一度賞味したいものです」

長崎という言葉を耳にしたとたん、忠次郎の顔は曇ったが、元碩はあえて話を続けた。

「長崎にはシーボルトさんが開いた鳴滝塾という蘭学全般を学べる場があったそうですね。塾生は日本全国から集まり、この米沢からも何人かが修学しています。わたしもぜひ行きたかったのですが、財力も知力も不足していましたので、修学も江戸どまりです」

元碩は忠次郎の顔色を見ながら話をしたが、その表情は硬いままだった。

「忠次郎さんもそこで何か学ばれたのですか？　いや失礼、貴方だったら師範代ですね」

忠次郎は、水を一口飲むと静かに言った。

「鳴滝塾が開かれた文政七年は、私は江戸の天文台に勤めておりました。文政九年に天文台の職を解かれて長崎に帰ってから、二年ほど通詞の仕事の傍らシーボルト先生の研究の助手のようなことはしておりましたが……」

「ほう。研究、ですか」

元碩は平静を装いながら忠次郎の話を頭の中で整理した。シーボルトが出島の商館長たちと江戸に来たのは文政九年の春である。江戸にはひと月以上滞在したらしいので、その間に天文台で通詞もしていた忠次郎とも会っているはずである。そして、シーボルトが長崎へ帰った直後に忠次郎も天文台の職を解かれて帰崎している。これは単に偶然なのか？

元碩は、この時とばかりに核心を突いた。

「シーボルトさんは日本の地理や動植物のこと、歴史や宗教、風俗に至るまで研究していたと聞いています。なぜそこまで日本の事を調べる必要があったのでしょうか?」

忠次郎は少し間を置き、視線を外して言った。

「あのお方は、医者というよりは万有学者でした。途方もなく広く、深い知識と探究心を持ち合わせていた。しかしその結果、不幸な事件を招いてしまったわけですが……」

元碩は腕を組み、訝しげな顔を作った。

「わたしには、シーボルトさんは学者としての領域をずいぶんと超えていたように思えますね。国禁を犯し、たくさんの人たちを巻き添えにしてしまったのですから」

忠次郎は沈うつな顔つきになった。

「確かに江戸でも各方面の著名人をはじめ、色んな方と面談をなさっていました。しかしそのなかで、あの方は医術だけでなくヨーロッパや世界の情勢を伝え、ご自分が修得されている科学分野まで惜しみなく教示されていました。あのお方は、けして私利私欲で……」

話の途中で忠次郎は咳き込んだ。元碩は横になるように言って脈をとった。かなりの速さになっている。これでは逆効果ではないかと、元碩は性急な態度に出たことを自省した。

だが、少なくとも忠次郎はシーボルトのことをあまり恨んではいないようである。連座して裁きを受けた他の者もそうなのだろうか？　ならばシーボルトという男は、人の心をつかむのがよほど上手いのだろう。そしてそれは、人望が厚いという事にもつながる。元碩は、事件の内幕よりは、まずシーボルトという人物をもっと知りたいと思った。

薬を処方しながら忠次郎の呼吸と脈が落ち着くのを待った。あまり感情を高ぶらせてはいけないが、番人がいては事件についての話はしづらい。

「薬は先日と同じもので良いかと思いますが、ほかに何かご要望があれば言ってください」

元碩の問いかけに、忠次郎はうつろな目で答えた。

「以前もお願いした『メルク』は、まだ手に入りませぬか？」

「あー、牛の乳ですね。あいにく今、乳が出る牛がこの辺りにはいないようなのです。春になり、牛の出産時期になれば用意できると思いますので、もうしばらくお待ちください」

「……では、長崎からの文は？」

元碩の手が止まった。忠次郎の方から長崎という言葉が出るのは珍しいことだった。

「その件なら先日、伊東殿にもお尋ねしましたが、まだ返事が来ないようです。何分この大雪ですので、飛脚も足止めを食っているのかもしれません」

伊東とは、伊東昇迪《しょうてき》という藩医のことだった。シーボルトが江戸滞在中に面談した将軍家斉の御典医だった土生元碩に師事しており、その関係でシーボルトとの対面の機会を得ていた。昇迪はその後、土生の薦めもあって鳴滝塾の門人になった。長崎ではシーボルトに認められ、特別に出島の出入りも許されるほどだった。

米沢に帰藩後は二十代半ばで外様外科に登用され、シーボルトから伝授された眼科で腕を振るった。また本人も長崎遊学時のことを誇らしげに人に語ることもあった。しかしシーボルト事件において、師の土井元碩がシーボルトから散瞳薬の調合法を教えてもらった礼に葵の紋の入った帷子《かたびら》と小袖を贈ったことが発覚して改易の処分となってからは、その連座を恐れてか沈黙するようになった。

また長崎では忠次郎ともシーボルトを通じて幾度となく接触はあったはずだが、互いに名を出さぬよう注意を払っている様子だった。

だが昇迪もシーボルトには恩義を感じており、また忠次郎にも同情の念を抱いているようで、昇迪の長崎での友人を介して忠次郎の身内の様子を探り、文を送ってもらうという元碩の提案を承諾してくれた。

「いや、私のことなど、もう忘れ去られてしまっているのでしょう……」

忠次郎は薄暗い天井にかけ渡されている梁を見遣りながら言った。

「そんなことはありませんよ。伊東殿も文は確かな人物に出したと言われていました。吹雪もおさまりましたし、じきに届きましょう」

忠次郎は、いつものふさぎ込んだ顔に戻っている。元碩は言葉を選びながら尋ねた。

「それにしても、わたしはその才気煥発なシーボルトというお方に感興をそそられますな。信望が厚いというお人柄は伊東殿からも耳にしておりますが、本国ではどのような生い立ちだったのでしょうか？」

元碩は上目遣いで忠次郎を見た。暫し間を置くと、忠次郎は淡々と話し出した。

「出生地ははっきりと知りませんが、ご自分の事を『山オランダ人』と称しておりました。どうもオランダの奥地のようで、確かに先生のオランダ語はかなり訛りがありました」

　実際にはシーボルトはオランダ人ではなく、オランダ政府に雇われた近国のバイエルン王国（のちにドイツとなる）で生まれ育ったため、オランダ語は完ぺきではなかった。しかし、出島へはオランダ人以外は入国できなかった理由から、シーボルトはオランダ人に成りすましていたのである。

「ではここ、米沢みたいな所ですかな。わたしも江戸に出た当初は言葉が通じない場面が多々ありましたからな」

「そうですね。出羽国の言葉は異国の言葉より難解なときもあります。たまに番人から話しかけられますが、分からないことが多いです」

　元碩は頭をかいて苦笑した。

「では、医者になったきっかけというのは？」

「――シーボルト家は、先生の祖父や父親も大規模な学問所で医学の教授職をされていたそうで、当地では名門家系だったようです」

「ほう。それでは吉雄家と同様、由緒ある家柄だったということですね」

　忠次郎はその言葉には反応せず、静かに続けた。

「しかし父親が一歳の時に亡くなったので、先生はキリスト教の司祭をしていた母方の伯父に引き取られて育ったということです」

「ふむ。それは幼少期にご苦労されましたな」

「もちろん父親を早く亡くし、母親とも離れて暮らすという寂しさはあったと思いますが、その伯父殿が非常に教育熱心だったということです。そしてその影響を受けて、先生は学問好きになったとおっしゃっていました」

いつになく忠次郎の目が生き生きとし始めた。やはり忠次郎はまだシーボルトのことを敬愛しているのだろうと元碩は確信する。

「なるほど。伯父殿の所で元々持っていた勉学への資質と才能が開花したわけですな」

「はい。そしてその後、先生は父親らが勤めていた学問所へ進んだわけです」

「当然の成り行きだったというわけですね。そこで医学を?」

「ええ。その学問所は国で最も有能な学者が教鞭を取り、門人も国中から集まっていたそうです。しかも学べるのは医学だけでなく、動植物学や地理学、民俗学などあらゆる自然科学に触れる機会があったということでした」

元碩は、菓子を一つ摘まんだ。

「なんだか羨ましく思いますな。そのような学びの場は、まだ日本にはないでしょうから」

「そうですね。江戸や長崎の蘭学塾でもそこまでは……。しかし、鳴滝塾ではシーボルト先生が幅広い分野の知識と技術を門人に伝授しておられました」

元碩は頷くと、湯呑の水を飲みながら考えた。シーボルトが博識であることは理解できた。事件が発覚するまでは日本人の官民に多大な信頼を得ていたことも納得できる。だが、問題はそこからである。

「なるほど。シーボルトさんの境遇は大体分かりました。されど、日本にはどのようなきっかけで来られたのでしょうね？」

「先生は学問所を出た後に医院を開業したそうですが、アジアやアフリカに渡って博物学や民俗学を研究したいと常々思っておったそうです。そこで親類の伝手を頼ってオランダ軍医総監に口を効いてもらい、出島の商館医に採用されたということでした。正式な肩書は、オランダ領東インド陸軍外科軍医少佐です」

「願ってもない機会を得たわけですね。それで長崎に到着した時、シーボルトさんは幾つだったのですか？」

「ええと、二十七歳ですね。出国した時が三十三歳だったので、日本には足掛け七年はいたことになります」

元碩は目を見張った。

「まだお若い御仁だったのですね。わたしはもっと老練な方かと思っていました」

「確かに歴代の商館医に比べると若いですが、ヨーロッパでも最先端の学識を持ち合わせていたわけですし、来日した際はバタヴィアのオランダ領東インド政庁のカペレン総督からも長崎奉行宛に『すぐれた科学者であるので日本での活動を優遇し、役立たせてもらいたい』と書かれた推薦状を持参していたほどです」

元碩の目の色が変わった。

「その日本での活動とは、具体的にはどのようなものだったのでしょう?」

忠次郎は体を起こし、一つ咳をして答えた。

「当時の長崎奉行は高橋越前守重賢様でした。このお方は以前、蝦夷地の箱館奉行支配吟味役を勤めておられた人で、その在職中に『ゴローニン事件』でロシアと交渉にあたった経歴もありでした。それ故に、外国人に対する知識と柔軟な考えをお持ちだったのです」

ゴローニン事件とは、文化八年（一八一一年）、千島列島を測量中のロシア軍艦ディアナ号が国後島で日本側に薪水の補給を求めた際、艦長のヴァシリー・ミハイロビッチ・ゴロウニンら数名の乗組員が松前藩の役人に拿捕され、二年以上も拘束された事件である。

しかしその発端は、文化元年に長崎で日本との交易を無下に断られた遣日使節だった外交官ニコライ・レザノフの部下が、その腹いせに樺太の松前藩番所や択捉の港を襲撃したことに関連したものでもあった。高橋越前守はその事件を収束させる交渉にあたった人物である。

「つまり、そのお方は外国人の気質を熟知していたというわけですね」

「はい。ヨーロッパ人の気質だけでなく、日本人が遠く及ばない科学力に対してもです。そんな折のシーボルト先生の来日でしたし、長崎の地役人や有力者など多方面からの推薦もあって、出島の外に出て蘭学塾での講義や日本人への治療が認められるようになったのです」

「それはまた格別な待遇ですね」

「ええ。しかも先生は患者から治療費を受け取りませんでした。しかし、患者らは感謝の気持ちとして美術品や工芸品などを贈るようになり、中には珍しい物やら貴重な品もあったので、それは先生も喜んで貰い受けておられました」

忠次郎はいつになく多弁となり、顔を上気させていた。元碩にとっても未知だったシーボルトの素性を聞けたことは大きな収穫であった。だが掘り下げたいシーボルト事件については、まだまだである。

「しかしシーボルトさんの来日当初は、忠次郎さんは江戸で勤仕されていたのでしょう？　初対面はいつだったのですか？」

「それは……」

忠次郎は言葉を詰まらせ、会話は途切れた。無機質な静寂が流れる。元碩が次の言葉を探しているところに又七が戻ってきた。元碩は又七に薬を渡し、その日は引き上げることにした。

元碩が家に着くと、玄関の土間に見かけない藁沓があった。妻が出てきて来客があると告げた。名を聞けば伊東昇迪だと言う。

客間へ入ると、昇迪が火鉢で暖を取りながら茶を飲んでいた。

「これは伊東殿、お珍しいですな」

「お邪魔しております。座敷牢へ行かれていたのですか？　ご苦労様です」

　昇迪は短い挨拶を済ますと、懐より封紙を出した。

「実は先ほど長崎より文が届きましたので、急いでお渡しした方が良いかと思いましてね」

「おお、やっと来ましたか。実は先ほど忠次郎さんとも文の話をしたところでして」

　元碩は昇迪の目の前に正座した。

「封の中身は二つありまして、友人から私宛と、こちらが忠次郎さんの御内儀からです。友人によると鳴滝塾は閉鎖されたようですが、門人たちはそれぞれの郷里や江戸などで活躍されているようです」

「そうですか。色々とお手数をおかけしまして恐縮です」

　元碩は姿勢を正し、忠次郎の分を受け取った。昇迪が念を押した。

「無礼を承知で忠次郎さん宛の分も中身を改めさせてもらいました。御内儀殿は偽名を使い、文面も男に似せて書かれていますが、いずれにせよ文を番人に見つかるとやっかいですので、そこは重々気を付けてください」

「承知しました。これで忠次郎さんも少しは元気になってくれると良いですが」

「あんばいが悪いのですか？」

「ええ。もともと喘息の持病はあったようですが、やはり座敷牢での暮らしは心身共にかなりの負担があるようでして。せめて書物や紙筆を与えることが許されれば……」

と、元碩は藩医でもある昇迪をすがるような目で見たが、昇迪は視線を外した。

「残念ながら藩医の中でも若輩者である私にはどうすることもできません。そもそも、このような取次もご法度なのですから」

元碩は食い下がる。

「わたしは宿場医もやっておりますので、忠次郎さんと同じ罪になったあとの二人の境遇も耳に入ってきます。お二人とも紙筆を与えられ藩医からの医術の相談に応じたり、亀田藩にお預けとなっている馬場為八郎というお方に関しては、大量の私物の持ち込みも許され、寺の境内裏手に小宅まで用意されて住んでいるそうです。その上、時には城下の往来や温泉での入湯まで許されていると聞きました。ならば、我が藩においても……」

「元碩殿」

昇迪は困惑した面持で話を遮った。

「他藩の内情を軽々しく口外するのはよくありません。忠次郎さんの身柄は幕府から上杉家が預かったものなのです。たとえ藩主であっても、簡単に牢での掟を変えることはできるものではありません。今は療養に専念するほかないのです」

「その療養が現況ではうまくいかないので申し上げているのですが……」

失意で肩を落とす元碩に、昇迪が諭すように言った。

「されど、元碩殿がこうやって献身的に尽くされていることは藩内でも評判です。忠次郎さんもきっと感謝されているでしょう。それに、時勢が変われば忠次郎さんの扱いもきっと改善されると私は思っています」

元碩はやるせなさを隠せなかった。

「お言葉ですが、先行きの見えぬことにあまり期待をするのもいかがなものかと……」

「いや、これは気休めで言っているのではありません。ここ米沢は奥羽地方の長崎と呼ばれるほど蘭学が盛んな土地です。そういった所に預けたということは、幕府も忠次郎さんを必要とする機会が再び訪れるということをにらんでいるからではないですか？　我々もそれを期待しましょう」

昇迪は元碩がいつも忠次郎を励ましているような言葉を投げかけた。元碩もまた、忠次郎のように力なく頷いた。


翌日、元碩は徒罪者の治療を済ますと急ぎ足で座敷牢へ向かった。その日は久しぶりの快晴であり、町屋の軒先にある氷柱《つらら》からは水滴が垂れ落ちていた。啓蟄も過ぎ、梅の花も咲き始めて長い冬が終わろうとしていた。

座敷牢へ入ると、又七が火鉢を抱え込むようにしゃがみ込んでいた。

「おやおや、今日は寒さも薄らいでいるというのにどうしたのです？」

気怠そうな顔の又七が鼻声で言った。

「どうも子供の風邪がうづったみだいだ。寒気がすてどうにもならね」

「それはいけませんな。市中では今、流行り風邪が伝播しているようです。悪化せぬようにしないと命取りにもなりかねません」

「はあ。爺さまや婆さまがいっから心配だ」

「ご家族にまだ重い症状の人はいないのですね？」

又七が頷くと、元碩は薬箱を開いて紙包をいくつか取り出した。

「葛根湯です。引き始めならこれを飲んで安静に過ごすのが効果的です。ひどくなった場合は別の薬になりますが」

又七は両手で受け取ると不安げに言った。

「これ、貰えるのだが？」

「はい。藩から徒罪者用に出されるので、十分に持っていますから、どうぞ」

「ありがでえ。じゃあ遠慮なぐ」

「引き始めに服用するのが肝心です。今すぐ家に届けてらっしゃい。そして貴方も飲んで、少し休んできてはどうですか。わたしも今日はここで仕事は終わりですので、どうぞ」

「それは助がります。先生、いつもすまね」

と又七は何度も頭を下げ、元碩と火鉢を座敷牢に入れると施錠して出ていった。忠次郎は二人のやり取りを無表情な顔で見ていた。

元碩は笑みを浮かべながら腰を落とした。

「こんにちは。忠次郎さんの方は、調子はどうです？」

「何も変わりはありません。番人のくしゃみと鼻をかむ音がうるさかったくらいです」

「そうですか。ちょっと失礼」

　元碩は忠次郎の脈と熱を診ながら言った。

「又七さんには悪いですが、風邪を引いていたおかげでまた二人きりになれましたな」

　忠次郎は不愛想に答える。

「また何かご質問ですか？」

「はい。まだまだお聞きしたいことがたくさんあります。でも、今日はその前にこれを」

　元碩は懐から文を出すと、忠次郎の眼前に差し出した。忠次郎は表情を一変させて上体を起こした。

「これは、長崎からですか？」

「ええ。昨日、伊東殿が届けてくれたのです」

　忠次郎は文を受け取ると、目を見開いて文字を追った。

「懐かしい奥方様の字はいかがですか？」

　読み終わるのを見計らって元碩は声をかけた。だが忠次郎の顔色は冴えなかった。

文をだらりと垂らして呟くように言った。

「やはり私はもう、身内からも過去の人、廃残の身と成り果てているようです」

元碩は目を瞬いた。

「何をおっしゃいます。失礼ながら、わたしも検閲の意から文には目を通させてもらいましたが、そのようなことは書かれていなかったと思いますよ」

元碩は文の内容を思い起こした。親類縁者や同僚らもみな息災であり、忠次郎の妻自身にも後ろ盾となってくれる人が現れ、日々の暮らしには不自由していないという内容だった。もちろん、人物名や長崎、出島などという言葉は使われてはいない。忠次郎は少し咳き込んで言った。

「妻はきっと、どこか金満家の妾になったのでしょう。長崎ではよくある話です。それに、私がいなくても出島通詞のお役目も何ら差し支えもないようですし……」

「いや、それは単に万事支障なしということではないですか？　後ろ盾というのも、吉雄家の親族には裕福な家柄が多いでしょうから、きっとそのような意味合いなのでは？」

忠次郎は悄然としてうつむく。

「重罪を犯し、一族に不名誉を与えた私の妻に、果たして援助してくれる親類がいるかどうか。いえ、別に私は妻を責める気持ちはありません。むしろ、申し訳ないと……」

活を入れるように元碩は言う。

「確かに書き方には限りもあって正確な趣意は分かりませんが、そう悲観的に受け取ってはいけません。それに、貴方からも何か確かめたい文を出したいのであれば、このわたしが代筆しても構いませんよ」

忠次郎は静かに首を横に振ると、何か断ち切ったような表情を作って顔を上げた。

「それより、まだ私に聞きたいという話は何です?」

忠次郎の意外な言葉に元碩は返答に詰まった。だが、願ってもない機会である。

「その、わたしはシーボルトさんのことをもっと知りたいのです。いや、もっと踏み込んで言えば『シーボルト事件』の詳細を」

忠次郎は真顔で元碩の顔を見詰めた。

「なぜそのようなことを?」

「腑に落ちないことが多いからです。シーボルトさんが身の危険を冒してまで収集しようとした日本の内情や物品のこと。そして重罪になると知りながら協力した、貴方のような知識人や幕府の役人たちの動機と心理をです」

忠次郎は表情を変えない。

「それを知ってどうなされる？」

元碩は再び返答に窮した。しかし、ここで話が途切れるのは惜しいと、必死に言葉をつないだ。

「もちろん、知ったところでわたしにできることなど皆無です。ただ、先ほど申したように事件の真実と、関与した人たちの心の内を知りたいのです」

忠次郎は半《なか》ば呆れ顔となり、

「元碩先生、貴方も変わったお人だ……。しかしその探究心、どこかあの方に似ています」

そう言うと水を飲み、呼吸と姿勢を整えて語りだした。

「あの時は、事件に関与したとされる約六十人のごく一部の人には我欲があったかもしれませんが、ほとんどの人は邪心などなかったと思います。突き詰めるとその先は学術の為、国の為にと言いますか……」

「それは、シーボルトさんにもですか？」

元碩の問いに忠次郎は頷く。

「私の知る限りは。しかし、あの方が日本へ来る前に本国からどのような使命を受けていたのかは定かではありませんが」

「使命？　ということは何か、特別な役目を与えられていたということですか？」

「その点については、私の憶測の部分も多いのですが……」

元碩は座り直し、耳を傾けた。

「幕府に没収された品々、そして先生が特に力を入れて研究されていた中身を再検証すれば、見えてくるものがあることでしょう」

元碩は固唾を呑んだ。忠次郎はその研究にあたり、第一級の協力者である。

「これまで日本へ来た歴代のオランダ商館医の中にも、ケンペルやツュンベリーのように帰国後に日本の研究成果を出版、発表した人はいたようです。シーボルト先生も当然、その書物は参考にされていました。そして、それらを超える内容を目指していたはずです」

「なるほど。しかしその先人たちは、日本から何も持ち帰らなかったのですか？」

「いえ。私もその書物は見せてもらいましたが、動植物の標本はもちろん日用品から工芸品まで数多くの物品を絵図で紹介しておりましたし、日本の歴史や宗教、風俗、政治なども説明されておりました。かなりの資料がなければ書けない内容でしたので、相当な物品を持ち帰っていたことが推測されます」

元碩は前のめりになって尋ねた。

「ちょっと待ってください。その先人たちは、多くの物品を何のお咎めもなく持ち帰れたのですか？」

「はい。そのような記録はありませんでしたし、そもそもオランダ船の入港時の厳密な荷改めに比べ、出港時の荷改めはかなり簡素なのです。よほどのことがない限り、荷物を開いて検《あらた》めることもありません」

元碩は首をひねった。

「では、シーボルトさんの場合は、なぜ御禁制の品が発見されたのです？　わたしの知るところでは、日本全体の地図を持ち帰ろうとしていたと聞き及んでおりますが」

「ええ。しかし、それだけではありません。ほかにも武器や武具、貨幣などの御禁制品もありました。まあ、これらは今までも表に出なかっただけで、多くの先人たちも土産などとして持ち帰っていたとは思いますが。しかし、あの方の場合は途轍《とてつ》もない探究心だったために、江戸参府あたりから幕府に目をつけられていたようなのです」

「――と言うと、日本地図を入手する前からですか？　官民から評判が良かったシーボルトさんが、なぜ？」

忠次郎は暫し思案する素振りを見せたあと咳をし、水で喉を湿らかして言った。

「これからお話しすることは、長崎や江戸の奉行所でも言わなかったことも含まれます。決して口外しないと約束して頂けますか？」

元碩は、忠次郎の目を見て大きく頷いた。

「もちろんです。そして念のために申し上げておきますが、わたしは天地神明に誓って幕府や藩の回し者ではありません」

忠次郎も微笑して応える。

「ええ、信じましょう。では、長崎から江戸参府に出立した文政九年（一八二六年）の一月ころから話を進めるとしましょう。もっとも、私とシーボルト先生の初対面は江戸に到着してからですので、道中での出来事は人伝に聞いたものです」

忠次郎は、江戸参府に同行していた通詞や鳴滝塾の門人たちから聞いた話を要約して語り始めた。

二、江戸参府　男たちの出会い

シーボルトは、江戸参府へ向かうにあたり、かなり早い時期から下調べなどの準備を進めていたのだという。江戸までの旅は、シーボルトにとって日本の資料収集と見聞を広げる絶好の機会であった。またバタヴィア政庁も多額の研究費を惜しみなく支出している。

江戸参府の一行は、オランダ人が商館長ステュルレル、医師シーボルト、そして書記役として薬剤師ビュルガーの三名だった。日本人は検使、通詞、雑役、料理人など総勢五十七名だったが、シーボルトはこれ以外にも助手として門人や絵師の川原慶賀など数名を同行させた。

文政九年一月九日の早朝、一行は長崎の出島を出発した。一週間かけて本州へ渡る海峡がある小倉まで歩いたが、その間にも各方面で地理調査や著名な医師などと面会をした。

まだヨーロッパに詳しく知られていない下関海峡では測量を行って海図を作成し、この下関海峡をシーボルトの研究を後押ししたバタヴィアのカペレン総督に敬意を表してファン・デア・カペレン海峡と名付けた。外国人によるこのような行為は当然禁じられていたのだが、シーボルトの研究に理解があった検使や通詞らは黙認していたという。

下関では一週間ほど滞在し、歓迎と多くの日本人の訪問を受け、病人には治療も施した。また研究課題を与えて先発させていた門人たちとも合流し、塩の製造や捕鯨に関する論文などを受け取った。

下関からは船で瀬戸内海を渡った。船上では緯度・経度の測量やスケッチなどを行い、海図を作成している。

一月二十八日には備前国日比に到着。ヨーロッパでは見られない塩田や塩の製造方法を感心しながら観察した。その後、植物の採集も行おうとしたが、商館長のステュルレルからの急な呼び出しで引き返さなければならなかった。本来はシーボルトの研究・調査を支援する立場にあるステュルレルは、この頃より日蘭両国において優遇され、脚光を浴びていた若き商館医に対する嫉妬心のような感情が芽生え始めていた。その後も何かとシーボルトの行動を制限しようとする。

翌日には播磨国の室《むろ》に上陸し、ここから再び陸路を進むことになるが、その時も抜かりなく姫路城の調査を門人に依頼した。大阪では、市中の見物はほとんど禁止されてできなかったが、要人らと面会し、植物や動物も入手した。そして夜になっても標本やはく製作りを怠らなかった。また京都では宮廷に仕える典薬寮医師の小森玄良と親しくなり、高官を紹介してもらって天皇に関することを聞いたりした。ここでも自分が回れなかった神社、寺院などは門人に調査させている。

名古屋城下の宮《みや》では、医師で植物学者である伊藤圭介らと面会するなど有意義な交流があった。その後も東海道の風土・地理調査に余念がなかった。ちなみにシーボルトは江戸参府にヨーロッパの医療器具はもちろん、緯度や経度を推定する六分儀、気圧計、寒暖計、クロノメーターなどの最新科学機器を持参しており、地理調査に余念がなかった。

また東海道の河川に多くかかっている橋を自らスケッチしたり、造りと規模から興味を持った矢矧《やはぎ》橋では図面を手に入れ、のちに二十五分の一の模型まで作らせている。

二月二四日、シーボルトは掛川の天然寺に立ち寄り、寛政十年（一七九八年）の江戸参府の帰りにこの地で急死した元商館長のゲイスベルト・ヘンミィの墓に参った。

「ほう。異国の地で命を落とすとはお気の毒ですね。旅の疲れがたたったのですかな？」

元碩の言葉に、忠次郎は火鉢で手をあぶりながら言った。

「急死と言うよりは変死だったようです。これに関しては色んな風説がありますので、またあとでお話しします」

翌日、一行は川越人足らの手により大井川を渡った。シーボルトは、ほかにも政治、軍事上の理由でわざと橋をかけていない河川があることに関心を寄せ、旅人が川を渡る風景を川原慶賀に描かせた。

「――そして富士山を測量したりしながら箱根、小田原、川崎を経て江戸に到着したのが三月四日です」

元碩は長嘆息を吐いた。

「ふうむ。とにかくシーボルトさんの行動は用意周到で無駄がないですね。しかも調べる範囲が広くて深い」

「はい。ご本人の熱心さは当然ながら、門人たちをうまく使っています。これは鳴滝塾でもそうでしたが、先生は門人から謝儀を受け取らない代わりに日本の医療や動植物、風土調査などの課題を与えてオランダ語で論文を提出させていました。優秀な者には独自の免状を授与し、また報奨金やオランダの書物、医療器具を贈呈していました」

この斬新なやり方は、門人たちを大いに刺激して奮闘させた。シーボルトもその高水準な論文を添削して自分のものとしていった。元碩も以前、伊東昇迪がシーボルトから貰ったという、立派な道具箱に収められた眼科器具を見せてもらったことを思い出した。

「なるほど、両者の利益にかなうというわけですか。またオランダ語で書かせるというのもミソですな。それにしても、無限のように知識が頭に入るお人ですね」

「そうです。まさに鬼才でした。そして人柄も申し分なかった」

「まったく想像以上のお方ですな……。ところで、忠次郎さんとの初対面はいつだったのです?」

「江戸到着の翌日、三月五日の夜です。私は江戸参府一行に挨拶をするために、妻をつれて日本橋にある定宿の長崎屋へ出向いたのです」

「奥方様と？」

「はい。江戸には長崎から妻を呼び寄せて一緒に暮らしておりました。もちろん、幕府公認です。当日私は非番でしたし、妻も久しぶりに長崎人に会いたいということで付いてきたのです」

きっとおしどり夫婦だったのだろうと元碩は思う。故に文の内容に早合点し、落胆の色が濃く出たのだろう。

「忠次郎さんは事前にシーボルトさんのことをご存じだったのですか？」

「もちろん先生の働きは江戸にも届いておりました。ですから長崎屋へ行っても面会を求める先客が大勢いて、かなり待たされましたよ。なかには以前よりオランダ人と交流のある豊前国の中津侯までおいでになっていましたから」

元碩は意外そうな顔をした。

「大名まで出向いてくるとはすごいですね」

「実は江戸に入る直前に、中津の大殿と薩摩の大殿がそろって大森の休憩宿屋で江戸参府一行を出迎えて歓談されています」

「えらく熱心な歓迎ですね。しかしなぜ、そのような親密な関係に？」

「中津の大殿、奥平昌高様は薩摩の大殿、島津重豪様の次男です。つまり、このお二人は親子なのです。しかも蘭癖《らんぺき》大名として名を馳せておられました。重豪様はこの時、御年八十になられていまして、歴代の商館長とも交流があったのです。もちろん、ヘンミィとも」

「ほう。そんなに長きにわたって親交が……。ところで、らんぺきとは？」

「平たく言えばオランダかぶれとでも言いますか。しかし、蘭学の知識は結構なものだったようです。まあ潤沢な資金と余暇、それに豊富な人脈もありますからね」

元碩が思い出したように言った。

「人脈と言えば島津重豪様は徳川家斉様の正室、広大院様のお父上ではありませんか？」

「そうです。将軍の岳父であるということで、かなり権勢を振るわれていた。また大変な浪費家で、薩摩藩の財政をかなり圧迫させてもいた。オランダ人との親交も深く、江戸参府の帰りにはオランダ製品を蓄えた蔵がある薩摩屋敷に立ち寄るのが習わしになっていました。オランダ側としましても、将軍に影響力を持つほどの重鎮と友好関係にあることは利得につながりますからね」

「ふむ。しかし財政が厳しいのに金のかかるオランダとの交際をする余裕はないのでは？」

「そこは重豪様が立場を利用して幕府から色んな名目で金を無心し、あとは貿易で利を得ていたわけです。それも巧妙な密貿易で」

薩摩藩は宝暦三年（一七五三年）、一方的な幕命による木曽川治水工事に莫大な資金と工事要員の供出を求められた。現地に藩士千人ほどを派遣したが、不当な扱いと過重労働により、幕府側に抗議する形で自害者五十一名、病死者三十三名を出している。その後も桜島の噴火などの自然災害や江戸屋敷の火災も相まって藩の累積赤字は五百万両にも膨れ上がっていた。

それを解消するために重豪が取った方策が、琉球を仲介にした清国（中国）との密貿易だった。もともと薩摩は琉球を通じて清国から唐物を輸入する特権は持っていた。しかしそれは薩摩領でしかさばくことが出来なかった。

そこで重豪は、文化七年（一八一〇年）になると白糸や紗綾、漢方薬種などの唐物を長崎で売りさばくことを幕府に認めさせ、本格的な唐物取引を行うようになった。

さらに天草の商豪を引き入れて体制を固め、大きな利益を挙げていった。

しかし薩摩藩のこのやり方は次第に大きな問題を抱えていった。まず琉球貿易の対価として清国側との取引に使用された昆布、乾鮑（干し鮑）などの俵物はその多くが国内での抜け荷で入手した品であった。また輸入した唐物を密かに新潟などの港で荷揚げするなど次第に違法行為が増していった。

この状況は幕府が管轄する長崎貿易本体に大きな打撃を与える商取引であったため、長崎側の抵抗を和らげるために薩摩藩は多額の資金を長崎貿易関係者にばら撒いていた。だがこれらの所業は幕府にも知れることになり、薩摩藩に対する警戒監視が増していった。元碩が尋ねる。

「薩摩は、オランダとは貿易関係はなかったのですか？」

「小規模な抜け荷（密貿易）は以前からありました。小物だと出島内で通詞などの地役人が手を出し、事が発覚して死罪になった例もあります。また規模が大きくなると、銅などの制限のある貿易の品目を水増ししたり、オランダ船が長崎に入港する前や出港直後に天草付近で『風待ち』と称して停泊し、沖合で物品の受け渡しを行うこともあったようです。しかし、いずれにしろ抜け荷は重罪ですから、やる方も相当な覚悟がいります」

　元碩は、忠次郎も抜け荷に関与したことがあるのか聞こうとしたが、言葉を飲み込んだ。

「それでは、重豪様親子が江戸参府一行を厚遇したのは単に蘭癖というだけでなく、そのような下心があったというわけですか？」

「おそらく。重豪様はヘンミィ以来のオランダ貿易拡充を考えておられたようですから。しかし、オランダ人でも抜け荷に手を出すものはそう多くはないし才覚もいる。だから直接会って、やれそうな人物か慎重に見極める必要があったのでしょう」

「その時の商館長やシーボルトさんにも、その期待を？」

「ええ。しかし商館長のステュルレルはそのような器ではありませんし、シーボルト先生も金もうけには興味がない人でした。もっとも、バタヴィアの総督から高額な研究費用が出ていましたからね……」

　久しぶりに長話をしたせいで忠次郎の声は枯れだした。痰を吐き出し、また水を飲む。

「――失礼。ただし、日本を研究するための江戸での滞在期間延長や要人との面会、行動範囲についての便宜を図ってもらうよう重豪様にお願いはしたようです。そして重豪様も快諾された」

「では、例の地図も重豪様に便宜を図ってもらったと？」

「そこのところは私にも……。しかし少なくとも間接的には効果を得たものだと思います」

　忠次郎に疲労の色が見え始めたため、元碩はその日最後の質問をした。

「あの、先ほどから気になっていたのですが、ヘンミィという商館長の変死は、もしかして重豪様や密貿易と関係があるのですか？」

「そうですね。実はヘンミィが亡くなる数日前に、品川あたりで重豪様はお忍びで専属の通詞を伴いヘンミィと面談しているのですが、当時の商館員らの話によれば、かなりのやりとりがあったということです」

「その時に何か話がこじれでもしたんでしょうか？」

「話の内容は定かではありませんが、密貿易がらみで関係にひびが入り、重豪様が手を下したか、二人の関係と抜け荷を監視していた幕府がヘンミィを危険人物と見なして淘汰した、あるいは追い込まれたヘンミィの自殺説まで、出島では噂話が飛び交いました」

元碩は固唾を呑む。

「つまり、ヘンミィは消されたと？」

ヘンミィの遺体には外傷がなかったため、表向きには病死扱いとなったが、毒殺説が有力と見なされていた。またヘンミィの死からふた月ほど前には、ヘンミィが江戸参府のために留守にしていた出島が原因不明の大火災に見舞われ、商館長の住まいをはじめ主要な建物を消失していた。人的被害では、丸山遊女が避難する際に二階から飛び降りて重傷を負い、またその遊女に付き添っていて逃げ遅れた禿《かむろ》の少女が焼死している。

元碩は訝るような表情を浮かべた。

「しかし、そんな立て続けに起こった不自然な大事件に対して、ほかの商館員たちは訴えに出たりはしなかったのですか？」

「一件とも確かな証拠もなく、またヘンミィの名誉を守るためにも騒ぎ立てはしなかった、というのが建て前のようでしたが、ヘンミィ以外の商館員の中にも密貿易に関与した人物がいたのなら、事を荒立てたくはなかったでしょうからね」

「なるほど。明日は我が身。そう思うと枕を高くして眠れないでしょうからな」

「でも、それだけではありません。ヘンミィの荷物の中から、名村恵助という出島通詞からのオランダ語の手紙が見つかり、そこには『蘭船二艘来るうちの一艘は海中にて仲買する』といった密貿易の打ち合わせをうかがわせることが書かれていたそうです」

元碩は思わず前のめりになった。

「ほう。それは動かぬ証拠では？」

「はい。しかし、密貿易の相手が誰だとは書かれていなかったようです。それで直ちに名村は長崎奉行所に召し取られ、厳しい吟味を受けたのちに出島の門前で磔刑となりました」

「その名村という人は薩摩や重豪様のことを喋らなかったのでしょうか？」

「それは明らかにはされていません。罪状は、奉行所の機密を異国人に伝えて密貿易の打ち合わせをしたという事は不届至極というものでした」

言って忠次郎は水を口に含んだ。

「ふうむ。刑の割には罪状がなにか曖昧に感じますね。それに出島の門前で行われるなど、まるで見せしめではないですか」

「まさにそうです。当時十一歳だった私も市中引き回しにされている名村さんの姿を見ましたが、顔や手足まであざだらけでした。相当な拷問を受けていたと思いますので恐らく白状しただろうと……。また、重豪様とヘンミィの会談の時に通詞をした元出島の大通詞で、重豪様に仕えていた堀門十郎はその後、行方が分からなくなったのです」

元碩は目を見張った。

「まさか、その人も消されたのですか?」

「分かりません。なにしろ行方不明なのです。身の危険を案じて逃亡したかもしれません」

「ふむ。しかし、そこまで内情が分かっていたのに、重豪様には何のお咎めもなかった?」

「ええ。幕府から問い質しはあったでしょうが、薩摩藩の方で罪人を召し取ったので処分したなどと、虚偽の報告でかわしていたようです。そして、重豪様はその後もヘンミィの代わりを探していたことでしょう。そこで高名なシーボルト先生が参加している江戸参府一行に目をつけて近づいたのだと……」

いつのまにか忠次郎の血色が悪くなり、咳が出だした。元碩は横になるように言い、脈と熱を診た。両方ともいつもより高く感じた。

「無理をさせてすみませんでした。しかし、今日はたくさんの話を聞けて参考になりましたよ」

元碩が固い布団をかけると、忠次郎は途切れ途切れに言った。

「ここからです……。シーボルト先生が御禁制の品々をどのように、誰から手に入れたのか。そして、なぜそれが発覚したのか……」

元碩は薬を処方しながら尋ねた。

「それも、話していただけるのですか?」

「私は……誰かに分かってもらいたい。この事件により不幸な境涯となった人々の思いを、その無念さを。そうでなければ、私は……」

忠次郎は両手で顔を覆った。まだ事の全容をつかんでいない元碩には、かける言葉がなかった。

ほどなく番人の又七が戻ってきたので、元碩は忠次郎へ来た文を懐に仕舞い込んで座敷牢を後にした。夕暮れ間近の通りには人気は少く、元碩は雪解けで出来た水たまりを避けながら歩を進めた。

その夜、夕餉を済ませた元碩はこれまでに忠次郎から聞いた話を頭の中で整理した。印象深く残ったのは、シーボルトの莫大な調査内容と蘭癖大名との関係である。そして垣間見える幕府の影。

元碩の知るところによれば、シーボルトがオランダに持ち帰ろうとした禁制の日本地図は、当時の書物奉行兼天文方筆頭だった高橋景保が忠次郎などのオランダ通詞を使ってシーボルトに渡したものだと聞き及んでいる。

それは、伊能忠敬が十七年の歳月をかけて日本中を測量して作られた精巧な地図の写しだったと思われる。ほかにも入手した禁制の品は多々あったそうだが、江戸での滞在中に面会した人物らと照合していけば、事件の真相が見えてくるのではないか。

どうやらシーボルト事件というのは、かなり奥深く、日本側の要人らとも複雑な絡みがあるようである。しかし追究するあまり、忠次郎の病を悪化させるようなことがあってはならない。

元碩は、昇迪へ再び長崎の友人に文を書いてもらい、忠次郎の妻の現状を詳しく調べてもらおうと思った。

春分を迎え雪解けは進み、日中はうららかな陽光が注ぐようになった。だが、忠次郎の容体は芳しくなかった。長崎からの手紙に落胆していた上に先日の往診後、番人の又七から風邪をうつされたようで一時は高熱を出し、喘息の発作もひどくなった。

元碩の懸命な手当により現在は少し落ち着いて会話ができるようにはなっているものの、気力の方は減退が著しかった。本人曰く、寝てもすぐ目が覚めてしまい、悪いことばかりを考えてしまう。そうなると鼓動が全身に響き渡り、胸が締め付けられるような感覚もあると言う。

この症状は江戸に修学していた際に、師である二宮桃亭から教わった気分不快引籠《ひきこもり》とか気鬱《きうつ》という心の病であると元碩は判断した。この病にかかりやすいのは、人からの評価が高く、まじめで責任感が強い者が多いと聞いた記憶がある。重度の場合はほかの病のきっかけとなったり、自ら命を絶つこともあるのだと聞いた。だから、その時に書き留めていた帳面にある処方薬も用意してきた。

元碩はその日、菓子折りまで携えて座敷牢を訪れた。すっかり体調が戻っている番人が笑顔で迎える。

「やあ、又七さんはすっかり元気になったようですね。ご家族の方々はどうですか？」

「はい。先生のおがげで皆元気になっただ。爺様や婆様も先生によろすくと」

「そうですか。ああ、ちょうどよかった。快気祝いとしてこれを召し上がってください。餅菓子です」

　元碩が菓子折りを手渡すと、又七は礼を言いながら訳知り顔を作った。

「先生、この菓子ば今がら家に届げてやっていいすか？」

「もちろんです。固くなると味が落ちますからね。ぜひそうしてください」

　又七は頷き、元碩と火鉢を牢の中に入れると「ごゆっくり」と言い残して出ていった。

　元碩が腰を下ろして言った。

「最近はこちらの心中を察してくれるようになりましたね。まあ進物も必要ですが、菓子で済むなら安いものです」

　番人は又七の他にも二人いて交代勤務となっていたが、元碩はなるべく融通の利く又七が勤務する刻限に顔を出すようにしていた。

　忠次郎も頬がこけた顔で微笑した。

「近頃は火鉢を牢のすぐそばに置いてくれたり、私の体調が良い時は互いに米沢弁と長崎弁を教え合ったりしています」

「そうですか。それは退屈しのぎになりますね。このわたしにもいずれ、蘭学をご教授願いたいですな……。おっと、今日は忠次郎さんにも土産がありますよ」

元碩は腰に下げたひょうたんを差し出した。

「やっと手に入りました。ご所望の牛の乳です。以前うかがったお話の通り、四半刻ほど鍋にかけ、熱燗程度に温めております。ここに来るまでに冷えてしまいましたが」

「おお、ありがとうございます。毒消しが目的ですので、それで結構」

忠次郎は起き上がり、ひょうたんを受け取ると湯呑になみなみと白い液体を注いだ。元碩の好奇な眼差しをよそに、味わうようにゆっくりと飲み干す。

「ど、どのような味がするのです?」

元碩が顔を覗き込むようにして言うと、忠次郎は空になった湯呑を向けた。元碩は苦笑いしながら首を横に振った。

「慣れるとほのかな甘みとコクがあって美味ですし、何よりも呼吸や胃腸の調子を整え、滋養強壮にも効果があります。日本人も常飲するようになればもっと体が丈夫になるはずです。世界では多くの国がメルクを発酵させてカース(チーズ)やボータラ(バター）というものに加工して日常的に食しています」

元碩は顔をゆがめる。

「しかし獣の乳を口にするなど……」

「オランダ人も日本食の刺身は苦手のようですし、タコやナマコも駄目です。醤油すら昔は魚の血と思われていたようですしね」

「ふうむ。まさに『所変われば品変わる』ということですかな。しかし、牛の乳はこれから手に入りやすくなりますのでご安心下され」

忠次郎は丁重に礼を言うと、また横になった。会うたびに体の線が細くなっているのは明らかであった。忠次郎が真剣な眼差をして言った。

「この地へ来て大変お世話になっている元碩先生には何のお返しもできませんが、せめて貴方様が聞きたいというシーボルト事件のことなら、私の知っていることは全てお話しします」

元碩は手を振って穏やかに返した。

「いや、お礼など。しかし、体調が戻られたら蘭学の方もお教えいただければ幸いです」

「……分かりました。私の天命が尽きるまで、出来る限りそうさせてもらいます」

「またそんな弱気なことを。もう春も間近です。暖かくなればきっと元気も出ますよ」

元碩の励ましに忠次郎は、面やつれの表情のまま言った。

「――さて、この間はどこまでお話ししましたかな？」

「はい。シーボルトさんが江戸に到着したこと。それから、島津重豪様の密貿易やオランダ人とのただならぬ関係をお聞きしました」

「そうでしたね。では、私とシーボルト先生が長崎屋で初対面をしたところから始めましょうか」

忠次郎と妻の春香《しゅんこう》がシーボルトと対面したのは、来客が引き払った戌《いぬ》の刻のころであった。もっとも、忠次郎夫婦もその間は長崎から江戸参府一行に随行してきた江戸番通詞や他の地役人らとの久しぶりの再会を喜び合っていたので、退屈はしなかった。

忠次郎夫婦が雑役に案内されて客間へ行くと、シーボルトは疲れた顔も見せずに笑顔で迎えてくれた。終日の接客でくたくたの商館長と書記役はすでに別室で休んでいるとの事だった。

当然シーボルトも同様なはずなのだが、江戸の滞在中に最も重要な調査対象となる幕府直轄の天文方に勤める通詞といち早く挨拶を交わしておくことは優先作業であった。この時、シーボルト三十歳、忠次郎三十九歳であった。忠次郎が右手を差し延べて言った。

「初めまして。私は天文方に勤めております長崎の通詞、吉雄忠次郎と申します。シーボルト先生の御高名は江戸まで轟いておりました。お目にかかれて光栄です」

シーボルトも握手をしながら応える。

「こちらこそ。貴方のご活躍も長崎では有名でした。江戸滞在中は何かとお世話になると思いますが、よろしくお願いします」

互いに好感が持てた初対面であった。忠次郎は妻を紹介し、天文方での蛮書和解御用などの御役内容を説明した。またこれまでにシーボルトと書物奉行兼天文方筆頭の高橋景保が交わしていた文の蘭訳や和訳も手伝っていたことも伝えた。シーボルトも日本に対する熱き想いを語ったりしたが、夜も更けてきたので、その日は半刻ほどの対面で終わった。

その後忠次郎は、景保の従者として長崎屋へ同行して通弁に勤めた。この景保とシーボルトの関係も相互利益の強固な結びつきとなるが、それがのちにシーボルト事件の引き金ともなる。

また忠次郎は非番を利用し、不審がられることもなく個人的にも長崎屋へ出入りしていたが、江戸番通詞らから特にシーボルトへの面会人やその会談内容を耳にしていた。主な来訪者は御典医の桂川甫賢や宇田川榕庵、大槻玄沢などの第一級の蘭学者が多かったが、珍客では江戸で評判の絵師、葛飾北斎もいてシーボルトは風俗画などの図絵の依頼をしている。そのような多彩な顔ぶれの中で、シーボルトはある人物に傾倒しているという。

それは元幕府の役人で、蝦夷・樺太を何度も探検調査した最上徳内という老人だった。この時すでに七十二歳だったが、至って健康であった。この徳内とシーボルトを結びつけたのは長崎奉行、高橋越前守重賢である。

徳内は重賢の蝦夷地における元配下で、世界的にもまだよく知られていない日本の北方に興味を抱くシーボルトに紹介していたのであった。その一方、徳内も年老いているとは言え、かねてよりヨーロッパの測量技術などの先進学術に憧憬の念を持っており、好学の士である二人が親子以上の年齢差を物ともせず急接近するのに時はかからなかった。

三月十日。シーボルトは徳内から蝦夷や樺太の略図をはじめとする資料を内密に借り、気候風土やアイヌ民族のことも聞いた。また徳内とは蝦夷語辞典の編纂《へんさん》まで行うようになった。そうしたなかで徳内は、シーボルトのために元部下であり普請役の間宮林蔵を長崎屋へ連れてきて紹介している。

普請役とは勘定奉行配下で、幕府領及び幕府の管轄した河川の灌漑《かんがい》と用水並びに道や橋などの土木工事をつかさどるものであり、日本中を巡り地形測量や地図の作成なども行う。また、時にはその広大な行動範囲と洞察力から諸藩の不正やお家騒動などの様子を探る隠密の役目も担っていた。

また林蔵は、徳内が引退後に北方調査の任に就いて樺太が島であることを発見した人物だった。そしてのちに、間宮の瀬戸と名付けられたアジア大陸との海峡を発見、横断して黒龍江（アムール川）伝いに交易の街デレンまで足を延ばして調査を行っていた。ちなみに林蔵は伊能忠敬の弟子でもあり、伊能図とも言われる『大日本沿海輿《よ》地全図』の蝦夷から以北の部分に関しては、林蔵の測量に基づくところが大きい。

この話を徳内から聞いたシーボルトは、その探検内容と林蔵に対して強い興味を示し、対面を希望したのである。

良質で真実性の高い北方の話にシーボルトは胸を躍らせながら聞き入った。それらの情報は、恐らくロシア人でさえまだよく把握していない内容だという確信もあった。シーボルトは、徳内とは違って控えめな態度の林蔵に北方探検した地域の動植物について尋ねたが、林蔵はそれらについてはあまり調査を行っていなかったのか言葉少なげであった。しかし逆にヨーロッパにおける日本の北方に対する認知度や、ロシアによる日本侵略の危険性などについて意見を求めてきた。

シーボルトは、ロシアも日本との交易を望んでいるので、現状では大規模な武力侵攻は考えにくいと言い、また北方は入植状況から見てロシアでさえも調査は不十分であろうと推測を述べた。そして、国境については島が多いので単発的な武力衝突は否めないが、正確な地図を基にして国同士の話し合いが望ましいと答えた。

その後も徳内はシーボルトと一緒に蝦夷語辞典の編集を行うという名目で、頻繁に長崎屋を訪れるようになるが、林蔵は姿を見せなかったらしい。

三月十二日。忠次郎は景保と長崎屋を訪れる。元来天文方は、江戸参府のオランダ人より海外の情報を聞き取る役目もあった。景保とシーボルトは徳内同様、文通を行っていたので初対面ではあったが、こちらもすぐに打ち解け合うことができた。シーボルトは景保のことを親しみを込めて、グロビウスというヨーロッパ風の名を付けて呼称していた。景保が満面の笑みを浮かべて言った。

「やっとお会いできましたな。長旅ご苦労でござった。しかし、オランダ人の皆様方に置かれましては、江戸城に招かれるまで宿から出られないのは、さぞご退屈でしょう」

忠次郎の通弁に、シーボルトは微笑した。

「ええ。しかしグロビウス殿、ここでは島津や中津の大殿をはじめ、御典医や蘭学者の方々など毎日大勢の人たちと面会しておりますので、時が過ぎるのは早いです。特に、北方探検をなさった最上徳内殿や間宮林蔵殿との面談は大変有意義でした」

かつて自分の部下であった二人の名前を耳にした景保の顔から笑みが消えた。

「ほう。あの二人がこちらへ？　何故に……」

景保の、どこか訝るような顔つきに忠次郎にもひっかかるものがあった。北方探検、調査の内容は幕府の機密事項である。何かを察したシーボルトが取り繕うように説明した。

「最上徳内殿とは、長崎奉行の高橋越前守重賢様から紹介され、貴方様と同様に以前より文を交わしていた次第でして……」

「なるほど。重賢殿の紹介でしたか」

　景保は少し安堵した表情になった。それならば、機密的な内容は話さないはずであると思えたからだ。しかし、実際はその想像の域を遥かに超えた北方の情報が伝えられていた。

　天文方として対面初日だったその日は、ヨーロッパの情勢も比較的安定していた時期でもあり、特別な話は出なかった。もっとも、江戸参府ではオランダ側が幕府に世界情勢をまとめた風説書を提出するのが恒例となっているので、急かして聞く必要もない。景保と忠次郎は長居することなく長崎屋を辞した。

　三月十四日、シーボルトは土生元碩ら眼科を主とする御典医らの前で散瞳薬を使って瞳孔を広げる実験を披露して喝采を受ける。なかでも土生元碩は、この薬の調合法をしつこいほどシーボルトに尋ね、伝授してもらった礼に葵の御紋が入った帷子と小袖を贈っている。この件もシーボルト事件の吟味中に幕府に知れることになり、のちに改易処分を受けることになる。

　このほかにもシーボルトは新生児の兎唇《としん》を手術したり、複数の子供に種痘するところを見せたりして御典医らの気を引き、江戸滞在期間の延長を桂川甫賢に請願させている。

またこの頃、シーボルトはすっかり意気投合していた徳内に、北方領域や伊能忠敬が測量した日本本土の精密な地図が見たいと願い出た。すると徳内は、それらをはじめ、機密的な絵図や書物などは江戸城内の紅葉山文庫にあり、その管理責任者は景保であると伝え、実現の可能性は低いが景保に頼んでみてはどうかと助言する。

そしてシーボルトは、景保が三回目に訪れた際、思い切った交渉を行う。

「グロビウス殿。私に江戸城の紅葉山文庫にあるという北方と日本本土の精密な地図や、貴重な資料類を見せて頂きたい」

景保とその日同行した測量御用手伝役の下河辺林右衛門、そして忠次郎はシーボルトが紅葉山文庫の存在を知っていることに驚きを隠せなかった。だが、長崎屋に出入りする幕府の要職に就く面々を思い浮かべると、その情報が伝わっているのことに不思議はなかった。しかし、おいそれと聞き入れるわけにはいかない。

「中し訳ないが、紅葉山文庫にある物はすべて最高機密の絵図や文献ばかりである故、承知しかねる」

「難しいことは分かっています。しかし、登城した際に、ほんの少しの間だけ閲覧させてもらうだけでいいのです」

「いや、しかし……」

困惑する景保に、シーボルトはある書物を差し出した。

「もし案内して頂けるのなら、この本を差し上げます。長崎にも使節を連れて来航したことのあるロシアの海軍提督、クルーゼンシュテルンの著書『世界周航記』のオランダ語版です。全四冊で、これらには貴方が興味のある世界の情報が満載です。ご公務にもきっとお役に立つでしょう」

シーボルトは、手にしている本を何枚かめくって見せた。そこには世界各地域の地図や写実的な挿画がふんだんに使われており、日本の地図や文化についてもかなり書き込まれているようだった。つまりそれは、ロシアが日本をどう見ているかも知ることができる内容だということだ。

「蝦夷や樺太については日本の調査の方がかなり上回っていますが、クリル諸島（千島列島）についてはこちらのほうが詳しいです」

当時の世界地図では蝦夷や樺太はまともに描かれておらず、言わば空白地帯でもあった。

景保は息を呑み、

「こ、このような書物は、今まで見たことがない……」

と手を伸ばそうとしたとき、シーボルトは本を閉じた。

「どうです？　私を紅葉山文庫に案内してもらえますか？」

景保は腕を組んで思案した。下河辺と忠次郎も強張った顔でその様子を見ていた。

やがて景保は深いため息を吐いて言った。

「少し、考えさせて頂きたい」

「分かりました。しかし、登城する日まであまり時間がありません。できるだけ早いご返答をお願いします」

「承知いたした」

その日の帰り、景保は下河辺と忠次郎に私邸に立ち寄るよう申し付けた。無論、シーボルトとの交渉の相談である。到着後、客間に通された二人は景保から尋ねられた。

「お主らは先程の件、どう思う？」

忠次郎は顔を上気させて答えた。

「あの書物は、これまでにない世界全体を解説した貴重な物であると存じます。著者のクルーゼンシュテルンは、文化元年（一八〇四年）にロシアからの日本派遣全権大使、レザノフが乗船するナジェジダ号の艦長でした」

「ふむ。あの時は長崎港内で半年も幕府からの返答を待たされた挙句に通商を拒絶され、のちのロシア側による樺太や択捉の番所襲撃事件、そしてゴローニン事件に発展したのであったな。それで日本のことにも詳しいのであろう」

下河辺も緊張の面持ちで意見する。

「国防のため、そしてアメリカやアフリカなど、未知の国々のことを窺い知ることが出来る絶好の機会かと思いますが、シーボルト殿が出された条件については、ご老中などのお許しも必要かと……」

「うむ。だがお主らも知っての通り、幕府は近年頻繁に発生するアメリカやイギリスなどの外国船出没に対して昨年、異国船打払令を出したばかりじゃ。老中をはじめ幕府重鎮の面々は異国人を毛嫌いされておる御仁が多い。故に国の機密をさらすことに賛同が得られるとは思えぬ」

この外国船出没事件の中で忠次郎は、二年前の文政七年に水戸藩領の大津浜にイギリスの捕鯨船乗組員人十二人が、船内に壊血病者が多くいたために野菜や水を求めて上陸した際の通弁にあたった。水戸藩は事情を聴くとやむを得ず野菜類を与え、忠次郎が書いた英文での退去命令を渡した経緯があった。

「では、交換条件を見直していただくとか？」

「それも考えたが、良策が思いつかん。お主らに何か良い考えはないか？」

景保と目が合った忠次郎が先に答えた。

「学者であるシーボルト先生に対しては、金を積んでも無理でありましょうし、紅葉山文庫保管の品々と等価な物は頭に浮かびません」

景保は頷いたあと、声を殺して言った。

「わしもそう思う。しかし、あの書物は是が非でも手に入れたい……。そこでわしは、私的にシーボルト殿を文庫に案内したいと思う」

下河辺が目を見開き、小首をかしげた。

「私的に、でございますか？」

「左様。家斉様の十三男であられる斉衆様のご逝去により延期されていた江戸参府一行の登城は、三月二十五日となっておる。実はその日わしは当番となっており、謁見の行事には直接の関与はなくとも、登城はしておる」

忠次郎と下河辺は、景保の大胆な発想に戸惑う。下河辺が言った。

「お言葉ですが、誰の目にも触れられずに紅葉山文庫までの案内が可能でしょうか？」

景保は二人に顔を寄せて言った。

「当日は謁見行事で、本丸御殿以外の警備は手薄になる。それに、オランダ人は将軍以外にも西の丸下で大納言様や老中、若年寄たちに挨拶回りがあるのだ。それ故に江戸城での滞在は朝から晩まで丸一日となる。もちろんその間には休息の間もあるであろう……」

そこへ下女が茶を運んできた。景保は一口飲んで続けた。

「それに、使節の代表者は商館長《カピタン》のステュルレル殿だ。シーボルト殿ともう一人の書記役は従者のような立場であるから、挨拶回り時にシーボルト殿がいなくとも問題はない」

下河辺は合点がいったように頷いた。

「西の丸と紅葉山文庫は近うございますから好都合でもありますな。しかし、人目の方はいかがいたします？」

「なに。仮に何かを問われたら、シーボルト殿には文庫に多数あるオランダ書の翻訳に助力を仰ぐ、ということにすればよい。書物奉行であるわしが言うのだから、不自然ではなかろう」

「なるほど。それは妙案でございますな」

下河辺は、へつらうように言った。

「通弁の方は、当然ながら使節随行の通詞でなく忠次郎、お主に頼む。それから人数が多いと目立つので、下河辺は物陰に身を隠し、見張り役を頼む」

下河辺は承諾した。上役である二人の視線を浴びた忠次郎は、気乗りしない感情を押し殺して答えた。

「かしこまりました。江戸番通詞には私の方から話をつけておきます」

元碩は忠次郎の容体に気を使いながら聞き入っていた。だが、その日の忠次郎は話が進むにつれて目力が増していくように思えた。咳もいつもより少ない。

「ご気分はどうです？　喉が渇きませんか？」

忠次郎が頷くと、元碩は湯呑にメルクを注ぎながら言った。

「ということは、御禁制の地図などはその時にシーボルトさんの手に渡ったのですか？」

「いえ……。その時は当初の約束通りに絵図を見せただけです。それに原図を渡すわけにもいきません。しかしシーボルト先生は、全ての質の高さに大変驚かれていました」

忠次郎は喉を潤すと再び語り始めた。

謁見の当日、景保は使節一行が西の丸で休息している合間を見て、計画通りの口実でシーボルトを紅葉山文庫に案内することにすんなり成功した。

景保がシーボルトのために用意していた絵図は『大日本沿海輿地全図』『武器・武具の図』『江戸御城内御住居之図』『江戸御見附略図』などであり、いずれも国家の最高機密である。

シーボルトは目を輝かせて言った。

「素晴らしい。どれも想像していた以上の完成度ですね。さすが江戸城の公文書館に所蔵されている価値はある」

さらに、驚嘆するシーボルトに対して景保は得意満面の表情を見せ、間宮林蔵の北方探検を編集、筆録した『東韃《とうだつ》地方紀行』や『北夷《ほくい》分界余話付図』など次々と惜しみなく封を解いていく。これには傍らでその様子を見ていた忠次郎も冷や汗ものだった。

その三日後、使節団は再び別れの謁見のために登城したが、滞在時間が短く紅葉山文庫に行く暇がなかった。しかし、長崎屋を訪れた景保に対してシーボルトは、文庫で見た江戸御城内御住居之図や、樺太から琉球まで入る日本地図、北方などの主要な地図の完全な写しが欲しいと追加要求をしてきた。

「簡単な話でないことは理解しています。しかし、こちらもそれ相当のお返しをご用意するつもりです」

とシーボルトは先日示したクルーゼンシュテルンの『世界周航記』のほかに『世界地理記』『蘭領印度の地図』オランダの『地理書』などを贈呈すると言って実物を見せた。

景保は驚きと困惑で青ざめながらも、一晩考えさせてほしいと申し出た。忠次郎は、景保がなぜその場できっぱりと断らないのか疑問に思ったが、通詞の身分で口をはさむわけにもいかなかった。

その夜、忠次郎は再び景保の屋敷に呼ばれた。部屋には下河辺も先に来ていた。今度は茶でなく酒が出された。しばらく雑談をしたあとに、頬が赤らみ始めた景保が切り出した。

「先ほどの件だが……。シーボルト殿の要求には驚いた。正直に言って文庫に案内したことを後悔したほどじゃ。しかし、わしはどうしても見せられたあの書物類が欲しい。あれだけの物があれば世界の様々なことを知ることができる」

少し酔った忠次郎も率直に考えを述べた。

「確かに大変貴重な品々でございます。それは天文方であらせられるお奉行にとって、いや幕府にとって大いに役立つ書物でございましょう。しかし、御禁制の地図を見せるだけでも危険な行為でありましたのに、写しを手渡すとなると……。それが発覚した場合のことを考えますと、容易には賛同できませぬ」

景保は腕を組み、目を閉じて聞いていた。下河辺が真顔で言った。

「ここはやはりご老中らにご相談し、公式な交換とするのはいかがでしょうか？」

景保は目を開き、低い声で言った。

「お主らも十分分かっておろうが、オランダ商館員はオランダ国の正式な使節ではない。もちろん国の息はかかっておるが、端的に言えば貿易商人である。しかも高名とはいえ、シーボルト殿は医者じゃ。故に国家機密に関わる取引などできるわけがない。いや、仮にオランダ国王の親書を携えて申し込まれても、保守的な重鎮たちは拒むに決まっておる」

　忠次郎の額には汗がにじんでいた。

「恐れながらオランダ人からの物品の受け取りについては、たとえ書物奉行であらせられても幕府に届け出が必要かと存じますが……」

　景保は心得顔で頷くと、薄笑いを浮かべた。

「だからわしは、個人的に交換するつもりなのじゃ。写しは下河辺の配下である図工らに金を出して作らせる。もちろん、シーボルト殿の名は出さぬ。あくまで火災焼失の場合を考えての写しだとする」

　自分の名前が出た下河辺が青ざめた顔で言った。

「では、受け取った書物の保管場所はどうなされるおつもりです？　文庫に置くのなら台帳に載せないといけませんし、内密にしておいても毎年行われる陰干しの際の数合わせで分かってしまいますが」

「その心配は無用じゃ。保管はここ、わしの屋敷にするからな。危ない橋を渡って手に入れるのだからわしが所有して当然であろう。すでに蔵には父の代から集めたオランダの品々が山ほど眠っておる。その一部となるだけじゃ」

忠次郎は、シーボルトと景保の無謀ともいえる言動に不安を抱き始めていた。

「蔵に山ほど……。失礼ながら、それらは全て幕府に届け出を出し、許可を得た物でございますか？」

「得た物も、そうでないのもある。しかし、重豪侯をはじめ、多くの大名や御典医らも昔よりオランダ人からさまざまな品を貰っておろう。幕府もいちいち小物の贈呈までは調べたりはせぬ」

ここで忠次郎は疑問を覚えた。

「しかし、それではせっかく手に入れた書物の内容を幕府に伝えることができなくなると思いまするが？」

「ふむ、そこよ。だから小出しにオランダ人から入手した格別な話として書物より抜粋した文章や絵図の写しを添えて幕府に届ける。さすれば、普段は目立たぬ存在の天文方も上様やご老中らに一目置かれるというわけじゃ」

と、景保は盃をあおった。忠次郎は続ける。

「それからもう一点。シーボルト先生がその地図などを持ち帰り、その内容を書物などにして公表すれば、ヨーロッパ中に広がり、いずれは幕府にも知られる恐れがございます」

「うむ。そこのところは公表までの年数を少なくとも十年以上とし、またその写しも手を加えて全くの同一とならぬよう話をつける。お主は気付かなかったか？　あの見せられた『世界周航記』にはすでに長久保赤水の『改正日本輿地路程全図』が元と思われる日本地図が紹介されていたのを」

　忠次郎は頷いた。その日本地図とは、安永八年（一七七九年）に水戸藩士の長久保赤水という地理学者が作ったもので、伊能忠敬の日本地図のような実測図ではなかったが、蝦夷を除く既成の日本地図や諸文献の比較考証により編纂されていた。当時としては類のない東西の緯線や南北の方角線を書き込むなど、それまで主流であった石川流宣の地図とは比較にならないくらい正確なものであった。

「あの地図もどこから入手したのか分からぬ。いずれにせよ、日本の周辺の地図もいつかは別の誰かが取得し、または作るであろう。永遠に機密にすることなど不可能じゃ。それより日本人では作れぬ世界地図を手に入れる方が幕府にとって重要であるとは思わぬか？」

　忠次郎は、長久保赤水の地図など『世界周航記』に書かれている日本に関する記述や絵図については、クルーゼンシュテルンやレザノフが長崎に来航した際に、おそらく当時のオランダ商館長から資料を手に入れたものではないかと推察していた。当時はまだ出島ではロシア語が出来る通詞はおらず、オランダ商館長のヘンドリック・ドゥーフに間に入ってもらい、互いに話せるフランス語で交渉した経緯があった。

ドゥーフは、日本とロシアに対して中立の立場を見せてはいたが、対日貿易の独占権をロシアに邪魔されはしないか不安を抱き、日本側にはこれまで通りの貿易体制維持の懇願をする一方で、ロシア側には鎖国日本の扉を開くのがいかに困難であるかを誇大して伝えていた。

その上で大国ロシアの機嫌を損なわぬよう、レザノフらが求めた日本の地図を始めとする様々な情報が載った書物や資料などを内密に手渡した可能性は大であった。もっとも、赤水の地図は元来大阪にて木版刷りで出版されており、しかも官選のものではなかったので、各地に出回っていたのである。

忠次郎は、景保の魂胆とも言える目的が分かりかけてきた。元々景保は父親である高橋至時の家督を継ぐ形で今の要職に抜擢されており、恵まれた境遇でもあった。

天文台では天体観測や日本周辺及び世界地図の製作に力を注ぎ、またオランダ語はもとより満州語の翻訳作業にも従事した。

極めつきは景保の監督下で伊能忠敬の『大日本沿海輿地全図』が編纂されたことが幕府に評価され天文方筆頭、そして奉行へと順調に出世していった経緯があった。

しかしながら、景保は上役には媚びへつらい、格下の者に対しては高慢な態度で振る舞うので周囲からの人望は薄かった。また派手な生活ぶりで、部下である下河辺林右衛門の娘を妾同様にしていた。加えて奉行である立場を利用してオランダ製品の横流しで利を得るなど、幕府から不興を買う一面もあった。

そういった人格であったために最上徳内や間宮林蔵のように貧しく、低い身分から地道な努力を重ねて実績と地位を得た者たちとは馬が合わなかったようだ。事実、二人が艱難辛苦の末に達成した北方探検の功績も主に景保が名を揚げる形となっており、のちに二人からは愛想をつかされ、疎遠になっていた。

そのような景保であるから、シーボルトから入手した本も忠次郎を始めとする配下の者たちに翻訳や絵図の写しを作らせ、手柄を独り占めすることは十分に考えられるのだった。

忠次郎に対しては、その仕事の能力を十分に買っていたので邪険な扱いを受けることはなかったが、その分日頃から仕事に無理な要求が多いうえに、今後シーボルトから手に入れた本の翻訳まで任されることになると、とてもではないが手が回らなくなるのは必然であった。この頃より忠次郎も、江戸での暮らしに疲弊し始める。

四月一日。再び忠次郎、下河辺と共に長崎屋を訪れた景保は、シーボルトに対して要求を呑むことを伝え、この時すでに『江戸御城内御住居之図』など数点の写しを渡した。またシーボルトが興味を抱くであろう『北蝦夷図説』、『日本物産目録』など実物も持参して見せた。

「おお、ありがとうございます。この御恩は決して忘れません」

景保の迅速な対応にシーボルトは大変喜び、約束通り交換条件に出していた『世界周航記』などの本や地図類を忠次郎経由で後日渡した。その時に景保が見せた感喜の表情は、まるで喉から手が出るほど欲しかった玩具を与えられた子供の様だったが、その傍らにいた忠次郎は安堵と不安が入り混じった複雑な心境であった。

四月九日。景保は持参した貴重な地図類を見せ、

「『大日本沿海輿地全図』や『東韃地方紀行』は模写に時がかかる故、出来上がり次第、長崎へ送るのでお待ち願いたい」とシーボルトに伝え、了承を得た。さらに景保は、

手渡す地図類の公表時期や書き表す場合の注意点を言い渡し、またその地図の縮尺図をバタヴィアかオランダで五十枚ほど銅版印刷して送ってくれるよう依頼した。シーボルトも了解し、今後も情報交換のために密に連絡を取り合う約束を交わした。

話が一段落し、景保が厠に行くために席を外した時、忠次郎はシーボルトに尋ねた。

「シーボルト先生は随分と日本の調査にご熱心ですね。これまでのオランダ商館員にも日本のことを研究される方はいましたが、先生のように幅広く、特に北方のことまで追究するお方は初めてです」

シーボルトは凝視していた北蝦夷の地図から視線を忠次郎に向けた。

「えと、通詞さん。たしか、吉雄殿でしたね」

「忠次郎で結構です」

「では忠次郎さん。私は大学では医学以外にも動植物学や民俗学、そして地文学も学びました。職業的には堅実的な医師を選びましたが、自分では科学者であると自負しています」

忠次郎は真剣な面持ちで、頷きながら話を聞いた。

「先生が大変な秀才であり傑出したお人でいらっしゃることは十分承知しています。

しかし今回の取引は、いささか行き過ぎと申しますか……。いや、私は幕府に知れた場合のことを心配しているのです。ご気分を悪くされたのなら申し訳ありません。しかし、先生と景保様の御身を案じてのことなのです」

シーボルトは目を見張ると地図を畳に置き、忠次郎に近付いて手を取った。間近で見る青く澄んだ眼差しは、涼風のように忠次郎の琴線に触れた。

「ご心配して下さり感謝します。私は日本の法律のことをよく知らない。だが幕府の高官でもあるグロビウス殿は、それを熟知の上で今回の取引に応じてくれたものと理解しています。確かに公にはできないことだったのかもしれません。しかし私たちは買収を行ったり、誰かを脅迫してもいません。そしてこの件は、日本とオランダ両国家の相互利益につながるのです。そこを分かってほしい」

熱っぽく語るシーボルトだったが、忠次郎は少し違和感があった。最初は自分が科学者であるが故の研究のように聞こえたが、今度は国家ためだと言う。国のための研究とは？

忠次郎がシーボルトに真意を尋ねようとした時、景保が鼻歌交じりに部屋に戻ってきた。

「お？　手を取り合ったりしていかがいたした。シーボルト殿は忠次郎にも何か頼み事をしておられるのかな？　ははは」

　シーボルトは手を離すと、部屋の隅に積まれている江戸滞在中に収集した品々を指した。

「これらの研究材料について、忠次郎さんに分類整理の手伝いをお願いしていたところなのです。私は江戸滞在期間の延長を幕府に請願しています。それが認められた折にはぜひ聡明な忠次郎さんの手をお借りしたいと」

　何食わぬ顔で咄嗟に虚言が出せるシーボルトに、忠次郎は実に冷静で頭の回転が速い男だと思った。景保が心得顔で言った。

「それなら心配ご無用。この忠次郎もまもなく任期を終えて長崎に帰ることになっておりまする。あちらでもきっと、貴殿のお役に立てることでしょう」

　シーボルトは喜色をたたえた。

「では、忠次郎さんとはまた長崎でお会いできるのですね？」

「左様。正直なところ任期を延長させてまでまだわしの側にいてもらいたいが、今後は貴殿との橋渡し役としても活躍してもらいたく、不承不承ながら長崎に戻す次第」

「それは私にとっては幸運なことです。忠次郎さん、長崎でもよろしくお願いしますよ」

二人に挟まれていた忠次郎は、複雑な心境で曖昧な笑みを浮かべていた。

翌四月十日、シーボルトが御典医の桂川甫賢や島津重豪らに根回しをしていた江戸長期滞在の願いが幕府より正式に却下される。これには商館長ステュルレルの妬みによる裏工作や、幕府の漢方医たちが蘭方医に対抗心を燃やしてこの計画を阻止したということをシーボルトは桂川甫賢に聞かされたらしい。

そして翌日、江戸参府一行の長崎への出発が四月十二日と決まる。もっと滞在することができたのなら、日本の調査研究も進み、あわよくば御典医に推挙されるというシーボルトの願いは挫折してしまう。だが、今後も活躍次第では単独ででも江戸に呼ばれる機会があるかもしれないと希望は捨てなかった。

その夜、江戸参府一行の帰崎を聞きつけた徳内が長崎屋にやってきた。二人はそれまでに幾度となく交流を重ねて親交を深めていたが、徳内には自分の高齢を考えるともう二度と会えないかもしれないという思いがあったようだ。徳内はこの時に、小田原まで同行して見送ると言った。シーボルトは徳内の年齢を考慮して丁重に断ったが、頑として聞かない。そして、その理由を説いた。

「貴殿には、私が個人で所有する北方の地図類や文献などを譲渡させていただくつもりでおります。しかし、ここ江戸でお渡しするのは難がある故、小田原あたりの宿ではいかがかと」

思いがけない展開に声が出せないでいるシーボルトに徳内は言葉を足した。

「中には大変貴重な『黒龍江中之洲並天度』の写しもございます」

それは間宮林蔵が作った樺太が島であるという証明の地図である。日本全土地図の次にその地図が欲しかったシーボルトは、嬉しさのあまりに涙を浮かべて正座し、日本式のお辞儀をした。そして、お礼に何か欲しいものはないかと尋ねた。

「金品などは要りませぬ。ただ、お渡しする地図類については、今後二十五年間は表に出さないで頂きたい。それから発表する際は、探検や研究者として私の名前も載せてもらいたく存じます」

徳内は、日本ではほとんど無名のまま人生の終焉を迎えようとしていたが、最後に憧れのヨーロッパで自分の業績が認められることを切望したのである。その熱意を受け取り、シーボルトも約束を守ることを誓った。

暮れ六つの鐘の音が二人の耳朶に触れた。元碩も忠次郎も時が経つのも忘れるほど話に没頭していたのだった。元碩が自分の額をぴしゃりと叩いた。

「ああ、つい遅くなってしまいました。忠次郎さん、さぞかしお疲れになったでしょう？」

忠次郎は少し咳をし、青白い顔のまま微笑を浮かべた。

「はい。少々……。でも、事件の話をしていると溜飲が下がる思いで、体も心も軽くなっていく感じがします」

「そうですか。しかし、話を聞けば聞くほど人間模様が折り重なって、想像していたことよりもずっと複雑な案件だったと感じました」

元碩が率直な感想を述べると、忠次郎は静かに頷いた。

「ここまでの話はまだ事件の前兆にすぎません。シーボルト先生が長崎に戻ってから一年半は平穏な日々が続いておりました。その間に先生の研究は進み、また日本人妻をめとって子供も産まれました。しかし、あることをきっかけに事態が急速に動き始めたのです」

「あること？」

元碩は話の続きを聞きたくてたまらない衝動に駆られるが、忠次郎の容体を考慮してぐっとこらえた。自分の気を落ち着かせるために薬の調合をしていると又七が戻ってきた。

「いやー、すっかり遅ぐなってすまって申す訳ね。ちょうど忠次郎さんの晩飯も出来てだので持ってぎだ」

「こちらもちょうど話が途切れたところです。それでは、わたしもそろそろお暇します」

元碩は薬を渡し、その日は帰ることにした。

「では忠次郎さん、またメルクを持ってきますので。それから薬の方は、気分が少しでも楽になるものを選んで追加していますので飲んでみてください」

忠次郎は身を起こし、短く謝意のこもった挨拶をして頭を下げた。

帰宅した元碩は、その日は晩酌なしで夕餉を済ますと、書斎で筆を執った。これまで忠次郎から聞いた話を整理するためである。

まずは、島津重豪などの蘭癖大名を筆頭に高橋景保ら幕府要人と最上徳内ら北方探検者、それに加えてシーボルトを含むオランダ人の名前を列挙し、その役割りを記していく。すると、ほとんどはシーボルトが地図を始めとする禁制の品々を入手するきっかけを作ってくれた人物が多い。

逆に障害となり得るのは商館長のステュルレルや江戸の滞在延期を妨げた幕府の漢方医たちであるが、果たして彼等がシーボルトの真の目的や裏での動きをどれくらい理解していたのかは今のところ不明だ。しかも忠次郎によれば事件が急展開するのは江戸参府の一年半後ということである。これはどういうことだろうか？　それを知るにはやはり、きっかけとなった『あること』が鍵を握るようだ。

元碩は筆を置くと、頭の後ろで腕を組んで寝転がった。いつの間にか出来ている天井のシミを見詰めながら、事件や忠次郎のことに思いを巡らす。だが、まだ謎の部分が多くて先が見えてこない。

また忠次郎の衰弱が進んでいることも気掛かりであった。今日渡した薬が効けばよいが、いずれにせよ長期にわたる座敷牢での暮らしは、たとえ健常な者であっても体と心が蝕まれるのは必然であろう。その上、『永牢』という死ぬまで継続される重刑に苛まれるわけである。

元碩は、せめて時々は外に出て日光を浴びて体を動かし、牢の中でも書物に触れ、文筆が出来るようにしてやりたいものだと切に思う。藩も忠次郎に簡単に往生されては困るはずである。やはりここは伊東昇迪を通じて治療の一環として、そして忠次郎の通詞、蘭学者としての実績を考慮して処遇改善を藩庁に願い出るほかない。

元碩は起き上がって再び筆を持つと、新しい紙に嘆願書を書き始めた。

三、つかの間の平穏と悲運の嵐

旧暦の二月も半ばとなった。市中の雪はすっかり消え、城下の桜のつぼみも膨らみ始めていた。しかし、十日ほど前に昇迪を通じて藩へ出した嘆願書の返答は、「罪人吉雄忠次郎ノ扱イハ幕命ノ掟ヲ厳重可相守事」と無慈悲なものであり、元碩は落胆していた。

――これは分家とはいえ、蘭学を推奨し、三大名君と呼ばれた上杉鷹山様の流れを汲む上杉勝義侯のご意向なのだろうか……。

また忠次郎の妻の様子を詳細に確かめるべく、昇迪が長崎の友人に宛てた文の返事もまだ届いていなかった。もっとも、文を出して一カ月ほどしかたっていないので、予想ではやっと長崎に着いた頃である。元碩は、穏やかな春の天候とは裏腹に焦心していた。

座敷牢に着くと、入り口で又七が耳打ちしてきた。

「忠次郎さんは最近、声かげでも返事をすねごどが多いす、食事も残す量増えでぎた。夜もあまり眠れぬようで、咳ど寝返りばりすてる。大丈夫だべか？」

又七も不安を隠せない面持ちだった。

「分かりました。わたしも心して診察します」

元碩は、その日の土産であるヨモギ団子の包を渡して言った。又七は心得顔で頷き、いつものように元碩を座敷牢に入れると施錠して姿を消した。

「こんにちは。今日は暖かくて良い天気ですよ。ヨモギ団子はいかがですか？」

元碩は忠次郎の布団の前に進んだが、忠次郎は天井を見詰めたまま無表情であった。

「先日お渡しした薬は合わなかったようですね。今日は別のものを調合してみます」

と元碩が薬箱を開けて思案していると、忠次郎が静かに言った。

「せっかくのご厚意ですが、もう薬は結構です。メルクさえ頂ければ……」

「ああ、それならここに」

元碩は腰に下げたひょうたんの紐を解きながら、枕もとの丸盆を見た。薬の方もほとんど減っていない。

「食事も薬もあまり口にしていないようですが、体調に何か不具合がございましたか?」

元碩が湯呑に牛乳を注ぎながら言うと、忠次郎はようやく身を起こした。

「いえ、特には……。でも、食欲はないのですが、ここのところ喉というよりはやたら口が渇くのです。ですのでメルクはありがたい」

忠次郎はうまそうに牛乳を飲んだ。元碩は、口渇という症状も気鬱からくるものだと記憶している。どうやら見立てに間違いないようである。

「眠れていないようですが、せめて、気と咳を静める薬と、不眠に効能がある薬を飲まれてはどうかと……。これは、半夏厚朴湯《はんげこうぼくとう》です」

元碩は、薬箱からその日入手したばかりの漢方薬の包を見せた。

「ほう。良い薬ですな。ありがとうございます。では、飲み合わせもありましょうから、薬はもうそれだけでようございます」

元碩はヨモギ団子も勧めたが、忠次郎は力なく首を横に振った。よく見ると頬は一層そげ落ち、体が小さくなったように思えた。髪と髭も伸び放題で、顔の半分は黒く覆われており、体からはすえた臭いを発している。

「家人に言っておきますから今夜は風呂に入り、着替えてさっぱりとしてください。髪や髭も又七さんに切ってもらいましょう。このままではシラミが湧きます」

忠次郎は小声で礼を言うと、自ら牛乳を湯呑に入れ、半分ほど飲んだ。

「では今日も、シーボルト先生の話の続きをやりましょうか……」

忠次郎からの申し出に元碩は動揺する。

「いえ、お体に障るといけません。その話はご気分が良い時で結構ですから」

忠次郎は微苦笑を浮かべて言った。

「私の気分が爽快になることはもうないでしょう。話せるうちに喋っておきたいのです」

「またそのような気弱なことを……」

しばらくの沈黙の後、忠次郎はゆっくりとした動作で横になった。

「この間はたしか、江戸参府を終えて長崎への帰路に就いたところまでお話ししましたね？」

「はい。最上徳内さんが小田原まで見送り、そこで北方の地図などを譲り受けたというところまででした」

忠次郎は頷くと、薄暗い天井を見詰めて語り始めた。

「シーボルト先生は帰路も地形や動植物、鉱物などの調査に余念がなかったそうです。京都と大阪ではそれぞれ数日間滞在されたようで、多くの門人や著名人の来訪を受けて、江戸へ向かうときには見られなかった祇園社や清水寺などを巡って川原慶賀に絵を描かせています。また典薬寮医師の小森玄良殿らと再び会い、朝廷に関することを熱心に尋ねておられたそうです。最後は京都所司代や町奉行にも挨拶に出向いたとのことでした」

その後シーボルトは淀川を下って大阪に入る。大阪では住吉明神、天王寺に足を運び、ここでも町奉行に謁見している。その後は住友家を訪ね、銅の精錬法を書いた説明文や銅の見本をもらっている。そして道頓堀の芝居小屋では歌舞伎を鑑賞した。だが、特筆すべきは門人らに調査させたのか、大阪城全体の城郭図と本丸の略図まで入手していた。

五月十四日。復路は兵庫から船に乗り、明石海峡を通過して瀬戸内海に入る。この航海でも、往路で出来なかった水道の水深計測や六分儀を使っての緯度とクロノメーターを使った経度の観測などを行った。

五月二十四日。下関に上陸し、門人や往路で知り合った友人たちと再会してさらなる情報収集に努めた。また前の便船で送っていた動物や植物を受領している。

翌日に九州の小倉に渡り、そこからは陸路で長崎に向かった。そして文政九年の六月三日、大勢の出迎えに会い、およそ五カ月ぶりに長崎に戻ったのである。

元碩がため息交じりに言った。

「随分と長い旅だったのですね。しかも中身がとても濃い」

「ええ。しかし、シーボルト先生にとってはあっという間だったでしょう。滞在期間の延長が認められていたなら、まだまだ調べたいことが山ほどあったはずです」

江戸参府から戻ったシーボルトは収集した資料の整理と研究に精を出した。シーボルトはこの旅行で植物、動物、鉱物をはじめ、地図や書籍、絵画、そして日本人の生活用品まで欲しいものは貪欲に手に入れていた。それに加えて各地で測量した地理的調査記録などもあり、その量は膨大なものであった。

　それからしばらくして忠次郎も江戸より四年ぶりに長崎へ戻ってきた。通詞目付に昇進した忠次郎とシーボルトは共に再会を喜んだ。

「こんなに早くまたお会できるとは嬉しい限りです。忠次郎さんにはこれから色々とご協力していただくことになるかと思いますが、どうぞよろしくお願いします」

　忠次郎もシーボルトと握手を交わしながら答えた。

「こちらこそ先生のお手伝いができる事を光栄に思います。今日はご挨拶とともに、景保様からお預かりした樺太や蝦夷地の地図を持って参りました。そのほかにも、江戸と京都の地図もあります」

　と、忠次郎は役人の目が届きにくい一室で地図の入った包を渡した。

　忠次郎の参入でシーボルトの研究は一気に加速していった。だが並行して鳴滝塾での授業も行わなければならないため、休日など取れない多忙な日々を送った。

　そんなシーボルトの心の支えとなったのが日本人妻、其扇《そのぎ》の存在である。

　其扇は丸山の置屋引田屋の抱え遊女であり、本名は楠本滝《くすもとたき》といった。其扇は父が手広く営んでいたこんにゃく商の失敗により、七人兄弟のうち姉に続いて収入の多いオランダ人を相手とする遊女となった薄幸の身でもあった。

シーボルトは、出島に着任したその年には出島に出入りする当時十六歳だった其扇を見初め、自分の側に置いた。シーボルトは当時の伯父宛の手紙に、

「私もまた古い祖国の風習にしたがい、愛くるしい十六歳の日本女性と結ばれました。私は、おそらく彼女をヨーロッパの女性と取り換えることはないと思います」

と綴ったほど其扇を愛した。まだ若く、異国人に対して恐怖にも似た嫌悪感を抱いていた其扇も次第にシーボルトの心を受け入れ、また多くの日本人が慕う彼の人柄や偉大さに惹かれていき、やがて日本人妻として尽くすようになった。

シーボルトは日本の花の中で、青色の小さな真花と周囲を取り巻く装飾花で美しく構成されたアジサイに魅せられた。そしてこのアジサイに其扇の本名である滝（通称お滝さん）から名をとって『ハイドランゲア・オタクサ』と学名を付けた。

江戸参府を通してシーボルトはますます有名になっていた。長崎には日本全国から教えを乞いに有能な若者が集まり、そのうちシーボルトの許しを得た者は鳴滝塾で学ぶことができた。またそれまでに船便で送っていた日本の学術的な研究結果はヨーロッパの学者の間でも広く知れ渡るようになっていた。

　またその秋、確執のあった商館長、ステュルレルの帰国が決まり、新任のメイランが着任した。メイランはバタヴィアの総督からシーボルトの研究を助けるよう指令を受けていた。

　忠次郎の説明に感嘆した元碩が言った。

「まさに飛ぶ鳥を落とす勢いですな。すでにその活躍は日本にとどまらずってところだったのですね。まだ日本にやって来て五年と経っていなかったのでしょう？」

「ええ。しかしその背景には、前にもお話ししましたように、門人へ調べさせた研究課題や通詞や画家、そして各方面の著名人との交流を基に実を結んだものも少なくありません」

「ふむ。まいてきた種が実を結び、本人の才腕との相乗効果も出たというわけですな。それにしても、絶えず研究ばかりでよく心身ともに持ちましたね」

　忠次郎の口元がわずかに緩んだ。

「子供です。江戸参府から戻って間もなく其扇さんが妊娠しましてね。先生は大変喜んで、研究にもさらに熱が入るようになったのです」

　一方、この頃シーボルトと景保の手紙のやり取りも頻繁となっていた。シーボルトは地図が早く届けられるように、時計仕掛けの精巧なプラネタリウムなど景保が欲しがるような品を贈る話を持ち掛けたり、また景保からの手紙の返事をわざと書かずに景保を焦らしたりした。忠次郎も景保や著名人らから届く手紙の蘭訳をはじめ、シーボルトの研究を大いに補佐した。

そして翌年の文政十年五月六日、其扇が実家で女児を出産した。それまでもオランダ人と遊女の間にできた子は流産や死産する場合が多く、また生まれてきても体が弱かった。シーボルトは出島に戻ってきた妻子の健康状態をすぐさま診断し、異常のないことに安堵した。その子供は稲《イネ》と名付けられた。

それから間もない五月の末、シーボルトに朗報がもたらされた。それは通詞の堀儀左衛門より受け取った書状にあった。その差出人は忠次郎の後任で江戸の天文台に勤めていた猪俣源三郎からのもので、景保と約束した地図を送るという内容だった。

だが、地図が同封されていなかったので、シーボルトは途中で紛失したのではないかと不安に駆られる。そして景保へ、同じものをもう一枚作ってほしいと懇願する手紙を送った。

しかし、間もなく伊東玄朴という男が地図の入った包を持って長崎にやってきた。

玄朴は源三郎の父親に師事して長崎で蘭学を学び、のちにシーボルトの鳴滝塾にも入った。その後江戸へ出て源三郎が開く蘭学塾の教授助手をしていたが、故郷である肥前国神埼に帰ることになったのでこれ幸いと、源三郎がついでに長崎まで足をのばして地図だけ運ぶように依頼し、玄朴も承諾したのだった。

長崎に到着した地図はまず堀儀左衛門の元に届き、その後配下の稲部市五郎が出島を出て鳴滝塾に向かう途中のシーボルトに渡したとされている。また馬場為八郎もこの件に関与し手引きを行っている。為八郎は景保とは江戸勤務時代より旧知の中であり、弟の馬場佐十郎も景保に仕えていた。

ちなみに為八郎は源三郎の義父であり、市五郎は長崎近郊におけるシーボルトの植物採取の案内役を務めるなど、最も信頼を置かれた助手の一人であった。

元碩は、食い入るように忠次郎の話に耳を傾けていた。

「ついに、問題の地図が届いたのですね」

「ええ。そのころはまだ幕府や長崎奉行所の目も厳しくありませんでした。もちろん通常の監視はされていたとは思いますが、地図に関してはその時点では気づかれていなかった」

シーボルトは地図が無事届いたことに悦喜した。そして鳴滝塾の研究室でその地図を確認し、要望通りに日本列島を中心に、樺太から琉球までが精密に描かれている出来栄えに目を輝かせた。

「素晴らしい……。北方の詳細な地図といい、これらの地図を入手しただけでも、私の研究は大成果を上げたと言える」

その様子を傍らで見ていた忠次郎も安堵を覚えたが、戒めも忘れなかった。

「先生、地図の扱いについては江戸での景保様との取り決めをお忘れなく」

「ええ、分かっています。公表の時期や形式については、最上徳内殿との約束も忘れていません」

忠次郎は頷いた。すでに最上から北方の資料を譲渡された件もシーボルトから打ち明けられて知っている。だが、その次にシーボルトが発した言葉に耳を疑う。

「しかし、よく出来てはいるが、この地図はなぜか東に傾いて緯度経度の線も斜めになっている。地図は北を上に描くのが基本だから違和感があるな。それに、重要な山や川の名前や街道も書き込む余地もある。やはりもう一枚、修正版を作ってもらうことにしよう」

高揚した顔つきで迷いもなく語るシーボルトに、忠次郎は戸惑いを隠せなかった。

「ちょっと待ってください。この地図が出来るまでにも一年ほどかかっているのです。それに、作図には数名の図工が関わっています。何度も描かせると彼らに不審がられ、この機密が外部に漏れる懸念があります」

シーボルトは目を合わさず、顔を赤らめて言った。

「これは、あくまでも希望です。もしグロビウス殿が拒まれるのなら、無理強いはしない。こちらでなんとか作ります。それならどうですか？」

いつにないシーボルトの強い口調に忠次郎も目を伏せて口をつぐんだ。その様子を見たシーボルトが取り繕うように言った。

「忠次郎さん。私はね、帰国したら研究発表や日本に関するさまざまな書籍の出版はもちろん、動植物の標本や工芸品、美術品も展示して日本を多角的に紹介できる展覧会を開きたいと思っています。そして、ゆくゆくは日本専門の博物館を建てるのが夢なのです」

忠次郎は思わず聞き返した。

「日本専門の博物館ですと？」

忠次郎は、シーボルトが昨年の秋に江戸参府などで集めた大量の資料や標本をオランダへ送っていることを知っていた。そして、その機会はシーボルトが帰国するまで毎年巡ってくる。それは莫大な量となり、たしかに博物館を開くことも可能だろう。

本音を言えば、日本地図などの超機密な資料は幕府や長崎奉行所に疑惑を持たれる前に早く送ってほしいと忠次郎は願う。だがシーボルトは、まるで何かに取りつかれたように地図の収集に執着している。

まして、それらがいずれ広くヨーロッパ、いや世界の目にさらされるということは、日本の内情が全てと言っていいほどむき出しになるという事である。そうなれば、幕府が躍起になって取り組んでいる鎖国政策や国防強化も意味を持たなくなると忠次郎は胸の中で憂慮した。

咳き込んだために話を止め、牛乳でのどを潤している忠次郎に元碩が尋ねた。

「ヨーロッパでは、奈良の正倉院のような国の重要物品を保管し、さらに民衆の目に触れることのできる場が多くあるのですか？」

「そのようです。日本でも社寺による出開帳《でがいちょう》や物産などの見世物はありますが、規模が違う。そしてあちらでは、美術館や図書館といった民衆も利用できる殿堂も多くあることか」

言いながら忠次郎は、そんな開放的なヨーロッパの風習もシーボルトの研究する姿勢に反映されていたのだろうと思った。島国であり、何事も閉鎖的な日本の体質の方が異様なのかもしれない。長崎で通詞職や天文台に勤めていると、世界情勢が目まぐるしく変化しているのを肌で感じることができた。科学の進歩も同様である。日本は、このままでいいのだろうか？　世界との差は開くばかりではないのか、と疑問を抱くようになっていた。

シーボルトとの出会いは、まさにそんな折でもあった。だが禁制の品を持ち出し、無断で日本専用の博物館を建てるというのはやはり行き過ぎではないか。それが幕府の知るところになれば、これまで長年築き上げた日蘭の友好関係もひびが入るのは必定である。

頭が混乱し、言葉を失っている忠次郎にシーボルトが言った。

「それから忠次郎さん、あなたにはもう一つ伝えておきますが、私は来年の秋に帰国する予定になっています。あと一年と少ししか日本に滞在できないのです。ですから、どうか私の気持ちも汲んでほしい」

忠次郎は目を見開いて顔を上げた。

「来年……。その件、其扇さんはご存じなのですか?」

「いえ、まだ話していません。今のところ商館長と私しか知らないことです。彼女には、来年の夏に帰国するオランダ船が入港してから伝えようと思っています」

忠次郎は先日出島で見かけた、赤ん坊をあやす幸せそうな其扇の姿が浮かんだ。

「それでは、帰国直前まで内密にするおつもりなのですね?」

「そうです。早く話してしまえば悲しむ時間もそれだけ長くなる。だが、彼女も覚悟はしているはずです。我々オランダ商館員は日本人妻も、その子供も連れては帰れないし、ずっと日本に留まることもできない。これは、皆が知るところです。ですが、その後の生活が困らないよう手配は怠らないつもりです」

忠次郎は、それまで何度もオランダ人との間に子供が出来た遊女を見てきた。しかし、相手のオランダ人が帰国したあと、幸せになった話をほとんど聞いたことがない。オランダ人が残していった財産を搾取されたり、子供が早世することも少なくなかった。加えて、出島に出入りしていた遊女という過去が知れれば偏見の目にさらされることも多かった。だが、それはこの場でシーボルトに話すことではない。

「分かりました。先生が日本を去られたあとも、地役人や門人たちがお二人をお見守りすることでしょう。手紙のやり取りなども、私たち通詞にお任せください」

「おお、感謝します。それから、日本研究の方もまだやるべきことがたくさん残っていますので、今後もどうかご協力をお願いします」

シーボルトは日本式に深々とお辞儀をした。

忠次郎は硬く頷くしかなかった。地図が届けられた以上、もう後戻りはできないのである。

その二日後、シーボルトは再び景保に地図が無事に届いた報告と感謝の意を認めた手紙を書いた。その中で特に修正版の地図を所望することを強く訴え、『もう一度送っていただければ、あなたのお役に立てることなら何物をも惜しまず、お望みとあらば何でも応じるつもりです』とまで言い切っている。その手紙は返礼の形として琉球国の地図を添え、稲部市五郎が江戸の猪俣源三郎に送った。

地図の追加を要望された景保は困惑したが、今後の付き合いや、逆にシーボルトから入手したい品もまだまだあり、またすでに送っている地図の控えから修正版の作成は二ヶ月ほどで出来る見込みがあったことから了承した。だが忠次郎の不安は的中し、景保の図工らに対する横柄な態度や報酬の少なさに懐疑心や不平不満も蓄積されていった。

シーボルトの日本研究には、忠次郎以外にも優秀で信頼のおける門人らも関わっていた。シーボルトは、送られてきた日本地図への地名などをローマ字で記入する作業を多忙な忠次郎に代わってオランダ語に精通している塾頭の岡研介（周防国出身）と高野長英（陸奥国出身）に任せた。二人は様々な分野の論文提出や書物の翻訳も行っており、シーボルトの研究に大きく寄与していた。

その年の秋、シーボルトは大量の研究成果と共に禁制の地図の一部を再びオランダへ送った。全てが順調に思えた。其扇とも仲むつまじい日々を送り、稲もすくすくと育っていた。だが、門人たちの中にもシーボルトの研究に対して不審を抱く者が出始めていた。

ある日、忠次郎は高野長英にその疑問を投げかけられた。

「シーボルト先生の研究の中には精密な日本地図の編纂のほか、朝廷や幕府の内情にかなり踏み込んだものもありますが、これらは国外に出してもよいのでしょうか？幕府や長崎奉行の許しは出ているのでしょうか？」

　忠次郎は返答に困った。

「その質問は、直接先生に尋ねられたほうがいいでしょう」

　数日後、シーボルトが不在の場で長英は研介と肩を並べ、

「私たちは今の役目が一段落し、年が明けたら長崎を離れることにしました。無論、先生の日本研究の事は口外しません」

　と硬い表情で言った。忠次郎は、その訳を聞かなかった。

　腕を組んで聞き入っていた元碩が、神妙な面持ちで聞いた。

「シーボルトさんは、その時なんと答えたのでしょうか？」

「さあ……。私はそれも聞かなかった。でも、二人の決断を考えれば想像はつきます。そして二人は『吉雄さん、あなたは大丈夫なのですか？』と私の身を案じてくれました。

「お気遣いありがとうございます。しかし私は長崎の人間ですし、通詞目付としてのお役目もある……。そして私の最重要の責務は、先生と収集された資料や物品を穏便に出国させることだと思っています」

　一人もそれ以上のことは言わなかった。その後三人は、顔を合わせてもその話題に触れることなく研究の補助を淡々とこなした。

十二月。門人の伊東昇迪が米沢に帰ることになった。昇迪もシーボルトが認める優秀な眼科医で、鳴滝塾では外科、内科も修めた。塾を出る記念にシーボルトは眼科器具一式を贈っている。昇迪は長崎を発つ前日、忠次郎の元へ別れの挨拶をしにやってきた。

「吉雄様、大変お世話になりました。もうお会いできないかと思いますが、私は長崎で学んだこと、国でしっかりと活かしたいと思います」

昇迪はまだ若く、オランダ語も抜きん出て堪能という訳ではなかったため、シーボルトの日本研究には深く関わっていなかった。

「お国は出羽国、米沢でしたね。寒さ厳しい折に長旅となりそうですが、どうかお気をつけて。ご活躍を祈念しておりますよ」

二人は笑顔で今生の別れともいえる言葉を交わした。だがそのわずか二年半後、忠次郎は重罪人として米沢に護送されるのである。

昇迪はその奇縁に驚いた。そして忠次郎に会いたい気持ちは山々であったが、事件への関与を疑われることを危惧して黙していた。

年が明けて文政十一年になった。二月中旬、シーボルトは景保宛てに二枚目の地図の催促と、間宮林蔵の北方に関する著作物を借用したいという手紙を書いた。そして贈与を約束していたプラネタリウム、マレー語の辞書などを入れた小包みを公務で江戸に上る大通詞の吉雄権之助に預けた。権之助は忠次郎の大伯父である耕牛の子で親戚にあたり、忠次郎とは歳も近く、また権之助も鳴滝塾でシーボルトの通訳を行う一人でもあった。当然シーボルトとの親交も深い。権之助は帰路に就く際、二枚目の地図を預かり長崎へ持ち帰ることになる。

三月二十八日。江戸の景保宅へ、シーボルトからの手紙と小包が届く。

景保が小包みを開くと、中にはもう一つ、小ぶりな小包が入っていた。そして手紙に、別の小包は間宮林蔵に渡してほしいと書いてあったため、景保は何の疑いもなく使いを出して林蔵宅に届けさせた。

その小包を受け取った林蔵は、差出人がシーボルトと知ると開けるのをためらった。外国人との個人的な交際はご法度だったからである。林蔵は、その小包を上役である勘定奉行の村垣淡路守へ届け出た。

奉行所では林蔵立会いのもとで中身を調べたところ、手紙とバタヴィアから運ばれてきた更紗一反が入っていた。手紙はオランダ語で書かれていて、シーボルトの署名もあった。手紙を蘭学者に和訳させたところ、その内容は林蔵の北方探検と学術的業績に敬意を表し、更紗を進呈させてもらうということと、帰国後に他国の地図を送る所存であるが、蝦夷の植物の押し葉を所望したいというものだった。

奉行所では、手紙の内容よりもシーボルトと景保の関係に着目した。まず、それまで景保からは一度も手紙や物品の受け渡しに関しての報告はない。それに加え、シーボルトの江戸参府時の地形や航路の測量など、常軌を逸した日本での研究や行動を幕府や長崎奉行も注視はしていたが、対外貿易や蘭学に疎い役人では簡単に尻尾を掴むことが出来ないというもどかしさがあった。

幕府はようやく時宜《じぎ》を得たとし、目付役をはじめ隠密まで動員して極秘のうちに景保の身辺捜査に着手した。そして、長崎奉行所にもその件は伝えられ、奉行の大草能登守高好は忠次郎に対し、シーボルトが何を集め、何をオランダへ送ろうとしているか調べて報告するように命じた。

元碩は事態が大きく変わり始めたと感じた。

「これが以前話された、あることですか？　ついに幕府が動き始めたのですね。それにしても、シーボルトさんの助手をしていた忠次郎さんにそのようなことを申し付けるとは、的確ではありますが、酷な話でもありますね」

「ええ。しかし、そのときはまだ差し迫った危機感はありませんでした。むしろ、他の者でなく私でよかったと思ったほどです。当たり障りのない報告をすれば済むことですから」

そのころすでに岡研介と高野長英は長崎から姿を消していた。だが鳴滝塾生の層は厚い。二人の後任には二宮敬作（伊予国出身）と高良斎（阿波国出身）、石井宗謙（美作国出身）らが就き、シーボルトを支えた。

六月二十六日。オランダ船コルネリウス・ハウトマン号が長崎へ入港した。出帆は八月二十三日（太陽暦十月一日）と予定され、直ちに貿易業務が開始された。シーボルトも帰国準備に取り掛かったが、其扇にはまだ帰国を伝えきれずにいた。

夫婦仲は円満であり、愛娘の稲も一歳をすぎて歩き始めていた。表情も豊かになり、可愛い盛りであった。シーボルトは多忙の中でも意識して親子三人で過ごす時間を大切にした。その様子を見て其扇も感じるものがあったが、口に出せずにいた。ある日、其扇は出島の通詞部屋に出向いて忠次郎に尋ねた。

「この頃シーボルトさんの様子が何かおかしかとですけど、もしかして今来とる船でオランダに帰ってしまうとじゃなかでしょうか？」

不安げな表情を見せる其扇を見て忠次郎は言葉を詰まらせた。まだ少女の面影が残り、小さな体に稲を背負っている其扇がひどく不憫に思えた。

「私からはお答え致しかねます。その件については、先生の方からちゃんとお話しするようお伝えしておきます」

その日のうちに忠次郎はシーボルトに忠言した。

「もう其扇さんも先生の帰国のことを感付いておられます。船が出るまであとひと月半しかありません。きちんと説明された方が……」

シーボルトは研究室の机で頭を抱えた。

「分かっています……。これまで何度も言おうとしました。しかし、二人の笑顔を見ると切り出せなかった。こんなに悲しくて残酷なこと……。だけど言います。今夜こそ、必ず」

忠次郎が初めて目にするシーボルトが苦悩する姿だった。だが、やがてシーボルトはその時の苦悩など比較にならないほど煩悶の日々を送ることになる。

盆過ぎの七月二十三日。前日までに荷揚げは完了し、ハウトマン号に復航時のバラスト（重心を下げて復原性を増すための重し）用の銅500ピコルが積み込まれた。それをきっかけに、出帆に向けての荷役の準備が着々と進められ、シーボルトも日本で集めた大量の資料や収集物の搬入を始めた。このころには二枚目の日本地図もすでに受け取り、一枚目と同様に手元に置いて保管することにした。

一方で其扇はシーボルトの帰国を知るとひどく落胆し、しばらくは実家に引きこもっていたが、気持ちを切り替えたのか再び出島でシーボルトとの残された時間を尊ぶように過ごしていた。

そうした中、八月九日の夜に猛烈な台風が長崎に襲来した。凄まじい暴風雨が町を襲い、甚大な被害を出した。長崎港の奥に位置する出島でもシーボルトの住宅の二階が激しく損壊し、その他の家屋や倉庫、植物園などが壊滅的な損害を受けた。

シーボルト親子は、一階の道に面した場所に置かれていた船に積み込み予定の大きな荷物の間に身をひそめ、かろうじて命を救われた。忠次郎の家も、塀の破損や屋根瓦の半分ほどが飛ぶなどの被災をしたが浸水は免れた。

明け方には風雨は収まってきた。忠次郎ら出島勤めの地役人は奉行所からの通達で非常招集がかけられ、出島の表門に集められた。

朝になると、地役人たちは周辺の光景を目にしてその惨状に息を呑んだ。出島は甲比丹（商館長）部屋、会所役詰所、通詞部屋など主要な建物が破壊され、また市中でも各藩邸や民家が半壊、全壊しているものも少なくなかった。湾内では唐船や和船が数多く流されており、転覆や沈没した船も相当数がいるようで、多数の死傷者が出ているものと予想された。

皆が唖然とする中で、地役人の長である町年寄が沖を見て言った。

「おい、昨日まであそこに碇泊していたオランダ船の姿がなかぞ」

全員が狼狽して辺りを見回す。

「沖に流されたとやろか？」

「まさか、沈んでしもうたか？」

間もなくして見張り番が声を上げた。

「あ、あがん所におるばい。稲佐の方たい」

見張り番の指す方に一同の視線が注がれた。そこは出島の対岸とも言える稲佐の浜で、ハウトマン号が船尾を見せて傾き、座礁していた。その有様から、かなりの損傷

を受けていることが推測できた。忠次郎は、

――あれでは半月後に予定している出帆はとても無理だろう。

と思うと同時に嫌な予感がした。その直感は的中し、この台風がまさに『運命の嵐』となり、シーボルトをはじめ、地図を巡る関係者に厄難が降りかかることになる。

早速翌日より長崎奉行所は町の復興作業と同時に、ハウトマン号の事故調査にも着手した。本来ならば人的被害が少なかったハウトマン号の処理は後回しになるところだが、奉行所はシーボルトの持ち出し品が検証できる好機と捉えていた。

江戸で景保への疑惑が発生したと同時に、幕府からはシーボルトの探索指示も出ていたが、奉行所は踏み込んだ調査の糸口をつかむ機会がなく、焦慮していたからである。奉行の大草能登守は打開策として、港内を漂ったハウトマン号を再入港とみなし、入港時に定められた臨検を行うこととした。当時、オランダ船の入港時には厳しい積み荷検査が行われていたが、出港時は積荷の品目や数量を確認する程度の簡単な手続きのみであった。

オランダ商館員らはこの前例のない通告に首をひねったが、どのみち船を離礁させるためには積み荷を降ろして船体を軽くしなければならないので、特に異論は唱えな

かった。

だが、シーボルトと忠次郎の二人はこの決定に青ざめ、幕府と奉行所による捜査の手が伸びてきたことを実感し始めた。

シーボルトは急ぎ商館長のメイランを通じて奉行所に、箱詰めされた資料、標本類は湿気や衝撃から守るために特別な処置を施しているので梱包を解かないでほしいと願い出たが、素気無く却下された。

程無くして、バラストの銅も含め積荷は全て浜に降ろされた。数十箱にのぼるシーボルトの私物はまとめて一か所に集められ、奉行自らが陣頭指揮を執り、次々と箱が開放されていった。

箱からは美術工芸品や動植物の標本はもちろん、絵師の川原慶賀に描かせた国防に関わるような各地の絵図や禁制品である武具、貨幣などが続々と取り出された。その夥しい数に奉行をはじめ調査にあたった役人らは驚愕した。

だが、このときはまだ機密的な研究書類や重要な地図類は積み込まれていなかったので、シーボルトは禁制品の没収程度で済むのではないかと楽観していた。もっとも、すでに去年までの船便で相当数の資料や物品をオランダに送っており、今回の分が取り上げられても、大きな痛手とはならないのである。

その一方で忠次郎は積荷の詳細を知らないために、日本地図などが出て来やしないかと生きた心地がしなかった。だが、その時は発見された禁制品の押収にとどまり、胸をなでおろしていた。

奉行所はこれらの品目を列記し、急ぎ幕府へ報告した。一方、幕府の方でも景保の捜査は着実に進んでおり、シーボルトとの癒着関係と共に、地図の複製に関わった図工から得た証言などから禁制品受け渡しの容疑が固まりつつあった。

八月十八日。ハウトマン号の離礁と修理の目処が立たず、商館長メイランがハウトマン号の出帆日延期を奉行所に申請し受理される。

九月六日。江戸からもう一人の長崎奉行、本多佐渡守が大草能登守と交代するために来着した。長崎奉行は二名体制で、一年交代で江戸と長崎に詰めるのである。二人は江戸と長崎での捜査情報の交換を行った。その数日後、本多は商館長メイランにシーボルトが間宮林蔵に送った手紙と更紗を突っ返し、『このような行為は禁止されている故、以後は厳守するように』と警告した。

元碩が考え深げに言った。

「その大嵐が吹かなければ、ハウトマン号は八月の末には長崎から出帆していたのですね」

「そうです。証拠が見つかる前に、シーボルト先生と多数の禁制品を乗せて……」

疲れが出たのか、忠次郎は咳をして牛乳を一口飲んで横になった。元碩が脈をとる。

「今日は長くお話を聞かせていただきありがとうございました。そろそろ又七さんも戻る頃でしょうから、もう休まれてください」

「いえ、まだ大丈夫です……。それに、貴方も鍵を持つ又七さんが来なければここを出られない。ぎりぎりまで話をさせてください」

元碩は返事をためらった。医者として、あまり無理をさせてはいけないことは重々承知である。しかし、話が事件の山場を迎えたことで気持ちがぐらついていた。忠次郎はそんなことは意に介さず、淡々と話し始める。

「――あれは文政十一年の十月十日でした。ついにそのときがやってきたのです。半夜、景保様の屋敷は御用提灯と大勢の捕吏に取り囲まれ、景保様は召し捕られました」

景保はシーボルトとの密通の疑いありと罪状を告げられると縄をかけられ、駕籠に押し込まれて評定所に移送された。またその晩のうちに長男や配下の下河辺も連行されている。

その一方で家宅捜査も行われ、シーボルトからの手紙やクルーゼンシュテルンの著書『世界周航記』をはじめとする洋書類や日本やヨーロッパの地図類が押収され、その数は一六〇〇点以上に及び、特に重要証拠となるシーボルトからの手紙は直ちに和訳された。

評定所では深夜にもかかわらず、詮議には大目付・村上大和守が立ち合い、町奉行・筒井伊賀守、御目付・本目帯刀らによる厳しい訊問が行われた。江戸や長崎での調査結果を聞かされた景保はその正確さに驚き、状況的に観念するほかなかった。

景保はうなだれ、数種類にわたる国禁の地図や書物を渡したことを認めた。それまで幾度となく周りからシーボルトとの関係を慎むよう忠告を受けてきた景保だったが、

「私は天文方として、異国に関するさまざまな知識を深めることも御役目だと認識しておる。故に異国人との交際は重要であり、シーボルト殿からもたらされる博学はこれまでにないほど貴重であって、必ずや日本国の利益になるものと確信しておる。後ろ指をさされる筋合いはない」

などと豪語していた。しかしそれは、はたから見れば書物奉行兼天文方筆頭という

立場を利用し、危ない橋を渡っていると思われても致し方のないことだった。そして次第にそのやり口は大胆になっていき、自制できなくなっていったのである。その点はシーボルトにも言えることであり、当然ながら釈明にはならなかった。

翌日の十月一一日までに景保は、江戸側の地図の複写と受け渡しに関わった一部の人物の名前を挙げた。町奉行の筒井はそれらの人物を召し捕る手配をすると共に、景保に忠次郎と江戸番大通詞だった末永甚左衛門宛に手紙を書かせた。

その内容は、シーボルトに贈った地図類は御禁制の品であるため、取り戻して長崎奉行所へ差し出してもらいたい。そうすれば、私と貴殿たちの罪は減じられるであろう、というものだった。その手紙は早飛脚で長崎へ送られた。

元碩が気の毒そうな顔をして言った。

「先ほど言われた通り、嵐のあとは事態が急速に悪い方へ転じていったのですね」

「ええ。しかし因果応報とでも言いますか、その原因を作ったのは私たちなのですから」

「いや、でも忠次郎さんや景保殿の配下の人たちは命ぜられて仕方なく……」

そこへ又七が戻ってきた。

「あー、すっかり遅ぐなって申す訳ね。腰悪い爺様の畑仕事ばちょっと手伝ってだもので」

「そうですか。なに、こちらも忠次郎さんと色々と話ができてよかったです。では、今日はこのへんでおいとまします。お大事に」

元碩は薬を置いて、座敷牢を後にした。

外は日暮れ時だった。だが、もう身にこたえるような寒さはなかった。通りにはまだ遊んでいる子供の姿もあり、その子らを呼ぶ母親の声や、家々からは夕餉の料理の匂いも漂っていた。

元碩は歩きながら、忠次郎の話を整理した。まず、御禁制の地図の受け渡しの過程などからして主犯格はシーボルト、そして景保であることは明白である。ただ気になるのは、シーボルトの貪欲とも執着とも言える地図をはじめとする機密にあたる品々の収集である。

それらはどう考えても学術や博物研究の域を超えており、やはりまだシーボルトの真の目的はなんだったのかという疑問は残る。そして門人の岡研介と高野長英は、その真実を知って逃げるように長崎を出て行ったのか？　それからもう一つの疑念は、幕府の執拗なまでの捜査追及の動きである。

景保に地図などを返せば罪を軽くするという手紙を書かせ、禁制の品々を回収できたはずであろうに景保は死罪、そして忠次郎ら三人の通詞には永牢といった重刑を科している。ほかにも連座、連累者は江戸、長崎を合わせて多数に上ったと聞くから、いかに捜査が徹底していたのかが窺える。それは幕府側にどういう意図があってのことか。

忠次郎の話は、これから長崎でのシーボルトや連座した通詞らの取り調べの内容になるはずだ。そこでどのような証拠の提示や自供がなされるのか。いよいよ事件の核心に迫ってきた感がある。

元碩は気が高ぶり、なんだか飲みたい気分になった。まだ新酒の季節でもある。久しぶりに馴染みの酒屋に寄って帰ることにした。

四、苦境に立つ異才たち

五日後、春分も過ぎて穏やかな陽気のなか座敷牢に出向いた元碩に又七がまた耳打ちしてきた。

「忠次郎さんは相も変わらず……いや、日増すに元気がなぐなってっず。それがら気になったのが、元碩先生が置いでいった薬ば飲まずに厠さなげでる（捨てている）みだいだ。飯も半分以上残しているし」

「なんですって？」

元碩は困惑の色を浮かべながら座敷牢の中へ入った。横になっている忠次郎は髪や髭を切ってもらい、ぱっと見はこざっぱりとしていたが、その分こけた頬にくぼんだ目がぎょろりとして、その顔つきは不気味なほどだった。

「お加減はいかがですか？」

と元碩が尋ねたが、忠次郎は無言だった。

「先日お渡しした薬は飲まれていないようですが、合いませんでしたか？」

今度は首を左右に僅かに振るだけである。

「どこか不調があればおっしゃっていただかないと……。薬の調合もありますし」

　忠次郎は二、三回瞬きをしただけだった。

「あ、牛の乳ならまた持ってきましたよ」

　元碩がひょうたんを差し出すと、忠次郎はやっと口を開き、かすれた声で言った。

「そこへ置いといてください。それから、もうメルクも今後は結構ですので……」

　元碩は弱り切った顔になった。

「忠次郎さん。貴方は医学、薬学もわたしよりもはるかに知識がおありのはずです。いったいどうすればよいか、ご要望があれば、どうかおっしゃってください」

　忠次郎は、暫し瞑目したあと答えた。

「元碩先生は良いお医者です。病に対する処置も適切ですし、なにより患者の心に寄り添おうとする姿勢が素晴らしい。きっと将来、人々からの信頼を得て大成することでしょう」

　元碩は顔を火照らせながら戸惑う。

「は、話をはぐらかさないでください。不肖ながら、わたしは忠次郎さんの主治医です。貴方の身体を回復させるのが第一のお役目なのです。どうかお察しください」

忠次郎は薄い笑みを浮かべた。

「ですから、元碩先生は十分その任を果たしておりますよ……。人間の全ての怪我や病を治癒できる医者などおりません。かのシーボルト先生でも治せない病はたくさんあるとおっしゃっていました」

元碩は業を煮やしたように言う。

「忠次郎さん。失礼ながら、貴方はけっして不治の病に侵されてはいないとわたしは診ています。それなのに、薬や食事を口にしないなど自死行為にも等しいではありませんか。それでは、このわたしも虚しゅうございます」

元碩は目を潤ませて訴えた。その光景を見ていた又七は居たたまれなくなったのか、

「ちょっと家の畑仕事ば手伝ってくるっす。種まぎの時期だから忙すくて……」

と施錠して出て行った。忠次郎はゆっくりと上体を起こし、咳き込んだあと言った。

「憚《はばか》りながら申し上げますが、医者には患者の意思も尊重していただきたいものと存じます……」

元碩は顔を上気させた。

「その意志とは何ですか？　貴方は医者のわたしに、患者が自ら死に向かっていく姿

を傍観しろとおっしゃるのですか？」

　暫し沈黙が流れる。

「傍観ではありません。元碩先生には、少なくともシーボルト事件の話を最後まで聞いていただきたい。そして私は最後まできちんと伝える。今となっては、それが互いの望みであり、義務でもあるように思えるのです」

　元碩は当惑の色をにじませた。

「先程も言いましたが、わたしの一番の義務は忠次郎さんを回復させることです。それができないのであれば、もうここへ来る意味もありません。しかし、もしわたしがここへ来なくなったとしても、藩はほかの医者を差し向けますよ。貴方は幕府から預かっている大切な御身でもあるわけですから」

　忠次郎は少し思案するようなしぐさを見せ、

「分かりました。無礼なことを言いましたね。お許しください……。そうですね、衰弱が酷《ひど》くなると話すこともできなくなりますからね」

　と、牛乳が入ったひょうたんに手を伸ばして湯呑に注いだ。元碩は安堵の吐息を漏らして言った。

「今後は、薬もちゃんと飲んでいただきます。呑み終えた薬の包み紙は確認のために捨てずに取っておいて下さい。よろしいですね？」

忠次郎は頷くと喉を鳴らして牛乳を飲み、

「それでは先日の続きを……。景保様が評定所で書かされた手紙を長崎へ送ったところまででしたね？」と横になった。元頎がその日は断ろうとしたが、忠次郎はいつものように天井を見詰めながら淡々と語り始めた。

「景保様の手紙と捜査内容は、異例の速さで十一月一日に長崎へ到着しました。私はその日の深夜、奉行所に呼び出されたのです」

忠次郎が訝りながら出頭すると、奉行の本多佐渡守から直々に詰問があった。

「江戸からの下知状によれば、去る十月十日に書物奉行兼天文方筆頭、高橋景保はシーボルトとの密通並びに禁制の日本及び北方の地図を渡したとされ、幕府の命で召し捕られたそうじゃ」

さらに本多は平伏している忠次郎に景保が書いた手紙を見せた。中身を読んだ忠次郎は、背筋が凍りついた。

「下知状から察するに、地図の受け渡しには末永甚左衛門よりお主の方が深く関わっていたようだが、相違ないか?」

　忠次郎は声を震わせながら答えた。

「ご明察の通りでございます……。私は天文方の御役目の一環として、命ぜられるままにいたしておりました」

「それが禁制の地図と知ってのことか?」

　忠次郎は身を縮こませ、小さく「はい」と返事をした。本多は愕然となった。

「書物奉行といい、なんという愚かなことをしたものよ。しかも、こともあろうにお主は通詞目付であり、シーボルトの監視役ではないか。ならば、これまでの奉行所への注進も虚偽であったと申すか?」

　忠次郎は頭を深く下げ、「恐縮至極に存じます」と言った。本多は嘆息を吐くと、忠次郎に別命を申し付けた。

「此度の所業、断じて許しがたいが裁きは後回しじゃ。かくなる上は、お主には地図を取り戻す役目をやってもらう。シーボルトに、自ら地図を始めとする禁制の品を差し出すように伝えよ。素直に行えば、奉行所や幕府への心証も良くなるともな」

　忠次郎は「ははーっ」と額を床に付けた。

「今、シーボルトはもちろん、お主も、そして長崎奉行所も窮地に立たされておる。よいか、事が円滑に運ぶよう全身全霊を注いであたるのだ。それから、もし彼奴がいう事を聞かなければ、奉行所の権限で居宅や蔵を徹底的に御用改めすると警告しておけ。これは脅しではない」

忠次郎は平身低頭しながら承諾し、誓約書に血判を押して奉行所を出た。暗い夜道をとぼとぼと歩きながら、ついに来るべき時が来たと、絶望の淵に追いやられた心境であった。

家に戻ると妻の春香が部屋を明るくして待っていた。不安げな面持ちで尋ねる。

「夜中に奉行所から呼び出しとは、何か大変なことでもあったとですか？」

忠次郎はへたり込むように座った。

「景保様とシーボルト先生の密通や禁制の品々の受け渡しが幕府に知れ、景保様は江戸で召し捕られたそうたい」

春香の顔色が変わった。その一件に忠次郎が関係していることを薄々と感じていたからである。だがそれまで口にしたことはなかった。

「奉行所で何か言われたとですか？」

「御奉行は私に、御禁制の品ばシーボルト先生に差し出すよう説得しろと命ぜられた。夜が明けたら出島に行かねばならん」

春香の表情に、やや安堵の色が浮かんだ。

「それやったら、お前さんには罪はなかとですね？　シーボルトさんが御禁制の品ば渡せば、それで解決するとでしょう？」

忠次郎は咳き込むと同時に吐き気を催した。

「……すまんが、少し横になりたい」

眠れぬまま朝を迎えた。忠次郎は朝食も喉を通らず、重い足取りで出島へと向かった。途中稲佐の浜の方へ目を向けると、忌まわしいハウトマン号が座礁した当時のままの姿で傾いた船体を見せていた。離礁作業は予想以上に困難を極めており、また長崎地方の台風被害からの復興作業と重なっていたために人手や資材、資金など必要な全てのものが不足しており工程は遅延していた。

ハウトマン号の乗組員やオランダ商館員たちはやきもきしていたが、逆に幕府や長崎奉行所にとっては取り調べの進行上、時が稼げるのは好都合であった。またシーボルトも、出国が延期したことで親子が一緒に過ごせる時間が増えたことや、すでに交代の医師が来ていることから、やり残している研究にも没頭できるので別段不満や焦りはなかった。だがその日、忠次郎からの報告に衝撃を受けることになる。

忠次郎は出島に入り、シーボルトの居宅の前に立った。いつものように其扇に応対され、書斎がある二階へと上がった。台風で損壊した二階部分の修理はまだ応急的であったが、なんとか使用できるようになっていた。

忠次郎はぎこちない挨拶をし、シーボルトがその時分に手掛けていた最上徳内の蝦夷、千島に関する報告書をオランダ語に意訳して口述する作業に取り掛かった。だが、忠次郎の様子がいつもと違うことにシーボルトは妙な違和感を覚えた。

「忠次郎さん、今日は顔色が悪いですね。体調が悪いのですか?」

忠次郎が無言で首を横に振ると、シーボルトは自分に何か不満を抱いているのかと直感した。そして立ち上がると、本棚の引き出しを開けて懐中時計を取り出した。

「以前、帰国時に贈呈するとお約束したこの懐中時計は研究のためにまだ必要でしたが、急ぎご所望でしたら、今差し上げましょう」

と懐中時計を忠次郎の机の上に置いた。だが忠次郎はその時計を静かに押し戻し、涙を浮かべて吐露した。

「私は日本人として恥ずべき行為を行いました。悪人と呼ばれても仕方のないほどの……」

思いも寄らない忠次郎の言葉に、シーボルトは唖然となる。

「いったいどうしたのです？　説明してください」

忠次郎は椅子に腰かけたまま、視線をシーボルトに向けて話し出した。

「地図の事が幕府に知れ、景保様は召し捕られたそうです……。私は夜中に呼び出され、御奉行からその話を聞かされました。幕府は以前から先生の日本調査の深奥さと景保様との関係を不審に思っていたようです。そして、お二人のやり取りした手紙の中から、地図の一件をあぶり出したようです」

シーボルトは視界がゆがむのを覚えた。

「な、なぜグロビウス殿に宛てた手紙の内容が知れたのでしょう？　誰かが盗み読みしたとでも？　でも、地図に関しては名称を暗号化するなどして気を付けていたはずですが」

「私にも分かりません。先生が景保様以外に出した手紙が手掛かりになったのかも……」

シーボルトは景保以外にも江戸の蘭学者や医師などにも手紙を送っていた。彼らの顔が走馬灯のように脳裏に浮かんでは消える。そしてさらに忠次郎から驚愕の事実を告げられた。

「私は数か月前から御奉行に、先生の収集品の内容やオランダに送ろうとしている品を探るよう命ぜられ、仕方なく幾度か報告しておりました。しかし、地図や禁制の品については話しておりません。極力先生が不利になるようなことは避けていたつもりです。これだけはどうか信じてください」

言って忠次郎は両手で顔を覆い嗚咽した。シーボルトは呆然と立ち尽くす。

「なんということだ……。まさか、貴方が奉行所の手先になっていたとは」

忠次郎は涙でくしゃくしゃの顔を上げた。

「どうか私を軽蔑してください。裏切り者と罵ってください。しかし、私も苦しかった……」

シーボルトは、すぐに返す言葉が見つからなかった。確かに深く失望はしたが、板挟みとなった忠次郎の辛い立場、葛藤も容易に想像ができたからだ。

「忠次郎さん、涙をお拭きなさい。私たちは両国の学術のために地図や書物の『交換』

を行ったのです。そこのところをきちんと説明すれば理解も得られ、罪も軽減されるのでは？」

シーボルトが手ぬぐいを渡すと、忠次郎はそれを鼻にあてがい言った。

「どのような理由にしろ、我々は国禁を犯したのです。幕府や奉行所の対応を見ればいかに重要案件として扱われているかが分かります。そして御奉行は私に、先生から地図を取り戻すよう命ぜられました。また先生が自主的に差し出せば幕府や奉行所の心証も良くなるだろうと言われました。私もそう思います。ですからお願いです、地図をお渡しください。それがこの一件に関わった人たちの救済にもつながるのです」

忠次郎が懇願する姿を目の当たりにしながらシーボルトは考えを巡らす。せっかく入手した地図は絶対に渡したくはない。しかし、返さなければ景保や忠次郎を始めとする大勢の日本人に厄難が降りかかる。日本の厳格な刑罰を考えれば死罪の者も出るだろう。

それではたとえ学者として名声を得たとしても後味が悪いものになってしまう。いや、自分自身も重罪人として日本国内で裁かれるかもしれないのだ。

シーボルトは窓から顔を出し、顎を摘まんで暫し考えた。そして振り返ると忠次郎に、

「蝦夷、樺太図については出せますが、ほかの地図は昨年の船でバタヴィアに送ってしまったので、もう手元にはありません」

と冷静さを装い言った。しかし、そんなまやかしは側近だった忠次郎には通じない。

「お言葉ですが、少なくとも今年の初夏に受け取った二枚目の日本地図はまだあるはずです。それに、一枚目の地図も昨秋のオランダ船の出帆時はまだ門人らに地名などを書かせていたので、手元に残っているのでは？」

シーボルトは返答ができずに困惑した顔を作った。

「私も記憶が曖昧な点があるので、確認する時間をいただきたい……」

忠次郎は追及するのを避けた。シーボルトにも考える時間を与えようと思ったからだ。

「では、今回はとりあえず蝦夷の地図を奉行所へ持っていきます。あとは梱包している荷物の中から探さないといけないので、少し時がかかるということにしておきましょう」

シーボルトは忠次郎のへ歩み寄った。

「蝦夷、樺太の地図についても一日だけ時間をください。商館員の画工に頼んで複写したいのです」

すがるような目だった。忠次郎は、その執念に驚異すら覚えた。

「今の話は聞かなかったことにします。しかし、奉行所も悠長に待ってはくれないでしょう。明日の朝にまた伺いますので、それまでに用意しておいてください」

「おお、ありがとうございます。忠次郎さん、やはり貴方は私の親友（BesteVriend）だ」

シーボルトは忠次郎の手を取って目を潤ませた。だが、忠次郎は握り返さなかった。

「先生、私を責めないのですか？」

シーボルトは首を横に振った。

「これまで多大なご協力をいただいた貴方をどうして責めることができましょうか。今後も私が日本を発つまでには色んな困難が待ち受けていることでしょう。どうか私を見捨てずに、これからもご支援をお願いします」

青いビードロのような瞳が忠次郎を見詰める。忠次郎は頷き、ようやく手に力を込めた。

そこへ稲部市五郎が虫の知らせか偶然にシーボルトを訪ねてきた。忠次郎から事の次第を聞かされると市五郎は顔面蒼白となった。

「これは大変なことになってしもうたですね。……私はどうすればよかとですか？」

「市五郎さん、あんたも地図の受け渡しのほか、先生の日本研究には大きく関与しておる。でも下手に動いてはいけない。奉行所から召喚の沙汰があるまでは平然としていなされ」

　忠次郎はシーボルトにも分かるようにオランダ語で言った。シーボルトも口添えする。

「私も奉行所が完全な証拠をつかんでいる事以外は喋らないつもりです。お二人にもそうしていただければ助かります。それから、馬場為八郎さんや吉雄権之助さんら関係者にも、この考えを共有してもらいたいです」

　張り詰めた空気の中、三人は結束を誓った。

「――結局、シーボルトさんは忠次郎さんを非難しなかったのですね。なかなか寛大な方じゃないですか」

　元碩の言葉に忠次郎は表情を変えなかった。

「たしかにそういう御仁ではありましたが、今考えれば、シーボルト先生には心算もあったと思います」

「心算……それはどのような？」

「私と不仲になるよりは、繋《つな》がっていた方が奉行所の動きを知ることができるからです。つまり、捜査に対する回避や先手が打てる」

元碩は驚嘆の色を浮かべた。

「なるほど。友情を保ち、自分の身も守る。一挙両全ってやつですか。それにしても言葉は悪いですが、狡猾な一面もある方ですね」

「おっしゃる通りです。しかし、幕府や奉行所の捜査も実に執拗なもので、蝦夷地図の提出程度では無論妥協せず、ついにシーボルト先生の取り調べが始まったのです」

翌日、複写を終えた蝦夷、樺太の地図を奉行所に届けるも、奉行の本多は不満をあらわにした。

「返したのはこれだけか？　大日本沿海輿地全図の方はいかがした？」

忠次郎は平伏したまま答える。

「そちらの方は、昨年のバタヴィアに戻る船に積み込んで送ったので、地図はこれしか残っていないとの仰せでした……」

奉行は目に角を立て、語気を強めた。

「それを鵜呑みにしておめおめと引き下がってきたのか？　まさかお主、この場においても彼奴を庇い立てしてしてはおらぬだろうな？」

「あ、いえ……」

忠次郎は言葉を詰まらせた。本多は諭すように言った。

「もしそうだとしたら悪いことは言わん、やめておけ。情に流され、オランダ通詞としての本分を忘れておるとさらに罪が重なり、お主の命運も尽きてしまうぞ」

――オランダ通詞の本分。

忠次郎は重たい頭の中で、オランダ通詞として登用される際に忠誠を誓う文書である『阿蘭陀通詞起精文』のことを思い起こした。その第一条は、不正行為をせず、諸事入念について務め法度に違反しないこととあり、ほかにも国防・政治関係や秘密事項を蘭人に漏らさないこと……などがある。しかも今回の事件では、たとえ通詞でなかったとしても違法行為であることは明白である。奉行の叱咤する声で視界が戻った。

「よいか。是が非でも大日本沿海輿地全図を取り戻すのじゃ。数日だけ待つ。それでも差し出さぬ場合は居宅や蔵の御用改めを行う。それでもし地図が発見されればシーボルトも一巻の終わりじゃ。このことをよく伝えておけ」

忠次郎は平伏叩頭で「ははーっ」と声を絞り出した。

その翌朝、忠次郎は再びシーボルトの家に出向き、日本地図の提出を促した。だがシーボルトは、取り合ってくれない。

「船便で送ってしまったものは、もうどうにもなりません。すでにバタヴィア経由でオランダに着いているはずです」

「では、せめて二枚目の地図だけでも……」

と忠次郎は食い下がったが、シーボルトは首を横に振るだけだった。やむなく忠次郎が奉行所の考えを告げるとシーボルトは、

「家宅捜査は覚悟しています。しかし、こちらにも準備が必要です。貴方には少しでもその日を遅らせるよう時間稼ぎをお願いしたい」

と真剣な面持ちで言った。忠次郎は当然それが隠蔽工作に費やされる期間だと認識した。その不安心が思わず口を衝いて出る。

「先生、本当に隠しきれるのですか？」

「大丈夫。誰にも気づかれない場所です」

とシーボルトは自信をのぞかせたが、逆にそれが罪科だという真実味を証明してい

た。そして、狭い出島の中にそんな好都合な場所があるのかと疑念を抱いた。

だが、それを聞こうとはしなかった。聞けばまた心配事が増えると分かりきっているからである。いや、すでに忠次郎の精神状態は限界に来ていた。板挟み、そして綱渡りの日々。極度の緊張と不安から眠れぬ夜が続いていた。この先、たとえ日本地図が発見されなかったとしても重罪は免れないはずである。

忠次郎の願望は地図の返上、もしくは奉行所の手による発見である。とにかく地図が出てこなければ、シーボルトの身も危うい。

失意のままシーボルト宅を出た。外に出ると空は晴れてはいたが風は冷たく、冬の訪れを感じさせた。忠次郎は背中を丸めてとぼとぼと自宅へ向かって歩いていたが、やがて立ち止まると意を決したように踵を返し、奉行所へ向かった。そして到着すると、奉行に面会を申し入れた。ほどなく現れた奉行に対し、忠次郎は涙ながらに、

「恐れながら地図取り戻しの件、精一杯努めてまいりましたが、私にはこれ以上の働きはできかねます……。申し訳ございませんが通詞目付も含め、お役目を解いていただきたく存じます」

と願い出た。奉行の本多はその姿を哀れむように見たあと、太息をもらして言った。

「もう無理だと申すのだな……。ならばこちらも御用改めの段取りに入る。まずはオランダ人の頭目である甲比丹《カピタン》（商館長）のメイランに此度の一件を詳説する書状を作り、捜索にも協力してもらう。メイランがどれほどこの件に関与しているかは分からぬが、日蘭関係破綻の危機と知れば肝を冷やし、慌てるであろう」

忠次郎もシーボルトとメイランの仲が良好なのは知っているが、地図の件についてはどのくらい関わっているのかは見当がつかない。しかし、聡明で徳のある人物のメイランが日蘭間の危機を招くような真似をするとは思えなかった。ここは奉行の言う通り、日本側に付けてシーボルトを説得させるのが得策だと思った。

その翌日、奉行は主要な通詞を集めて夜遅くまでメイランに見せるためのオランダ語での令状を作らせた。その中には末永甚左衛門や吉雄権之助の姿もあり、彼らは戦々恐々としていた。

そして夜が明けた十一月十日の朝、奉行所の用人、伊藤半右衛門を始めとする約三十名の役人が集められ、出島へ向かった。景保が評定所から手紙を出した江戸番大通詞の末永甚左衛門と忠次郎も同行を命じられていた。

一行は三手に別れて出島に入り、二手は表門と役人詰め所に待機し、半右衛門が率いる主力がメイランの居宅である甲比丹部屋に赴いた。応対したメイランはその物々しさに驚きを隠せなかった。半右衛門はシーボルトを呼び出すように命じ、やがて強張った顔でやってきたシーボルトとメイランを並べ、長崎奉行により出された令状を読み上げた。次いで末永甚左衛門がそれをオランダ語に訳し、書面を見せた。

その内容は、シーボルトが江戸参府を機に景保より国禁である日本地図と蝦夷図などを受け取ったことが発覚した。しかし、シーボルトは奉行所の再三にわたる返上の要請に対してまったく応じないために、シーボルト宅の御用改めを行うものとする。といったものであった。

忠次郎と稲部市五郎も、その光景を後方で固唾を呑んで見守っていた。メイランは異議を唱える間もなく、半右衛門に威圧された形で承諾した。

半右衛門はシーボルトを先頭に立たせて居宅に案内させた。途中、詰め所に待機していた役人らも合流して人数は膨らんだ。出島の表門は残りの役人で固められ、一切の出入りは禁止された。

突然の大人数による家宅捜査に其扇は愕然となった。半右衛門は其扇に出島から立ち去るよう命じ、行先は抱主である丸山の引田屋の卯太郎宅と指示した。其扇は半右衛門の傍らにいるシーボルトと視線を交わしたが、シーボルトは力なく微笑んで頷いただけだった。

其扇は泣き出しそうな顔のまま慌ただしく身支度に取り掛かった。そして稲をおんぶし、世話係の禿に風呂敷包を持たせて居宅を後にした。表門を出る時は探番から手荷物をはじめ、着物や髪の中まで執拗に検めを受けた。

半右衛門の合図で役人たちは一斉にシーボルトの邸宅に上がりこんだ。だが、探し物が貴重な品であり、またシーボルトも一目置かれている人物であったためか、役人らは特段粗暴な振舞いは見せなかった。一方で捜索は細部まで行われ、倉庫はもちろんのこと、一階の土間に積み重なれていた荷箱や、二階の書斎など念入りに進められた。

忠次郎はその様子を見ながら、地図が出てきて早く楽になりたいと思う気持ちと、発見を免れたいと思う気持ちが交錯していた。途中、何度かシーボルトと目が合ったが、当然ながら言葉を交わすことはできなかった。

夕刻までに捜索は続けれられたが地図は琉球をはじめ地方の物しか出てこなかった。だが、大量の刀剣、各種絵図、公家図、書物、貨幣、手紙など五十点以上が押収され、大八車で奉行所に運ばれた。

奉行所はすぐさま押収品の整理を行うとともに、それらをハウトマン号から押収した禁制品と同様に江戸に送る準備にも着手した。また収集に大きく関与した忠次郎のほか、馬場為八郎、堀儀左衛門、稲部市五郎を引っ立てた。四人の吟味は景保の自供によるもので、厳しく行われた。その中で奉行の本多は、日本地図がまだ出島にある可能性を問いただすが、足掛かりとなる回答は得られなかった。

その後四人はそれぞれ町年寄預けとなり、在宅は許されたが手鎖をつけさせられ、監視を受ける扱いとなった。

本多も焦っていた。このままでは長崎奉行である自分の立場も悪くなる。すでに日は暮れていたが、本多は支配組頭など重鎮らと協議し、なんとしても日本地図を取り戻す決意を固めた。そして半右衛門とその配下を再度出島に向かわせた。

半右衛門は甲比丹部屋に押し掛けると、メイランにシーボルトを再び呼び出すよう命じた。同行させていた当直通詞の加福新右衛門がオランダ語でそれを伝える。やがて現れたシーボルトに半右衛門は日本地図を差し出すよう強い口調で申し渡したが、シーボルトも頑として地図はないの一点張だった。

半右衛門の顔が紅潮し、こめかみに血管が浮きはじめた。メイランも見るに見兼ね

てシーボルトに、

「思い違いということもある。もう一度よく探してみてはどうかね？」

と諭すように言うと、シーボルトは態度をやや軟化させた。

「……分かりました。では、二、三日の猶予をいただきたい」

苦し紛れにシーボルトは時間を稼ごうとしたが、半右衛門の方は態度を変えず、

「もはや一刻の猶予も許さぬ。即刻差し出さぬのならこの場で召し捕る」

と語気を荒げた。これにはシーボルトとメイランも顔色を失う。罪人に対する日本の取り調べや刑罰の厳しさについてはオランダ人もかねてより恐怖感を抱いていた。

「シーボルト博士！　この件はもう君だけの問題ではないんだぞ。決心したまえ」

メイランの説得にシーボルトは顔をゆがめ、しばらく首を垂れたあと、

「保管場所を思い出しました。ついてきてください」

と言って甲比丹部屋を出た。役人らもぞろぞろとあとを追う。シーボルトは出島の東側に位置する植物園へと向かった。そこには花から野菜、薬草といったさまざまな草木の育成をしており、また外壁の手前は食肉用の牛や豚をはじめサルなどの動物も飼育していた。

シーボルトは物置に寄りスコップを手にした。そして畑の隅にある一尺ほどの石をどかすと土を掘り始めた。皆の注目が集まる。間もなく役人らの提灯に照らされながら大型のブリキ缶が出てきた。シーボルトは缶を取り出すと土を払い、無言で半右衛門に渡した。

「やはり隠しておったな。なにが保管場所だ。まやかしを言いよって」

半右衛門は中身を改めるために甲比丹部屋に戻った。そしてメイランの立ち合いのもと、缶を開けて中身を取り出した。そこには一枚目の日本地図が収められていた。半右衛門は、日本全土が精巧に描かれている地図を目の当たりして息を呑んだ。

半右衛門はメイランに、今後の更なる家宅捜査の必要性を説き、出島の耐火倉庫を封印することを告げ、またシーボルトの身柄は甲比丹に預けるので監視しておくように命じて出島を後にした。メイランとシーボルトは固まったまま、わずかな釈明も反論もできなかった。

「――ついに日本地図が発見されたのですね」

元碩が感慨深げに言った。

「ええ。私はこの話を巡回で我が家に来た通詞仲間や町年寄から聞きました。状況からして自分の保身はもちろん、日蘭貿易の破綻やほかの商館員、また事件に関係する日本人らに被害が拡大するのを防ぐためだったのでしょう」

「はあ。しかし一つ不思議に感じたことは、シーボルトさんは御用改めがあると事前に知っていたはずなのに、日本地図はともかく押収された品の数がとても多いですね？　隠す場所や時がなかったのでしょうか？」

忠次郎は薄い笑みを浮かべた。

「それは、先生の策だったと思います」

「策？　いったいどのような？」

「禁制の品が何も発見されなければ奉行所も躍起となり捜索の度合いも増していくでしょう。ですから、比較的価値の低い品や複写が済んだ地図をあえて発見させたのだと思います」

元碩は目を丸くした。

「それで誤魔化そうと？」

「ええ、多分。しかし、事件性と幕府から直命を受けた奉行所が相手ではそう簡単にはいくはずもありません」

「ふうむ。またも狡知に長けた一面をのぞかせたわけですな。しかし、奉行所の執念の方が勝ったという事ですか」

忠次郎に続いてシーボルトも事実上幽閉の身となり、門人らの出島の出入りも禁止された。それでもシーボルトは残った資料で研究を行い、またバタヴィアの総督への報告書を作成するなど細々と活動を続けた。一方忠次郎は、少年時代に見た抜け荷に加担した罪で磔刑となった名村恵助のことを悪夢のように思い起こし、日に日にやつれていった。妻の春香はそんな忠次郎に、

「もう地図は見つかったとですから、そげん心配せんでもよかとじゃなかですか？現にお前さんもシーボルトさんも牢には入れられずに済んどるじゃなかですか」

と気丈な振る舞いを見せながら言ったが、幕府や奉行所の捜査の動きから、忠次郎はこのままで済むとは到底思えなかった。

十一月十五日。難工事の末、ようやくハウトマン号の浮上が成功した。台風により座礁してから三か月余りが経過していた。シーボルトを含め、ハウトマン号の乗組員や出島の商館員たちは歓喜に沸いた。さっそく十八日より荷役作業も開始されたが、

幕府から指示待ちの長崎奉行は、すかさずシーボルトに対して日本出国差し止めの命令書を出した。

また、このころには其扇と稲は出島に戻ることを許可された。但し奉行所は其扇にシーボルトをよく監視するよう指示し、不穏な動きがある場合はすぐに注進するよう命じた。

一方この間、江戸でも捜査は着々と進んでいた。景保の配下をはじめとする日本地図の受け渡しに関与した疑いのある者や、江戸城内警備の不行き届きとされた者たちも次々と召喚または引っ立てられ、厳しい吟味を受けていた。そうした中で、図工の岡田東輔が自殺するなど不幸な事件も発生しており、そのような江戸の情報も断片的ではあるが忠次郎ら通詞の耳にも届いていた。

十一月二十四日。長崎ではシーボルト、通詞らへの本格的な尋問が始まったが、シーボルトの思惑通りに完全に証拠をつかまれていると思われる案件以外の事にはそれぞれが無知を装った。だが奉行所による追及の手は広がり、十二月二十三日には江戸参府に同行した末永甚左衛門をはじめとするほかの通詞や奉行所の役人までもが預けの身となり、忠次郎ら先の通詞四人に至っては入牢となった。

その朝、忠次郎宅に捕吏らが押しかけ、罪状を読み上げると春香の目前で忠次郎に縄を掛けた。忠次郎は覚悟していたのか取り乱しはしなかったが、狼狽した春香が捕吏にすがりつくも無下に拒絶された。

やがて忠次郎を乗せた唐丸籠が門を出ても、春香の慟哭する声は辺りに響いていた。またこの日、シーボルトに対しては長崎奉行より正式に吟味中として出国差し止めが宣告された。その直後の十二月二十五日には、ハウトマン号の出帆が年明けの一月十日に決まり、シーボルトも挫折感を味わう。

元碩も悲痛な面持ちになった。

「奥方様もさぞかしお辛かったことでしょうね……」

「はい。しかし、悲嘆する妻を見る私もまた胸が張り裂けそうな思いでした」

「ふむ。ところで気になったのですが、最上徳内さんはどうなったのですか？　北方の地図や調査内容を認《したた》めた書物を数多くシーボルトさんに渡したと聞きましたが」

「はい。それが不思議と最上さんに関する話は伝わってきませんでした。もっとも、景保様はシーボルト先生と最上殿の詳しいやり取りはご存じなかったと思いますし、譲ってもらった資料はすでにオランダに送っていて発見されなかったのだと思います。

それに、私も最上殿のことは口にしておりませんでしたし、江戸番通詞も奉行所には当たり障りのない話しかしていなかったのでしょう」

「なるほど、それは命拾いしましたね。それから、発見された日本地図は一枚目のものですよね？　二枚目は出てこなかったのですか？」

元碩はすっかり話に夢中になり、医者の立場を忘れて目を輝かせていた。一方の忠次郎は疲れてきたのか、いったん体を起こして牛乳を口に含むと再び横になった。

「……私の知るところでは、二枚目の地図は発見されておりません」

「しかし、時期的にオランダには送れていないはずですよね？　まさか、証拠隠滅のために焼き捨てたとか？」

「それも不明です。ただ、二枚目の地図についての追及があったとは聞いておりません。そのほかに機密性の高い『江戸御城内御住居之図』の話も同様です。もっとも、この件には自殺した岡田さんが深く関与していたようですから、景保様が口を割るか図が発見されなければ幕府に知れることはなかったでしょう。ほかにも似たような事例は多々あったかもしれませんね」

元碩は視線を泳がせた。

「と言うことは、幕府の知らぬ間に国外に流出した禁制品は結構あると？」

「ええ。しかし、それが判明するのは数年、いや数十年後かもしれません。でもその時、運び出されていた禁制品の価値がどれほどのものになっているでしょうか……。世界情勢や科学の進歩は日進月歩なのです。それに、異国の進んだ知識は手に入れたい。だが日本の内情は知られたくない。そんな都合のいい話はいつまでも通用するはずがありません」

元碩は納得したように頷く。

「これから先、ロシアはもちろん、イギリスやアメリカも通商を求めて使節を送ってくるに違いありません。近い将来、幕府も開国の決断をしなければならない時がやってくるでしょう」

「浅学のわたしでもそう思います。しかし、幕府より異国船打払令が出ていると聞きますから、そのような使節を乗せた船も、そうやすやすと日本の沿岸に近づけないのではは？」

忠次郎は首を振った。

「そのような脅しはヨーロッパやアメリカの政治や軍艦には通用しません。すでにロシア軍艦による北方襲撃や、イギリス軍艦による長崎でのフェートン号事件で立証されています。向こうが本気で武力侵攻してきたらどうなるか、幕府も分かっているはずです。友好的に通商を求められているうちに和親条約を結び、少しずつでも開港と交易を広めるべきです。それが日本の利益にも……」

そこまで言うと忠次郎は咳き込み、体をくの字に曲げた。元碩は我に返り忠次郎の額に手をやり、脈をとった。

「私としたことがすみません。すっかり話に聞き入ってしまい無理をさせてしまいました。さあ、忘れないうちに薬を飲んでおきましょうか」

元碩は忠次郎に水と薬の包を渡した。

「私が勝手に話をしているのですから、どうぞお気になさらずに」

言って忠次郎が薬を飲んでいると又七がそろりと戻ってきた。両手にそれぞれ蓋つきの小ぶりなかめを携えている。

「話は落ぢ着いだがな？　これ、うぢの婆さまが作ったおみ漬けなんだげんど、よいっけら食ってみでけろ。二人分あっず」

又七が牢の鍵を開けてかめを差し出すと、元碩は蓋を取って相好を崩した。

「おいしそうですな。忠次郎さん、これは青菜や大根、かぶの葉などを細かく刻んで漬けたものです。食が進みますよ」

「そう思ってたがいで（持って）ぎだんだ」

又七が得意げに言った。

「……痛み入ります」

忠次郎は愁いを帯びた表情で頭を下げた。

五、判決　シーボルトの国外追放と連座

四日後。旧暦の二月下旬になり桜の開花も始まった。元碩は、おみ漬けのお返しに二つのかめに入れた棒鱈《ぼうだら》煮を携えて座敷牢を訪れた。内陸の米沢では、乾物とはいえ貴重な海の食材を使った料理である。

気候もすっかり春らしくなり、長く歩くと汗ばむほどになっていた。当然ながら元碩は、この季節に乗じて忠次郎の心身の回復を図りたかった。長崎からの手紙も、も

うじき届くころである。妻への誤解が解ければ生きる希望も湧くに違いない。そして、それは元碩にとっても明るい材料となる。

だが座敷牢に入ると、忠次郎は背を向けて布団に横たわっていた。困惑した表情の又七が元碩を外へ連れ出して小声で言った。

「忠次郎さんは飯ほとんど食わね。おみ漬も、しょっぺえと言って口にすね。もう、おらはお手上げだ」

元碩も眉を寄せる。

「薬はちゃんと飲んでいますか？　咳の方はどうです？」

「先生の言い付けで薬はおらが見でる前で飲むのだげど、水もその時すか飲まね。でも、胃の腑が受げ付げねど言って厠で吐き戻すてる。咳の方は相も変わらずだげど、今までより勢いがねっていうが、弱弱すいんだ……」

又七の話を聞いているうちに元碩の脳裏に『餓死』の二文字が浮かんだ。この座敷牢で自ら命を絶つにはその方法しかないのである。

「分かりました。では、忠次郎さんとゆっくり話をさせてもらえませんか？」

「承知。ほんじゃおらはまた少し家に戻ってくるっす。忠次郎さんに、もすものごどがあったら、おらもお叱り受げっから、よろすく頼むっす」

「それは私も同じこと。善処いたします。あ、これをご家族で召し上がってください」

元碩が棒鱈煮の入ったかめを一つ渡したが、又七は表情を曇らせたまま座敷牢に鍵をかけて出ていった。元碩は忠次郎の枕元に腰を下ろした。

「こんにちは。食事や薬をほとんど口にされていないようですが、胃の調子でも悪いのですか？　何でしたら食事は当分のあいだお粥にしてもらいましょうか？」

忠次郎は無言のままだった。

「今日も牛の乳を持ってきましたよ。ここに置いておきますからあとで飲んでくださいね。それから、食欲が出たらこの棒鱈煮もどうぞ。干鱈を醤油で甘辛く煮ていて美味しいですよ」

元碩がひょうたんとかめを丸盆の横に置くと、忠次郎はようやく声を発した。

「せっかくですが、もうメルクは不要だと先日申したはずです。お持ち帰りください。それから、もう食べ物の差し入れも結構……」

「なにをおっしゃいますか。このままでは体が衰弱して――」

腰を浮かし、忠次郎の顔を覗き込んだ元碩は息を呑んだ。顔は青白く目はくぼみ、頬や顎にまで影が差して額に縦じわができている。それは医者として幾度となく見てきた死相そのものであった。

「忠次郎さん。貴方、死ぬつもりですか?」

忠次郎は横を向いたまま静かに答える。

「いえ……。まだ逝くわけにはいかないでしょう。事件の話がもう少し残っていますからね……」

元碩が真顔で言う。

「貴方が死ぬと、わたしや又七さんは藩庁から大変なお咎めを受けるでしょう。特に私などはお役御免で、また貧乏町医者に逆戻りです。そうなると、家内からも愛想を尽かされてしまいます」

忠次郎は口元に薄い笑みを浮かべる。

「前にも言いましたが、元碩先生はきっと医者として成就します。私も医家に血筋がある者として断言できますよ」

言って忠次郎は少し咳き込んだ。又七の言うとおり弱弱しかったが、肩は大きく揺れた。

「そんな買いかぶりより、わたしは貴方に生きていてもらいたい。貴方は、これからの日本にとってまだ必要な人です」

　忠次郎は首を振った。

「私こそすでにお役御免です。今や江戸にもオランダ語に精通する蘭学者はたくさんいますし、長崎の通詞もイギリス語やロシア語、フランス語まで学んでいます」

「それを牽引するのが貴方のような人です。幕府もそれを理解しているはず。だから、貴方を奥羽の長崎と呼ばれるここ米沢に送ったのでしょう。伊東殿もおっしゃっていました。今は体の回復に努め、来るべく時局の転換に備えるように、と」

　再び元碩が顔を覗き込むと忠次郎は、はっきりとした口調で言った。

「私は疲れた……とてつもなく。もう休みたいのです。誰もいない場所で……永遠に」

　会話が途切れ、寸刻耳を塞がれたような静寂に包まれる。

「――さて、残りの話をするといたしましょうか」

　忠次郎はゆっくりと体を捻り仰向けになった。元碩には医者として、もうなすすべがなかった。

「話をするのも体力を消耗します。少しでもメルクを飲んではいかが？」

「要りませぬ。飲んでも胃が受け付けないでしょう……。でも、口が渇いていますので水を一口いただければ助かります」

元碩は干からびた湯呑に急須の水を注いで忠次郎の背中を起こした。その肩は細く、着物の上からでも痛々しいほど背骨が隆起してるのが見て取れた。元碩は忠次郎の覚悟と死期が迫っていることを実感すると共に、自分の無力さに失望する。

「どうか、無理はなさらずに……」

と短い言葉を掛けるのが精一杯だった。忠次郎は口を湿らして再び横になると、一呼吸おいて語り始めた。

「先日は私たち通詞らが入牢となり、シーボルト先生が出国差し止めを受けたところまでお話ししましたか……。その文政十一年の暮れには、すでに出島へ出入り禁止となっていた門人の二宮敬作、高良斎のお二人も町年寄預けとなり、専属画家だった川原慶賀さんも入牢となりました。

枕元で傾聴する元碩が言う。

「江戸と長崎の双方で、ずいぶんたくさんの方々が捕らえられたのですね」

「ええ。六〇名ほどだったと聞き及んでおります。先にお話しした天文方の関係者はもちろん、江戸参府の際に宿泊した長崎屋の主人までもがです」

「そんな末端の方まで？」

「はい。また先生への尋問も奉行所が事件に関与していないと判断した通詞らによって進められましたが、主要な通詞はほとんど捕まっていたために意思疎通がうまくいかず、先生もなかなか口を割らないために捜査は難航していたようです。それでも先生が奉行所に引っ立てられて拷問などを受けなかったことは不幸中の幸いでした」

　捜査の進展が芳しくない中で年を越した長崎奉行所は、年明け早々の文政十二年一月三日にシーボルトへ二十三カ条の質問状を渡す。これは押収された景保と交わした手紙を基にオランダ語で作成されたものだった。

「取り調べはその質問状に先生が一部を除いて口答するという手法で行われましたが、通詞らにとっては日常会話や貿易関係で使われない言葉が多く、また先生を知っている者ばかりですから、きつい言い回しを避けようとして言葉を選ぶために通弁にもたつく者もいて、証人として列座していた私が補助すると言う場面も多々ありました」

「なるほど。で、それらはどのような質問内容だったのです？」

「二人がやり取りした手紙の中には、地図やそれを運んだ人名などの固有名詞が暗号化されている場合が多く、奉行所はそれらを明らかにするのが主な目的だったようです」

手紙には、例えば地図を表す言葉がＩＫやＫＪになっていたが、地図類はその多くが没収されていたし、景保の自白によって誤魔化しがきかない場合は、シーボルトも割と素直に説明している。

彼が最も気を使ったのは、なるべく人名を出さぬことだった。たとえば、「手紙はかなりの数をやり取りしたので、どの手紙を誰に頼んだのかはいちいち覚えていない」とか、江戸参府の際に知り合った人物は大勢いるので、記憶違いで間違った名前を出すかもしれないので、簡単には口に出せないとも釈明した。すでに多くの協力者が疑いを掛けられて召し捕られており、シーボルトはその者たちが極力罪に問われぬよう留意した。

例えば、ある手紙には欲しいものは『ゴノスケに託すように』と書いてあり、ゴノスケというのは忠次郎の親戚で大通詞である吉雄権之助のことかと尋ねられたシーボルトは、

「ゴノスケとは人の名を指すのではなく、一八二八年（文政十一年）二月に長崎奉行、

本多佐渡守様が江戸へ向かわれた旅の意味です。オランダ語では、ある物を人に見立てるのが習わしとなっており、たとえばハウトマン号の船ではなく、デ・ヨンク船長を通じて、かくかくしかじかの物品を送ると書いたり言ったりします。そういった意味で、大通詞吉尾権之助の監督下にあった江戸への旅の事をゴノスケと称したわけです」

などと言って吟味役を煙に巻いた。実際には、権之助は景保や林蔵宛の手紙と贈物を持参して江戸に上り、二枚目の日本地図を長崎に持ち帰る役目を果たしている。この件が発覚すれば権之助も重罪となるのは必定であるし、それまで明るみに出ていなかった二枚目の地図の存在も奉行所の知るところとなる。

またこのように疑いを掛けられた日本人を庇護する答弁に通詞たちは感銘を受け、暗黙のうちに通弁もシーボルト側に肩入れするようになる。奉行所側もシーボルトの功名な話術に翻弄されて混乱し、たびたび吟味は中断した。だが奉行所も捜査の手を緩めなかった。

一月五日。シーボルト宅の再捜索により、禁制品と判断された多くの品が押収され、シーボルトの立場はさらに悪くなっていった。そして禁制押収命令書のなかで奉行は、

「これら禁制品を集めるのに誰が協力し、誰が何を行ったか明確にするように。そうすれば酌量減刑の余地もある」

と述べていた。今度はシーボルトが混乱する番であった。目を閉じれば多くの友人や協力者たちが拷問を受ける場面が脳裏に浮かび上がる。笞打《むち》、石抱《いしだき》、海老責、釣責など、絵図で見た苛虐な仕打ちが自分のせいで行われているかと想像すると胸をえぐられる思いであった。

その晩、シーボルトは食事にも手を付けず書斎に閉じこもり、机で頭を抱えた。心配する其扇が運んできた夜食もコーヒーだけ受け取ると、一人にしておいてほしいと告げて引き戸に心張り棒をあてた。

そして日付が変わったころ、意を決したようにペンを握り締めた。

明けて一月六日。シーボルトは明け方までかかり作成した嘆願書を奉行所へ提出した。その内容は、
多くの人々が自分のせいで非難と処罰を受けているのは耐え難く、彼らを救うために自分は日本に帰化し、日本人となり命令に従って課せられた義務を全うしたい。そうすることで自分がこの事件を悪意で犯したのではないと分かっていただけるはず。

自分は長崎奉行の配下に置かれ、忠実な下僕になることを希望する。と書かれていた。

これは二度と祖国に帰れなくてもいいという決意をも表したものでもあった。奉行の本多はその覚悟には心を動かされるものがあったが、事件の真相を突き止めるという立場上、これを拒絶した。

元碩が思わずうなる。

「うーむ。シーボルトさんは義侠心に富むお方でもあったのですね」

「確かに。しかし、日本地図を入手したことがここまで大事件になるとは思ってもみなかったでしょう。もちろん、この私もですが」

「それほど幕府にとって日本地図は重要な物だったということなのでしょうね。やはり国防という観点からでしょうか？」

忠次郎は一旦体を起こしてもらい、水を少し飲んだ。すでに話をするだけでもきつそうである。再び横になって続けた。

「異国船の来航が頻繁になってきましたのでそれは当然かと思います。なにしろ精度が高い地図ですし、江戸に上る街道や大きな船が入れる港まで記されているとしたら、相手にあらゆる外交交渉や有事の際に利用される恐れがありますからね。しかし、幕府の思惑は別の所にもあったかと」

「別な所？」

「以前、幕府にとって頭痛の種となる話をしたと思いますが……」

「幕府の……。密貿易を行っていたとされる薩摩の島津重豪様のことですか？」

「そう。でも、それだけではありません。そのご子息で中津の大殿、奥平昌高様をはじめとする蘭癖大名やオランダ人を慕って親しくなろうとする景保様や蘭学者などに対してもです。癒着関係になると、密貿易や今回のような事件が横行するからでしょう」

元碩は腕を組んだ。

「――となると日本人、オランダ人双方への幕府からの警告、いや戒め……。しかし、シーボルト事件で連座した人々の多くは上からの指示や、純粋に蘭学を学ぼうとしただけではないのですか？」

「おっしゃる通りですが、その時点では奉行所も捜査に躍起になっていて、とにかく少しでも疑いのある者は片っ端から吟味の対象としていましたから。今にしてみれば、長崎奉行所も幕府から相当な圧力をかけられていたのだと思います」

一月十日。意を決して出した帰化願いが却下されたシーボルトは、失意のどん底にいた。またこの日から、其扇は何度か奉行所に呼び出され尋問を受けた。しかし其扇は気丈に、

「私はシーボルトさんの身の回りのお世話と子守りをするだけで、お調べになっていることなど、全く存じ上げません」

とシーボルトが感謝するほど余計なことは一切口にしなかった。

一月十二日、シーボルトはハウトマン号に託す手紙を書いた。それは、バタヴィアの総督カペレンに自分の置かれている状況と心境を綴ったものだった。その中でもシーボルトは、日本滞在の五年間に渡って苦心して集めた貴重な収集品を没収された悔しさや、奉行所の執拗な捜査についての不平不満を訴えた。また捕らえられて苛酷な状況下に置かれている日本人に対する同情や自責の念も述べている。また十一日と十四日にもしらみ潰しのような家宅捜索が行われ、絵図などの押収が行われた。

一月十八日、ハウトマン号の出帆が間近となり、奉行所は禁制品が運ばれるのを懸念して出島の倉庫などを再捜索するが目ぼしいものは出てこなかった。また出島の警備を増強すると共に、ハウトマン号にも番船が付けられ監視が強化された。そして、

其扇への尋問も二十日まで連日行われたが、其扇も見事にしらを切り通した。

　一月二十一日、ハウトマン号は物々しい雰囲気の中、バタヴィアに向け出帆した。そして二十五日には町年寄預けとなっていた門人の二宮敬作らが入牢となったことを知ると、シーボルトは矢も楯もたまらず、メイランを通じて奉行に上申依頼書を提出した。

　そこでもシーボルトは、取り調べの中で役人からは関係者の名前を出せと詰問され、そうすれば罪を軽くするとも言われるが、それは逆に自分の良心を裏切ることになり、自分は一生悪名を背負うことになる。従って自分の罪が重くなるのは構わないので、牢に入れられた人々に対しては酌量軽減をお願いする、という内容を認めた。

　奉行の本多は、決して屈しないシーボルトに一層態度を硬化させ、その書状を黙殺し、メイランには二度とシーボルトからの手紙類を取り次《つ》がないように申し渡した。そして二十六日には正式に事件の解明に協力するよう要請書をメイランに送った。その中で本多は、捜査に協力しなければオランダとの交易が絶たれる事態になる恐れがある。従って一刻も早く我々が知りたがっていることを明かすようシーボルトを説得せよ、というものだった。

メイランも困り果てていた。シーボルトの日本研究には理解を示していたものの、たしかにその研究調査は度を超えているように思える。しかもこれ以上状況が深刻化し、交易が途絶える事になってしまえば商館長としての立つ瀬がなくなる。ここは日本側にも協力する姿勢を見せなければ、蘭日双方の国賊となりかねない。

それまでもメイランは何度もシーボルトを説き伏せようとした。だが、シーボルトはメイランに対しても自我を貫き通し、平行線を辿っていた。

「博士。このままでは商館にとって不利益であることはもちろん、貴方や貴方の友人たちの立場も悪くなる一方です。今や荷役倉庫まで捜索の対象となり、商館の運営にも支障をきたしている。いや、日本との交易そのものが危ぶまれています。私は商館の代表として貴方に奉行所への捜査協力を命じます」

語気を強めるメイランにシーボルトも顔を紅潮させ、

「私は、日本の友人たちを裏切ることは私の故国に対しても不名誉なことだと考えます。ですから、たとえ商館長の命令でも従うことはできません」

と反論し、考えを曲げない姿勢を見せた。メイランはやむを得ず奉行所に、シーボルトがまだ禁制の品を隠し持っている可能性を示唆した。

一月二十八日、吉雄権之助が景保に小包みを届けた容疑で奉行所に召喚された。またその日、更なる家宅捜索で九州辺の地図や江戸参府の際に御典医の土生元碩から貰った葵の御紋が入った帷子が発見され奉行所も一驚する。この一件は早馬で幕府に報告された。

ますます窮地に立たされたシーボルトは、食欲も失せ、眠れぬ夜が続いていた。日ごとに口数が減り、やつれていくシーボルトに其扇も不安が募っていった。しかし声を掛けたい、話だけでも聞いてあげたいという気持ちは山々あっても、言葉の壁が文字通り障壁となっていた。

其扇の最も心配なことは、思い詰めたシーボルトの自殺である。彼の部屋には薬品やメスなどの手術道具がまだ残っていた。

其扇は江戸参府にも同行し、シーボルトの理解者でもある薬剤師のビュルガーにシーボルトを見舞うよう下男のモハメッドを通じて依頼し、承知したビュルガーは薬を手渡すと言う名目でシーボルト宅を訪れた。

寝室に案内されたビュルガーはベッドに横たわり、やつれ顔で虚ろな目をしたシーボルトを見て色を失う。ビュルガーは、其扇に二人だけにしてほしいと片言の日本語ご頼んだ。

ビュルガーは、睡眠効果のあるバレリアンハーブを手渡しながら耳寄りな情報を伝えた。それによると、現在シーボルトの友人や門人ら数名が長崎を離れて薩摩、宇和島両候の屋敷に匿われており、事件の話を耳にした両候が幕府に対し、シーボルトを擁護する働きかけを行っているというものだった。

その話を聞いたシーボルトは、自分を支えてくれている人々がまだいることに感涙し、失望感や孤独感も緩和して幾分元気を取り戻した。そして再び信念を貫く覚悟を決めた。

一方江戸では、伝馬町牢屋敷に投獄されていた景保が二月十六日、四カ月に渡る苛酷な取り調べがたたり、体が衰弱して獄死した。それまで贅沢三昧の生活を送っていた景保には冬場の牢暮らしはあまりにも厳しい環境であり、加えて自殺防止のためと称して歯を全て抜かれるなど、拷問交じりの無慈悲な吟味に非業の死を遂げる。享年四十五であった。

景保の亡骸は吟味中のために塩漬けされて保存することになった。その方法は、まず遺体の肛門から簓《ささら》のようなものを差し込んでぐるぐる廻してハラワタを引き出し、尻から口から塩を体内に詰め込む。次に目玉もくり出し、そこにも塩を詰める。そうして最後は大きなかめに亡骸を入れ、完全に頭が隠れるまで塩で満たす。かめの底には小穴があり、そこから体内から出た水分を落とすようになっていた。仕上げは厚い板で蓋をし、石を乗せ綱で固定するのである。

景保の死は江戸の評定所や長崎奉行所にとっても痛手だった。一向に進まない吟味に対し、景保とシーボルトを並べて取り調べを行うことも考えていたからである。

そのころ忠次郎は、膠着状態であるシーボルトの取り調べの立ち合いにも次第に召喚されなくなっていた。しかし牢屋敷でも通詞らに同情する番人はいて、シーボルトの吟味の様子や景保の死は密かに伝えられていた。

元碩が神妙な顔で尋ねた。

「景保様のことをお聞きになった時はどのような心境でしたか？」

「むごい仕打ちだと思いました。景保様は地図や書物を渡したことを素直に認めていましたし、それは天文方として世界の知見を深めたかったからです。もちろん私利私欲の部分があったことは否めません。しかし、大局的に見れば国を思ってのことです。そこは幕府にも汲んでほしかった……」

言って体をくの字に曲げて咳き込む忠次郎の背中をさすりながら、元碩もまた幕府の事件に対する過剰なやり方に疑念が深まる。だが、この景保の死を転機として潮が引くように事件は終息に向かう。

その後も長崎奉行所はシーボルトに対して質問状を出したり幾度か尋問も行われたが、一向に進展せず吟味は次第に形骸化されていった。そして五月二十日、奉行所は最後の尋問を終えた。二十三カ条の質問状を基に約半年間に渡った取り調べはようやく終息した。

それ以降奉行所は監視を緩め、シーボルトは出島内を動けるようになり、気を取り直して日本研究も再開した。二十三日には病気で親類預けとなっていた吉雄権之助も放免され、復職した。権之助は口を割らなかったシーボルトをはじめ全ての人に深謝する。

翌月には二宮敬作や高良斎などの門人も出牢し、町年寄預けとなった。シーボルトは大いに喜び奉行所に協力する姿勢を見せた。そして、江戸参府旅行中に入手した品々の件についての答弁書を提出したが、依然として人名は伏せたままだった。しかし奉行所側もそれに対して異を唱えることはなかった。

牢屋敷にいる忠次郎にも事件の終局については番人より耳に入り出牢に期待を膨らませたが、証拠が挙がっている通詞らは留め置かれた。

そんな中、シーボルトの日本研究は再び熱を帯び始めた。禁制品以外の資料はまだ多く残っており、その整理と執筆にも精を出した。また不足品の収集も始めたが、これには門人たちはもちろんのこと、通詞や役人らも暗黙のうちに協力するようになった。其扇も、再起して笑顔を見せるようになったシーボルトの姿に安堵していた。だが、別離の不安は再び訪れる。

七月二十日にオランダ船デ・ヘレナ号とデ・ジャワ号の二隻が長崎へ入港した。奉行所は、一月に出帆したハウトマン号によりバタヴィア政庁はシーボルト事件のことを知っているはずであるから、二隻体制による強硬な態度での抗議やシーボルトの身柄解放を要求する恐れもあるので、厳重な警戒態勢をとった。

しかし、入港手続きである『旗合わせ』のために緊張した面持ちで乗船した検使と通詞が船上で目にしたものは美しい若い女だった。その女はハウトマン号でバタヴィアに帰帆していた画工デ・フィレニュフェの新妻で十九歳のミミィであった。デ・フィレニュフェは妻と出島で暮らすことを強く希望した。

事情を聴いたメイランも奉行所に請願書を出したが、国法で船員や商館員以外の者、しかも異国人女性の上陸は一切認められないと却下した。実はその十二年前にも当時の新任商館長プロムホフが妻子や乳母らを連れて来日したが、やはり出島での暮らしは認められずに乗ってきたオランダ船で送還されている。ミミィの存在は長崎の町でも話題になり、船上に姿を現す彼女の姿を一目見ようと物見船まで出るほどだった。

その一方で、奉行所が危惧していたシーボルト事件に対するオランダの態度は慎ましいもので、バタヴィア総督からメイランへの命令書には、蘭日の友好並びに交易関係を維持するよう下命されていた。

またシーボルトに関しては、彼を派遣した理由は最新の医学や科学を伝授し、日本との友好を促進するためであり、他意がないことを日本側によく説明すること。そして事件に関しては、幕府や長崎奉行所に遺憾の意を表し、日本の法律、習慣を尊重し事件解決に協力するよう指示があった。最後に、オランダ政府はシーボルトに懲罰を科す意向であるため、彼を帰国させるよう日本側へ請願するようにも書かれていた。だが、無論これはシーボルトの身を保護するためである。

メイランはこの命令書をまとめ長崎奉行所に嘆願書を提出したが、奉行所はシーボルトが吟味中であることを理由に帰国の件については却下した。しかし、その書状の内容は直ちに幕府に報告された。

幕府は、長崎からのシーボルト取り調べの報告と、メイランの嘆願書の内容を審議した。幕府はシーボルトの過剰な日本の研究調査、特に北方の情報まで収集していたことからロシア政府の密偵の疑いもあると見ていた。しかし、決定的な証拠をつかむことが出来なかったうえに事件の鍵を握る景保もすでに死亡おり、またシーボルトの強固な態度からも捜査の進展は望めそうになかった。

幕府側としてもオランダとの関係が破綻するのは本意でなく、事件の総括には潮時と判断した。そしてシーボルトに対しては、日本人への学術の伝授は確かなものであり、その貢献度は評価に値する。また禁制品の持ち出しに関しては認識が不足していた点や相手から譲渡された品も少なくないことなどを考慮して、『日本御構《おかまえ》（国外追放及び再入国禁止）』と比較的寛大な処分にすることを決定する。さらにシーボルトと同時に前商館長のステュルレル対してもシーボルトへの監督不行き届きや、事件の捜査過程で土生元碩から葵の紋服を受け取っていたことが発覚したことから、こちらも渡来禁止の処分となった。

幕府から知らせを受けた長崎奉行の本多は、九月二十五日にメイランとシーボルトを呼び出し、判決を言い渡した。蘭日交易にひびが入らなかったことにメイランは胸をなでおろしたが、シーボルトは永久追放という判決に納得のいかない部分もあった。しかし、それ以上に連累した日本人たちの行く末が気掛かりであった。特に事件の首謀者扱いとなっている景保や、地図の受け渡しに直接関わった忠次郎ほか通詞らの処分がどうなるかである。

そしてもう一つの心配事である其扇と稲のことについてもシーボルトは、年末の予定となっているオランダ船の帰帆までに、其扇や稲と過ごす時間を大切にすることはもちろん、その後の生活が困らないように、オランダ商館から高級品である砂糖を大量に買い、それを長崎会所へ預け、その利子が定期的に其扇へ支払われるよう手配した。また残していく財産の一部は事件で捕縛された者たちとその家族を支援するために使うようにと、親睦の深い商館員らに依頼した。

出国の日が迫り、シーボルトは奉行所に最後の嘆願書を書いた。それは、まだ判決が出ていない日本人連累者、とりわけ重罰が科されると予想される景保に対する情状酌量を訴えたものだった。そのころには江戸で地図の手配役だった猪俣源三郎も牢獄で病死しており、犠牲者が増えることが懸念されていた。

だが、その嘆願書は所見文と共に返送されてきた。そこには、有罪明白な者は日本の法で罰せられることが必定であると綴られてあり、特に景保の国禁を犯した罪は酌量の余地はないとあった。また､すでに景保が獄死していることも記されてあり､シーボルトは愕然となる。

――グロビウス殿が獄死していた？　まさか、そんな……。なぜこんなことになってしまったのか？　彼もまた日本の将来のために尽力していたのではないか……。

シーボルトは、景保との短くも中身が濃かった交流を振り返り涙した。もう二度と彼や忠次郎を始めとする親交の深かった通詞や蘭学者らにも会えないのだと思うと残念極まりなかった。そして、彼らの運命を大きく変えてしまった己の所業を考えた時、自責の念に駆られるのであった。

元碩が忠次郎の脈を取りながら言った。

「シーボルトさんは、たしかに日本の研究材料は多く手に入れたでしょうが、あまりにもその代償が大きかったですね」

「ええ。もちろん先生にとっても想像もつかない展開だったでしょうが、やはり幕府の動きが異様と言いますか、不可思議な点は拭いきれませんでしたね……」

シーボルトの判決後は、幕府や奉行所も禁制品以外の押収品を多く返却し、またシーボルトも持ち帰るために必要な資料や品々の最後の収集に精を出した。最終的にシーボルトが帰帆する船に積み込んだ品は、文化的・民族的な資料や動植物の標本を含めると一万点を超えた。

師走に入り、いよいよ出国が間近となった。シーボルトは稲の養育について門弟の高良斎、二宮敬作、石井宗謙ら信頼のおける者たちに哀願し後事を託した。そして彼らには卒業証書とも言える書面を与えた。また門人たちもシーボルトにそれぞれ師事を受けてきた御礼と、今後も連絡を取り合う約束を交わした。そして門人たちは公ではできないシーボルトとの別れの場を設けることを画策し、そこへ其扇や稲も招く事にした。但し、奉行所の監視が厳重なため、機密にしておく必要があった。

文政十二年十二月五日、ついに帰帆するジャワ号に乗船する日がやってきた。その日の朝、シーボルトは自宅で親子三人での最後の時間を過ごした。正装した其扇は口数も少なく、沈んだ眼をしていた。軍服姿のシーボルトも重苦しい空気を和らげようと稲をあやす。二歳半となっていた稲は何も知らずにはしゃいでいた。

やがてメイランと役人、そして通詞がシーボルトを迎えに来た。シーボルトは其扇と稲を強く抱きしめて別れの接吻をし、鞄を抱えると外に出た。稲を背負って後に続く其扇の顔は涙でくしゃくしゃであった。

寒さが身に染みる日でもあった。出島の船着き場には小舟が用意されていた。シーボルトは見送りの役人や通詞らと次々に握手を交わした。その人だかりに其扇の小さな体は後方へと押し流されていく。

シーボルトは役人に促されて舟に乗った。もう其扇の姿は見えない。漕ぎ手によって櫂が左右に振られると、舟はすぐに行き足がついて進みだした。見送りの者たちが一斉に大きく手を振る。

と、その人垣をかき分けるようにして其扇は前に出た。そして背負っていた稲を下ろすと、シーボルトに向けて抱き上げた。

「オトーシャマー」

稲が甲高い声を振り絞った。ようやく父との別離を感じ取ったのか、其扇と同じ憂いに満ちた表情を浮かべていた。手を振って応えるシーボルトの目から涙が溢れた。それまでの人生の中で最も辛い別れであった。ここでもまたシーボルトは二人に対しじ強い罪悪感を覚えるのであった。

　ジャワ号に乗船すると、ヘレナ号と共に二隻は多数の曳舟により港外の小瀬戸近くに移動し、風待ちのために錨を下ろした。シーボルトは個室に閉じこもり、感傷に浸っていた。

　翌早朝、数人が乗った一隻の小舟がジャワ号に近付いてきた。漁師姿の漕ぎ手が、流暢なオランダ語で甲板上の航海士にシーボルトへの面会を申し入れた。航海士は了解し、すぐにシーボルトを呼びに行った。訝りながら甲板へ出てきたシーボルトは小舟に乗っている面々を見て驚く。

　そこには漁師に扮した高良斎、二宮敬作らの顔が見え、船上の蓆《むしろ》をはぐると其扇と稲の姿もあった。シーボルトは気が動転し、声が上擦る。

「これは、いったい……」

　高良斎がオランダ語で叫ぶ。

「先生！　この舟で小瀬戸の岸に上陸して、そこで最後のお別れをさせてください」

　シーボルトは門人たちの危険を冒してまでの厚意に胸が熱くなる。

「ありがとう！　しかし、それには船長の許可が必要だ。相談するから少し待ってくれ」

シーボルトが事情を話すと船長は理解を示し、短時間の上陸許可を出してくれた。シーボルトは縄梯子で小舟に乗り移ると其扇と稲を抱擁した。そして自分も蓆を被って身を隠すと、小舟は小瀬戸の人家から離れた海岸に向かった。

上陸すると、海岸に待ち構えていた石井宗謙らの門人も加わり、シーボルトを囲った。特に門人たちとはきちんとした別れができていなかったので、一人ひとりと固い握手をして言葉を交わした。門人たちとは手紙のやり取りや研究器具などを送ることを再度約束した。そして其扇には、

「私はオランダ国王に直訴してでも、また来日できるよう精一杯努力する。それまで元気でいてくれ。稲のことをくれぐれも頼んだよ。手紙を出すからね」

と言い残し二人に頬ずりしてジャワ号に戻っていった。その翌日、オランダ船二隻は錨を上げ、帆を膨らませて静かに長崎を後にした。時に文政十二年十二月七日(一八三〇年一月一日)であった。

船上で日本の陸地が遠ざかるのを見遣りながら、シーボルトの脳裏には六年半に及ぶ日本での暮らしが走馬灯のように蘇っていた。事件の取り調べを受けた最後の一年

を除けば、とても貴重で充実した日々であった。

日本研究は順調で進み、最愛の女性と巡り合い可愛い子供も授かった。交流した日本人の学者や門人たちも皆優秀で申し分なかった。

幕府や奉行所の役人も異常なほど厳格ではあったが、裏を返せばそれは国家と職務に忠実だということだ。今回の事件の引き金となったのも、間宮林蔵が送られてきた手紙と小包を上役である勘定奉行に届けたことによるものだが、彼もまた然り……。

日本の美しさというは景観だけでなく、そこに暮らす人々の尊い精神までが美徳であり賛美に値するものだと強く感じた。だからシーボルトは、国外追放の処分を受けても日本を嫌悪する気持ちなどなく、むしろ愛惜の念が湧き起こるのだった。

シーボルトは帰国後も日本研究を続け、蘭日の関係発展のために寄与することを誓った。

「——そんな形での帰国になってしまい、シーボルトさんもさぞや残念だったでしょうね」

元碩が顔を曇らせて言った。

「そうですね。でも、日本の調査や研究については犠牲を多く払った分、収穫は大きかったと思いますね。その成果が日本に伝わるのはずっと先になるでしょうが……」

「シーボルトさんはいつかまた日本へ戻ってこれるのでしょうか?」

忠次郎は目を開き、はっきりとした口調で答えた。

「時世次第でしょうね。日本が鎖国を解き、諸外国に門戸を開く時がくれば、機会も巡ってくるでしょう」

「ふむ。その時は忠次郎さんら御預けになっている通詞の方々もきっと放免でしょう。それまで元気で過ごさないといけませんね」

忠次郎は小さく咳をしただけだった。

「これで、事件の全容はお話ししたことになりますが、ご満足いただけましたか?」

元碩は深々と頭を下げた。

「ありがとうございました。しかし、思っていた以上に複雑な絡みがあるようで……。考えをまとめるには、少し時が必要ですな。まあ、少なくともシーボルトさんが徳の高いお人だということは理解できましたが」

「そうでしょうね。事件の真相に関しては私も未だに想像の域を出ません。シーボルト先生もきっと同じだったことでしょう」

　元碩は体も気持ちも前のめりになる。

「では、その真相を知っている人は誰だと思いますか？　やはり、捜査の指揮を執った幕府ですか？」

「ええ多分。しかも高官の一部のみでしょう」

「と言うことは、薩摩の密貿易が関係あるのですね？」

「その線から辿っていけば幕府、薩摩、長崎、オランダと全てが結び付きますので、関係性は高いと思います」

「しかし、今回の吟味では薩摩の密貿易の件は暴かれていませんよね？　その筋でお縄になった者もいないのでは？」

　忠次郎は口元を緩ませた。

「そこから先は、元碩先生の推理におまかせします。聡明な貴方様なら、幕府の意図が見えてくるはずです」

「はあ。それから、シーボルトさんの来日の目的もまだ明らかになっていませんが？」

「私もはっきりしたことは存じ上げておりません。ただ、以前にもお話ししましたが、あの方の正式な身分は、オランダ領東インド陸軍外科軍医少佐です。そこも踏まえて熟考されてはいかがかと」

「つまり、単なる医者や学者ではないと？　やはり、隠密だった可能性が？」

「そこのところは幕府や長崎奉行所も追及したでしょうが、証拠が出なかった。それに、隠密にしては行動が大胆過ぎるとも思いますし、連累した日本人を救うために帰化願いまで出していますからね。結局は、行き過ぎた学術調査ということになったのですが」

「しかし、シーボルトさんに日本研究の真の目的を尋ねた門人の方々が、その後長崎から出ていったということは……」

「少なくとも、あの人らも御禁制の品に手を出していることが分かったのでしょうね……」

忠次郎は太息を吐いた。

「いや、私からお話しできるのはここまでです。重要な事柄ですから憶測で答えるわけにもいきません。何度も申し上げますが、私も真実は知らないのですから」

言って忠次郎は体を横向きにして背を向けた。かなり疲労の色がうかがえる。元碩は最後の質問をした。

「あの、お疲れでしょうが、できましたら連累した人たちの刑罰はどうなったのか、ご存じならお聞きしたいのですが……」

忠次郎は軽く頷いた。

「分かりました。私への本格的な詮議は江戸に押送されてから行われましたし、沙汰を申し付けられたのも後の方でしたので、だいたいは聞き及んでおります」

忠次郎は水を少し飲んで再び語り出した。それによると、江戸では高橋景保が死罪。ただし、すでに獄死していたので、塩漬けされていたかめから亡骸が取り出されて首をはねられた。また二人の息子も遠島となった。

地図の受け渡しに大きく関わった通詞の忠次郎、馬場為八郎、稲部市五郎は永牢、景保の配下だった下河辺林右衛門は中追放で、地図の写しに関わった図工らは江戸十里四方追放となった。

葵の御紋が入った帷子と小袖を贈った土生元碩は改易。その他の者は押込や手鎖、叱置と比較的軽い刑罰で、無構となったものも少なくない。

一方長崎では十数名の通詞が詮議にかけられ、堀儀左衛門が役儀取放百日押込、末永喜左衛門は取放五十日押込など刑罰が重く、他の者もほとんどが押込みを申し付けられた。また証拠が挙がらなかった吉雄権之助は急度叱りで済んだ。

門人では二宮敬作が江戸お構い・長崎払い。高良斎は居町払い、そして絵師の川原慶賀は叱り置となった。

元碩が、腑に落ちないといった顔で腕を組んだ。

「それにしても、忠次郎さんや馬場さん、稲部さんの刑罰は取り分け重いですね。なぜなんでしょうか？」

「地図が御禁制と分かっていながら受け渡しに直接関わっていますからね……。それに私の場合は、通詞目付としてシーボルト先生の監視役も怠っていたので当然かと」

「……失礼ですが、ご自身の刑罰についてはご納得されているのですか？」

忠次郎は声を詰まらせながら言った。

「もうよいのです。今となっては……。ただ、こうして信頼の置ける人にお話しできたことは、事件に関与した者として幾分胸のつかえが取れた感じです」

元碩は恐縮し、姿勢を正した。

「いや、わたしこそ貴重な逸話を聞かせていただき大変有意義でした。感謝申し上げます」

「それはよかった……。申し訳ないですが、今日は疲れましたので少し眠らせてください」

「分かりました。ゆっくり休んでくだされ。明日の日中は徒罪者の治療がありますので、夕刻前にまた伺います。食事はお粥にするよう伝えておきますから、少しでも口にして下さい。メルクも置いていきます。食事はお粥にするよう伝えておきますから、少しでも口にして下さい。メルクも置いていきます。棒鱈煮の方は、今は食べない方がいいので、又七さんのお仲間に譲るとしましょう」

と元碩が帰り支度をしながら話していると又七が戻ってきたので、元碩は外に連れ出して耳元で話した。

「忠次郎さんはかなり衰弱しています。食事は粥にするよう家人に伝えますが、口にするかは分かりません。これからはより一層注意深く見守っていてください。時々声掛けもお願いします。反応がなくなったら危険な状態です」

又七も不安をあらわにする。

「忠次郎さんは死んですまうのだが？」

「とにかく様子がおかしいと思ったら、夜中でもかまいませんので使いを出してください」

「わがった。おらはあど半刻ほどで交代だけんど、代わりの者に申し継ぎすておぐっす」

元碩は頷くと、もう一つの棒鱈煮を渡し、家人にも事情を告げて座敷牢を後にした。

六、親友《とも》よ　運命の果てに

元碩は帰宅後、夕餉を済ますと書斎で手製の覚帳にその日忠次郎から聞いた話を整理しながら記した。それまでもこまめに記入していたため、書き込んだ枚数はすでに二十枚ほどに達していた。その日はこれまでで一番の情報量であり、また総括ができる時期にも来ていた。

忠次郎から事件の経過を聞くまでは、シーボルトの過剰なまでの日本の調査と研究目的や、それに加担した日本人らの心理が知りたかった。しかし、事件の成り行きが分かってくると、次第に単なる禁制の持ち出し事件ではないように思え、そちらの方にも関心を抱くようにもなってきた。

その背景に浮かび上がるのは、将軍の岳父である島津重豪が主体となって横行していた薩摩の密貿易である。そして、それに対する幕府の憤懣《ふんまん》やるかたない様子も窺い知れる。

またその相手となるオランダ人にも矛先が向けられのは必然であり、ヘンミィという密貿易に大きく関わった商館長の変死や、通詞の磔刑なども薩摩と幕府の影が見え隠れする。

度を超えたオランダ人との交際は密貿易や国家機密の漏洩につながる。しかもその主謀者が将軍の岳父となれば表立った制裁を科すこともできない。また蘭学を崇拝する者も全国に広がりつつあり、ロシアやイギリスの来航も増し来た今日、懸念は増すばかりである。そのように手をこまねいていた時に傑出した人物であるシーボルトの来日である。

彼の異才ぶりに人々は尊敬と憧れの眼差しを向ける。当然幕府もその活躍ぶりに注目するのだが、その過剰な研究ぶりや交際の広さに次第に疑念を抱きはじめ、監視を強めていたようだ。

特に重豪との接近にはヘンミィの前例もあり、目を光らせていただろう。事態が悪化しないうちになんとか手を打ちたい。そこへ頃合いよく発覚した景保とシーボルトの国禁を犯した交際を好機と捉えて対策を講じたのではないか。つまり、一斉の綱紀粛正である。

たしかに日本地図の流出は一大事に値するが、それにしては取り調べの執拗さや特にオランダ人との親睦が深かった者たちへの刑罰が重い。まるで見せしめのように。

一方でシーボルトに対しての取り調べは、シーボルトの所業を追及というよりは、事件に関わった日本人をあぶり出すことに重点を置いていたように思える。事実、シーボルトは捕縛されることもなく、自宅軟禁はされたものの、取り調べは文書での質疑応答がほとんどだったようである。

それに、吟味が終わった後は研究の邪魔をするどころか押収品も多くが返却されたらしいし、二枚目の日本地図や江戸城の見取り図についても幕府は知ってか知らずか追及をしていない。これは大役を果たしたシーボルトに対しての報労だったのか。

だとしたら、シーボルトは幕府に都合よく利用されていたのであり、国外追放や再入国禁止となったのも幕府側にとっての証拠隠滅ではなかったか？　加えて忠次郎ら三通詞も見せしめの犠牲となり、また口封じのために外部との接触が遮断される永牢の処分となったのではないか？　しかも、通詞として有能な彼らは生かしておけば外交政策の転換期が訪れた際にまた働かせることができる。そして、密貿易やオランダ人との交際が慎重にならざるを得なくなった島津重豪はかなりの高齢であり、こちらはもう少し時を待てば自然淘汰されるのである。

元碩は帳面に『綱紀粛正』『捨て石』『憐憫《れんびん》の情』と記して筆を置き、嘆息を漏らした。もしこの推理が事件の核心に触れているとするならば、幕府の上部層というのは相当に周到で邪知深い組織である。そう考えると戦慄さえ覚えた。

元碩は喉の渇きを覚え、冷めた茶をごくりと飲んだ。この高揚した気持ちを誰かに伝えたい衝動に駆られる。咄嗟に忠次郎の顔が浮かんだが、思慮深いあの男はとっくに推測しているはずであるし、今はこのような話ができる状態にない。

次に浮かんだのは藩医の伊東昇迪である。彼もシーボルトをよく知る人物であり、自分の推理に興味を持ってくれるかと思う。ただ、事件に関与していると見なされるのを非常に恐れている彼としては、話は聞いてくれるだろうが、個人的見解は口にしないだろう。しかし、忠次郎の容体は自分ではもう対処が限界である。その件も相談したいので、明日は忠次郎の所へ行く前に昇迪に会うことに決めて床に就いた。

なかなか寝付けず刻が過ぎていった。目を閉じれば、忠次郎から聞いた話が頭をよぎる。行ったこともない場所、会ったことのない人物ばかりなのに、なぜか地図の受け渡しや、苛酷な取り調べのなどの場景が次々と脳裏に浮かび上がるのだった。

元碩は、これだけのことを知っても忠次郎の体力さえ回復させてやることができない自分の無力さと悔恨の情が込み上げ、気分が動揺して一層寝付けないのだった。

明け方間近、ようやく微睡んでいると玄関を激しく叩く音で一気に目が覚めた。男の声もする。どうやら又七のようである。飛び起きて玄関に向かい引き戸を開けると、月明かりに息を弾ませた又七の顔があった。

「元碩先生、忠次郎さんの様子がおがすいす。すぐに来てけろ」

「いったいどんな感じなのです？」

「夜中に突然、訳分がらね言葉しゃべりだすたそうだ。当番の者も初めは寝言だど思ってだげど、よぐ見るど目は開いでで気色悪ぐなったものだがら、取りあえずおらの家さ使いよごすたそうだ」

元碩は胸騒ぎがした。思いのほか早期に死の兆候が出始めたようである。

「分かりました。わたしはすぐに座敷牢へ向かいますから、又七さんは藩医の伊東昇迪殿を呼んできてください。家はご存じですか？」

「ああ、知ってるげんども、元碩先生以外は許可なぐ牢に入れではいげねごどに……」

「急を要するのです。お咎めは私一人、あとでいくらでも受けますから」

又七は大きく頷くと、踵を返して門を飛び出して行った。元碩も部屋に戻り、浴衣姿の上に中羽織だけを身に着けると妻に、「火急の事態だ。座敷牢に行く」と言い残して薬箱を抱えて家を出た。

東の空が白み始めていた。春とはいえ、ひんやりとした空気が通りには漂う。白い息を吐きながら元碩は、

――忠次郎さん、どうか持ち堪えてください……。と祈りながら道を急いだ。

座敷牢がある石坂廣次宅前に着くと、屋敷には明かりがともっていた。牢内のただならぬ気配に家人は皆起きてしまっているようだった。元碩は主に一声かけて裏に回った。

座敷牢に入ると番人は格子越しに忠次郎の様子を伺っていた。元碩の姿を見ると、救いの神が現れたような安堵の表情になる。

「先生、早ぐお願いするっす。おらはもう、おっかなぐでおっかなぐで」

「ご苦労様です。すぐに診ますので。それから、まもなく又七さんに連れられて藩医の伊東昇迪殿もお見えになると思います。そちらも中に入れてください」

番人は承知し、牢の鍵を開けた。忠次郎に近寄った元碩はその姿を見て唖然となった。昨日よりさらに死相が強くなっている。その虚ろな目の色は濁り、あえぐような下顎呼吸も始まっていた。

「忠次郎さん、元碩です。私が分かりますか?」

と声を掛けながら忠次郎の手首に指を当てたが、脈拍の緊張は弱くなっていた。忠次郎はとぎれとぎれに声を出した。

「……Dr. Siebold……hebben we iets verkeerd gedaan?」

(シーボルト先生、私たちは間違ったことをしたのでしょうか?)

「ほら、まだ変な言葉しゃべった」

番人が怯えた様子で言った。

「多分、オランダ語でしょう。伊東殿なら意味も分かるかと思うのですが」

「……Kun je me vergeven voor wat it toen deed?」

（あの時の私を許してくれますか？）

忠次郎の目には涙がにじんでいた。言葉を返せない元碩は、忠次郎の手を握るしかなかった。間もなくして又七と昇迪がやってきた。昇迪は困惑した面持ちだった。

「伊東殿、早朝よりお呼び立てして申し訳ありません。忠次郎さんが危篤状態なのです」

「ここは、私が来てはいけない場所なのですが……」

と昇迪は硬い表情のまま牢へ入り、元碩の傍らに座ると、忠次郎を見て声を詰まらせた。

「ああ、忠次郎さん……こんなに痩せてしまって……」

昇迪の声に忠次郎は反応し、微かに首を左右に動かした。だが、もう目は見えていない。

「忠次郎さん、伊東です。長崎でお世話になった伊東昇迪です。これまで見舞わずに、申し訳ありませんでした」

昇迪の呼びかけに、忠次郎の目から涙がこぼれ落ちた。

「伊東さん、お久しゅう……。長崎、帰りたかです……。春香に、会いたか……」

昇迪も悲痛な顔を浮かべ目を潤ます。

「いつかきっと戻れますよ。その時は私と一緒に帰りましょう。出島や鳴滝塾のみんなも待っていますよ」

元碩も手の力を込める。

「私もぜひご一緒させてください。そして、長崎で私に蘭学をご教授ください」

忠次郎は暫し目をつむり、薄く目を開いた。

目の輝きは失われていたが、まるで見えているかのように二人の方に顔を向けて言った。

「私の遺体は、お二人に捧げます……。解体し、『ターヘル・アナトミア』と見比べて、今後の医術の向上に役立ててください……。それが、私に出来る唯一の返礼です……」

元碩と昇迪は顔を見合わせた。

「何を言われますか。それは長崎で、貴方のご指導の下で学ばせてもらいます」

元碩が顔を寄せて言ったが、忠次郎の意識は再び混濁し始める。そして声を絞り出すように、

「Dank je, Genseki …… je was mijn laatste beste vriend ……」

と言った。元碩が昇迪に尋ねる。

「今、わたしの名を言ったように聞こえましたが？」

「はい。貴方へ対するお礼、そして貴方は、私の最後の親友だったと」

元碩も憂愁の色を浮かべる。

「お礼など……。私こそ、忠次郎さんと接した日々は大変有意義でございました。そして、医者として力及ばず申し訳ありませんでした」

大粒の涙が元碩の頬をつたう。昇迪も番人らも涕泣した。

その後忠次郎は意識が戻らず、蔵の小さな窓から朝日が差し込むころ息を引き取った。幽因の地米沢にきて二年八カ月。時に天保四年二月二十九日（一八三三年四月十八日）。享年四十七であった。

七、終　章

忠次郎の亡骸は、江戸町奉行の配下役人から死骸見分を受けるために景保と同様に塩漬けされることになった。もっとも、元碩も昇迪も忠次郎の遺体を解体する気などなく、二人は臨終に立ち会った者として役人から聞き取りを受けたが、一切の咎めはなかった。見分が終わった忠次郎の亡骸は、西蓮寺に葬られた。

その後元碩は、忠次郎を親身となって診療にあたったということで藩より報奨金百疋《ひき》を賜った。また後年、城下で疫病が流行った時、極貧の者へ施薬した功を賞され賞金三百疋を賜ったほか、永年の勤労に対し身分も藩医である外様外科に登用された。

伊東昇迪も名医として名を馳せ、中之間御番医師、米沢の医学館である好生堂の助正等を担い、後に十二代米沢藩主・上杉斉憲の侍医も務めた。

一方で忠次郎と同じく永牢の罪となり出羽国亀田藩預かりとなった馬場為八郎は、到着後三年を経て妙慶寺という寺の裏手に小宅が建てられ、大量の私物の持ち込みも許可された。また水汲みに来た村民との談笑も許され、時には腰縄なしに城下の往来や城下鶴が沢の温泉へ入場することもできた。

為八郎も厚遇に恩義を感じ、蘭学の話を聞きに来た者たちにオランダ語や蘭方医学などを伝授し、城下の人々に慕われた。

為八郎は天保九年（一八三八年）十月に七十歳で病没した。亡骸は妙慶寺に葬られたが、後に荼毘に付し、遺骨は長崎に届けられた。

上野国七日市藩預かりの稲部市五郎も新たに設けられた座敷牢で過ごすことになったが、市五郎が知識人であることは藩も十分承知していたので、牢内には湯殿や便所も設けられていた。

表向きは厳重な幽閉であったが、重病人が出た場合や蘭学を学ばせるために、藩は密かに市五郎の元に藩医を派遣した。天保十一年（一八四〇年）八月に中風疾により病没。五十五歳。亡骸は富岡の金剛院に葬られた。

日本の開国はペリーの浦賀来航の翌年、嘉永七年（一八五四年）であり、三通詞は日の目を見ることなく生涯を閉じたのだった。

忠次郎の死後一カ月ほどが過ぎたころ、昇迪の元へ長崎より春香の近況を伝える手紙が届いた。春香は親類の世話になりながら忠次郎の帰りを一日千秋の思いで待っているという内容だった。

昇迪は安堵するとともに、この知らせが忠次郎の生前に届いていればと、悔やんだ。そして、昇迪が書いた忠次郎の訃報の知らせも今頃長崎へ届いている頃であり、春香の顔を知っているだけに、その悲嘆する様子が頭に浮かび心が痛んだ。

その翌年、春香は遠路はるばる長崎から米沢へやってきた。そして菩提を弔うため、携えてきた自筆の楊柳観音画像を西蓮寺に納めた。それは病苦からの救済を使命とする観音だった。春香は、来訪を知って駆けつけた元碩や昇迪とも面談し故人を偲んだ。

事件の元凶とも言える島津重豪は、シーボルトの国外追放後の三年後、天保四年（一八三三年）に八十九歳で死去した。それ以降、薩摩藩は幕府の逆風にさらされ、特に唐物取引に関する密貿易の取り締まりは一層強化された。

時が過ぎ、明治元年の恩赦で三通詞の罪科は消滅した。そしてシーボルトは、開国後の安政五年（一八五八年）、日蘭修好通商条約の締結により追放が解除となり、翌年にオランダ貿易会社の顧問として三十年ぶりに再来日を果たした。

そして、そこでもまた新たなドラマが待ち受けることになる。

〈了〉

●参考文献

『シーボルトの生涯をめぐる人びと』石山禎一（長崎文献社）
『シーボルト事件で罰せられた三通詞』片桐一男（勉誠出版）
『シーボルト』板沢武雄（吉川弘文館）
『シーボルト、波瀾の生涯』ヴェルナー・シーボルト〈酒井幸子訳〉（どうぶつ社）
『江戸参府紀行』シーボルト〈斎藤信訳〉（平凡社）
『シーボルトのみたニッポン』シーボルト記念館（千里文化財団出版部）
『文政十一年のスパイ合戦』秦新二（文藝春秋）
『ふぉん・しいほるとの娘』吉村昭（新潮社）
『連座・シーボルト事件と馬場為八郎』吉田昭治（無明舎出版）
『シーボルトの生涯とその業績関係年表Ⅰ～Ⅳ』石山禎一　宮崎勝則
（西南学院大学国際文化論集第26～27巻第1～2号）
『オランダ通詞目付の悲運　米沢の歴史を見える化』まめ＠よねざわ（ameblo.jp）

NIPPON

一、再会　それぞれの半生

潮風に吹かれながら、白面の少年が遠くに見える薄紫の山の稜線を指して言った。

「あれが日本の陸地？　とうとう着いたんだね、お父さん」

その傍らに立つ白髪で長身の男は、父親というよりは祖父のように老いているが、まだ背筋はしっかりと伸びていた。甲板の手すりを両手でつかみ、目を潤ませている。

「やっと戻ってこれた。私の愛する国へ……」

時に安政六年七月六日（一八五九年八月四日）。その男、フィリップ・フランツ・フォン・シーボルトは三十年前、日本地図などの禁制品を持ち出そうとして長崎奉行所による吟味を受け国外追放の上、再渡航禁止という不名誉な判決を受けた。それから月日が流れ、日本の開国と日蘭修好通商条約の締結によりその罪が消滅し、オランダ貿易会社の顧問として念願の再来日を果たしたのである。齢六十三になっていた。

「うむ。そうだよ、アレキサンドル。あの半島は野母崎《のもざき》というんだ」

言ってシーボルトは、遠見番所があった辺りを凝視したが、異国船の発見を長崎奉行所に知らせる『のろし』は上がっていない。少し煙たく感じるのは、乗船しているイギリス蒸気船イングランド号の煙突から吐き出されている石炭による排気煙のせいである。

陸地が近づくと、町を取り巻く緑豊かな兵陵に沿って段々畑や民家、寺院、神社の鳥居などか見えてきた。好奇心旺盛な十二歳のアレキサンドルは、目を輝かせながら矢継ぎ早にシーボルトに質問を投げかける。

「ねえ、出島ってどこ？」

「サムライの刀は店で買うことはできるの？」

「イネお姉さんは、出迎えてくれるのかな？」

親子の会話は弾んだ。やがて船は長崎港内に入ると水を掻く外輪を止めて錨を下ろした。開国前ならば港外で奉行所の検使や通詞が乗り込んできて『旗合わせ』というオランダ船である証拠や積み荷、乗組員の確認などが厳密に行われていたが、そのような煩雑な手続きは簡略化されているようだった。

シーボルトは懐かしい風景と長崎特有の甘ったるく、そして漢方薬が入り混じったような町の匂いに再訪を実感していた。

間もなくして船上に現れた役人や通詞には知っている顔はいなかったし、声をかけられることもなかった。もっとも、三十年という年月は人の容姿も変えてしまう。それは自分とて同じだとシーボルトは胸の中で苦笑した。

役人らの表情は穏やかで、以前のような船に積まれている武器類やキリスト教に関する聖具や書物などの押収や封印もなかった。また通詞もオランダ語に英語を織り交ぜながら船の士官と友好的に会話をしていた。欧米の諸外国から来航があるために、通詞の語学力もかなり向上したようである。シーボルトは乗組員名簿に目を通している若い通詞に声をかけた。

「君、すまないがオランダ商館にシーボルトが到着したと伝えてほしいのだが」

その通詞は顔を上げると目を見開いた。

「貴方がシーボルト先生ですか？　いえ、近々来日されるということは聞いておりましたが、てっきりオランダ船でお越しになるかと。それに、この船は上海からですよね？」

「ええ。少しでも早く長崎へ来たかったので、色々と乗り継いで来たのですよ。バタヴィアから上海まではロシアの帆船でした」

「そうでしたか。承知しました。奉行所にも報告しておきます」

「ありがとう。ところで、大通詞の中村作三郎や吉雄権之助はどうしているかね？」

シーボルトは、三十年前に親交の深かった通詞の消息を尋ねた。若い通詞は顔を曇らせて言った。

「残念ですが、お二人ともお亡くなりになりました」

「……そうか、それは残念だ。再会を楽しみにしていたんだがね」

シーボルトは、日本を去ってからしばらくの間は親交の深かった通詞や鳴滝塾の門人との文通をしていたが、十年を過ぎたころから次第に途絶えがちになっていった。ただし、シーボルト事件に連座して永牢の罪となった吉雄忠次郎や馬場為三郎、稲部市五郎が流刑の地で死亡したことはオランダ商館からの手紙で知らされていた。

八日に下船の許可が出て、シーボルトとアレキサンドルはオランダ商館が用意したボートで出島の船着き場から上陸した。そこは三十年前に滝（其扇）と稲から見送られた場所である。だが、出迎えてくれたのは数名のオランダ商館員だけで二人の姿はなかった。無理もない。彼女らは近々シーボルトが来日すると言う話はオランダ商館を通して知り合いの通詞から聞き及んではいたが、はっきりとした日時は知らなかった。だが、その日のうちに連絡は行くはずである。

シーボルトは出島の通りに出たが、人影はほとんどなかった。三十年前は十数名のオランダ商館員のほかに通詞や出島乙名、番人などの地役人が常時百名ほど働いていたが、まだ昼間だというのに閑散としている。そう言えば、出島の出入り口には探番という手荷物や身体検査をする門番もいたはずだが、それすら見当たらない。怪訝な表情を浮かべるシーボルトに商館員の一人が言った。

「三年前に日蘭和親条約が結ばれ、その翌年に出島は解放されて日本人役人も廃止されました。唐人屋敷も同様です。その後は御覧の通りの静けさです。まあ、少し寂しいですが自由はあります。それから今後、大浦海岸を埋め立てて外国人居留地を作るそうですよ」

シーボルト再来日の前年には日蘭修好通商条約により出島への日本人の出入りも自由となり、商館長のドンケル・クルティウスは外交代表に任命されていた。

「あの、それじゃあ僕たち外国人も自由に街を歩けるのですか？」

シーボルトが尋ねようとしたことを先にアレキサンドルが口にした。

「ああ、建前上はそうなんだが、一人歩きは危険だよ。日本人の中には外国人を侵略者と見て毛嫌いしている輩もいるからね。現に襲われた人も少なくない。長崎の住民は我々オランダ人のことは長年の付き合いで理解してくれているが、今や国中から危険分子も集まっている。彼らから見ればイギリス人やロシア人などと区別はつかないだろうからね」

アレキサンドルは首を縮めた。

「やっぱり刀は必要だね、お父さん。早く手に入れようよ。僕、日本の鎧兜もほしいな」

シーボルトはあきれ顔で答える。

「お前はサムライに刀で立ち向かうつもりかい？　それは無謀と言うものだ。いいかね、勝手に武器など持たず、当分のあいだ外出は私と一緒にすること。分かったね？」

商館長邸宅に招かれた二人は幹部らと挨拶を交わした後、応接間で休息をとるように勧められた。商館員たちはまだ勤務時間中で多忙の様であった。また招待された夕食会までにはまだ時間があったので、シーボルトは出島を散策することにした。

シーボルトはアレキサンドルを連れて植物園があった方へ歩を進めた。三十年前、その植物園の近くにシーボルトの邸宅もあった。また植物園の隣では家畜のほかにオランダに持ち帰るための動物も飼っていた。

シーボルトは日本人妻の滝や愛児の稲と幸せに暮らし、研究に没頭することができた。あの忌まわしい事件が発覚するまでは、人生の中で最も幸せな時期だったと今でも思う。日本に来たら、まずその思い出深い場所を尋ねてみたかった。

だが、シーボルトはその変わり果てた光景に愕然となる。先程の商館長の話では、その年の二月の大火で以前住んでいた邸宅はかろうじて焼失を免れたと聞いてはいたが、家全体が灰色に変色し廃屋同然だった。そして植物園だった場所は荒れ果て、見る影もない。

「こんなところにお父さんは住んでいたの？　聞いていた話とずいぶん違うね」

アレキサンドルも驚きを隠せないでいた。シーボルトは無言で生い茂る雑草の中に分け入ると、かつて自分が建てた日本研究の先人であるケンペルとツュンベリーの記念碑を探し出した。シーボルトは腰を屈めて文字の部分を撫でながら呟きを漏らす。

「ひどいものだ。いくら商館が衰退したとはいえ、ここまで荒廃しているとは……」

愁いを帯びた父の背に、アレキサンドルはかける言葉が見つからなかった。

シーボルトはあらためて辺りを見回した。植物園の隅には三十年前、事件の元となった一枚目の日本地図をブリキ缶に入れて埋めた場所があり、またその向こうには猿の檻があった。

二枚目の地図をどこに隠すか迷っていたシーボルトに、檻の底板の下にしてはどうかと提案したのは滝であった。一枚目の地図は奉行所の厳しい捜索によって掘り出して渡したが、すでに複写済みであった。また二枚目の地図は無事にオランダに持ち帰ることができたのである。

シーボルトは溜息を漏らして腰を伸ばすと、

「どれ、商館長の家に戻るとしよう」

と力なくアレキサンドルに声をかけた。

日が沈むころ、商館長邸宅で夕食会が始まった。三十年前も幾度となく利用した大広間には、商館職員やバタヴィア政庁に代わって日蘭貿易を展開するオランダ貿易会社の社員など十名ほどが集まっていた。酒と御馳走が置かれた長テーブルに着席していたが、ここにもシーボルトが知る者は商館長以外いなかった。

商館長のヤン・ドンケル・クルティウスとは、シーボルトが帰国後にハーグの政庁で日本について話をしたことがあり、クルティウスが来日後も情報交換の手紙のやり取りを何度かしていた間柄であった。

　クルティウスによるシーボルト親子の歓迎の言葉と乾杯があり、場はすぐに盛り上がった。最初はシーボルトに三十年前の出島の様子を聞く声がほとんどだった。当時の商館員たちから国立の監獄と呼ばれるほどの厳しい法則や規制の話をすると全員が渋面を作った。と、酔った貿易会社の若い商館員がにやけながら、

「でも、昔から遊女は呼べたのでしょう？　そういえば商館長、今夜は遊女を用意していないのですか？」

　と言って失笑を買った。シーボルトの隣に座るクルティウスが、シーボルトのグラスにワインを注ぎながら言った。

「息子さんがおられる前で失礼しました。どうも彼は酒癖が悪くて……」

「いやいや、若いから仕方ありませんよ。日本の女性は奥ゆかしくて魅力的ですからね」

「ところで、娘さんに会う手筈はできているのですか？　何ならこちらで手配しますが」

「あ、それなら私の到着は船上で通詞に伝えましたから、奉行所の方で知らせてくれているでしょう。今回はオランダ貿易会社の顧問という形で二年ほど滞在する予定で

すので、時間はたっぷりとあります。それより、私の追放解除には貴方の多大なご尽力があったからだと聞きました。大変感謝いたします」

とシーボルトもワインを注ぎ返した。

「いえいえ。こちらこそ日本への開国勧告状や修好通商条約などはシーボルト博士の草案が基になっているとオランダ政府から伝わっていましたし、三十年前の件は不幸な事件となったものの、博士の日本での研究や日本人への惜しまない伝授が蘭日双方で大いなる学術成果を出したことは揺るぎのない事実です。そこのところは幕府も認めているようでした」

「そう言っていただけると救われます」

シーボルトは帰国後、欧米の列強国が東アジアに進出を狙っていることを知り、日本を平和的に開国させ、欧米諸国と外交貿易関係を結ばせるべきだとオランダ政府に主張していた。

またアメリカのペリー艦隊が武力を背景に日本に開国を求めるという情報を得ると艦隊にいる友人に手紙を出して同行を希望した。ペリーはシーボルトの著作『日本』を読んで研究はしていたが、日本側に肩入れする恐れや国外追放の身であることを理由に拒絶した。

シーボルトは日本を武力侵攻から救おうと、日本との交易を強く望んでいたロシア政府に対して平和的に日本を開国させる草案を持ちかけ、ロシアもシーボルトの提案に応じることとした。しかし、使節のプチャーチンが長崎で親書を渡したときは、そのひと月半前に幕府は浦賀でアメリカの親書を受け取っており、ロシアの親書は後回しにされ、結局アメリカとの開国が先に決定した。

早い時期より日本に有益な開国の方法を進言していたオランダは、和親条約では列強諸国に遅れて四番目、修好通商条約は二番目の締結であった。一六〇九年に平戸にオランダ商館が設置されてから二百五十年に渡り日本と良好に交易を続けていたオランダ政府は、誠意が伝わらずに日本の目がアメリカやイギリスなどの列強国に向いていることに少なからず失望した。

しかも開国後の日本は列強国に屈した形で不平等条約を結ばされ、関税自主権はなく治外法権も認めさせられていた。それは日本国中で幕府や列強国に対する強烈な不満を生み、水戸や長州藩などで攘夷派を誕生させ、やがて尊王攘夷運動に発展していく。クルティウスがワイングラスを空にして言った。

「二百年余りも鎖国を続け外交の経験が皆無に等しい日本は、急速に変化する国際問題に対して政治機能がまともに働いていません」

「そうでしょうね。今更ですが、十五年前にオランダ国王ウィレム二世の名の下に出した開国勧告状を段階的にでも実行していれば現状はもっと変わっていたとは思いますが……」

「中央政府から離れている長崎奉行は長年付き合いのある私たちに相談を持ち掛けてきますので、それには真摯に向き合い助言もしています。それは幕府にも伝えられ、感謝されてはいるようですが、こと貿易にはあまり反映されていません」

　とクルティウスはやるせなさをにじませた。シーボルトは話題を変えることにした。

「ところで、長崎にはオランダ政府が軍艦を贈与し、海軍士官などの教師団を派遣した海軍伝習所があると聞きましたが？」

「はい。ここ長崎で今年の二月まで四年間開かれておりましたが、江戸の築地に軍艦操練所が出来ましたのでそちらに一本化されました。江戸から遠い長崎では何かと不便であるし、財政負担も多いからという事でした。しかし、医学伝習のポンペ・ファン・メーデルフォールト氏は長崎に残り医学伝習を続けておられます。生徒には基礎科学から授業を行い最新の医学を伝授されていて、シーボルト博士の再来とも言われています。また、いずれは長崎に洋式の医学教育病院を建立するという計画を持っておられ、近々幕府の了解も得られるようです」

「ほう。私も軍医でしたし、長崎で医学塾も開いていましたので興味深い話ですね。彼の評判はオランダで聞いたことがあります。そのうちぜひ会ってみたいものですな」

とシーボルトは相好を崩した。日本の開国も悪い話ばかりではないと安堵する。

「シーボルトさん。昔話や政治の話も結構ですが、今回の来日は商館員でも外交官でもなく、我々オランダ貿易会社と契約した顧問だという立場をお忘れなく」

口を挟んだのは貿易会社長崎支店代表のボードウィンだった。笑顔を作っているが目は笑っていなかった。どうやら自分達がないがしろにされていると感じているらしい。

「もちろん承知している。先日、上海の領事とも話す機会があって感じたこともあるので、明日にでも会議を開いてくれたまえ」

場の空気が重くなったところで、クルティウスがシーボルトに言った。

「おっと、忘れておりました、先程奉行所より使いがありまして、落ち着かれたらシーボルトさんに立山役所の方に来てもらいたいとのことです。都合の良い日に迎えをよこすそうですよ」

シーボルトは首をかしげた。

「奉行所が？　はい……。承知しました」

夕食会はその後つつがなく終わった。シーボルトが二階にある客間に戻り窓を開けて風に当たっていると、邸宅の前に人が二人立っているのに気が付いた。月明りの中でよく見ると、一人は刀を差しているが、身なりから武士ではなく日本の医師、しかも束髪なので外科医のようだ。もしかしたら昔の門人かもしれない。

「コンバンワ。私ハ、シーボルトデス」

と、日本語で声をかけると、その男はぱっと二階を見上げ、舌足らずなオランダ語で、

「私は二宮敬作です。覚えておいでですか？」

と言った。その瞬間シーボルトの脳裏に、三十年前に帰国する際に、危険を冒してオランダ船に小舟で見送りに来てくれた若い門人の顔が浮かんだ。思わず身を乗り出す。

「ケイサキ、ケイサキなのか？」

「そうです。先生がまた長崎へお見えになったと聞き、居ても立っても居られずにこのような時間に来てしまいました」

「おお、ちょっと待っていてくれ」

シーボルトはクルティウスに頼み、敬作とその若い連れを客間に通した。部屋に現れた敬作は杖を突き、右足を少し引きずっている。三十年ぶりに向き合った二人は共に白髪となっていた。敬作も、すでに五十四歳である。

「先生、お久しぶりです」

目を潤ませながら不自由な右手を差し出した敬作の手を強く握ると、シーボルトも涙声になった。

「ケイサキ、こんなに早く会いに来てくれるとは……。しかし、どこか体が悪いのかね？」

「はあ。中風……」

敬作が言葉に詰まっていると、

「四年ほど前に脳卒中になりまして、右手と右足の麻痺が残り、言葉も話しづらくなりました。でも少しずつ回復して、今は医業も再開しています」

と、敬作の傍らに立つ若い男が流暢なオランダ語で説明した。

「そうか。それは大変だったね。ところで、君は通詞かね？」

「いいえ。私は敬作の甥で三瀬周三と言います。叔父の助手をしながらオランダ語を勉強しています」

「ふむ。その若さで通詞でもないのに大したものだ」

「オランダ語では、私ももう周三にはかないません」

敬作が苦笑して言うと、

「よし。今夜は時間が許す限り色々と話を聞かせてほしい。アレキサンドル、コーヒーを四人分貰ってきてくれ」

四人はテーブルに着いた。シーボルトが敬作に尋ねた。

「ケイサキは、あれからずっと長崎に居たのかね？」

「いいえ、私は先生が帰国後にしばらくは長崎にいましたが、奉行所より長崎払いの沙汰が出ましたので帰郷し、伊予国は宇和島近郊の町で妻をめとり、蘭方医として開業しました。その後ありがたいことに、宇和島藩医に取り立てられました。今回は先生に会うために特別な許可を得て長崎に来ておりまして、生業のため、諏訪町で外科を開業しております」

　敬作は日本語で話をし、周三が通弁した。

「そうか。それは大した出世じゃないか。しかし、あの事件では君たち多くの門人を巻き込んでしまい、申し訳なく思っているよ……」

　敬作は首を横に振り話を続けた。

「それで一八四〇年（天保一一年）に、滝さんから稲さんの教育を頼まれて稲さんを預かることになったのです。これは稲さんの蘭学への強い志があってのことでした」

　シーボルトはコーヒーを飲む手を止めた。

「稲が蘭学を学びに君の所へ？　一人で？」

「そうです。まだ一四歳でしたが、滝さんの知り合いの商人が用事で豊後国の臼杵まで行くのに同行し、そこから四国へは伊予の八幡浜に渡る船に乗せてもらったそうです。その後は私も出迎えの手配をさせてもらいました」

「そうだったのか。それで稲は今、どうしているのかね？」

「宇和島近郊の町で産科を開業していましたが、先生の追放が解けてまた長崎に来られるという知らせが届きましたので、私らと共に長崎に戻られています」

シーボルトは目を見張った。

「稲が医者に……。それで、滝の方は？」

「お元気です。今は銅座町で油屋を開いておられまして、暮らしも安定されています。棟続きで稲さんも産科を開業しています。実は私らも長崎での生活では何かとお世話になっている次第でして」

「息災なら何よりだ。実は私が日本を出てから二年もしないうちに再婚したという手紙をもらい、私はその知らせに落胆してしまって、その後は疎遠になってしまったのだが……」

敬作がなだめるように言った。

「私は祝言の後に滝さんから手紙を頂きました。それには再縁の理由として伯父殿の強い勧めがあったことと、また何より先生との別離の深い悲しみと寂しさ、そしてまだ幼かった稲さんの養育への不安があったと認《したた》めてありました……。無理もなかったと思います」

シーボルトは暫し瞑目して尋ねた。

「相手はどのような人だったのかね？」

「はい。そのご亭主は下関と長崎間で荷を運ぶ回船業を営んでいた俵屋の和三郎という主人で、大変お優しい方だったそうですが早くにお亡くなりになり、またお二人の間に出来た男子も早世されたそうです」

「そうか……。彼女もまた薄幸だったな」

シーボルトは視線を落とした。

「そんなことはありませんよ。滝さんは先生が残していった財産のおかげで暮らしはずいぶん助けられたと言っておられましたし、先生の血を引いた英才な稲さんの成長を心の支えとしていたそうです。そしてお二人とも、先生との再会を楽しみにしておられます。明日にでも会っていただけますか？」

シーボルトにようやく笑みが戻った。

「もちろんだよ。でも明日は朝から貿易についての会議があるので、昼過ぎに連れてきてくれたまえ」

「ついに日本のお姉さんに会えるんだね。僕、オルゴールのお土産を持ってきているんだ」

アレキサンドルも顔をほころばせた。

その後シーボルトは、敬作のように親しかった門人らの消息を尋ねた。まず敬作と共にシーボルトが出国時に小舟で見送った高良斎は、事件後は徳島や大阪で眼科を開業し、その評判から明石藩医となり、また蘭医書の和訳でも名声を得るが、脳出血により四十八歳で没していた。

またシーボルト事件発覚の前、精密な日本地図などの禁制品を収集するシーボルトの研究の危うさに疑問を抱いた当時の塾頭であった岡研介と、共に研究に協力していた高野長英という門人もいた。

ある日彼らは、「先生の日本研究の真の目的と任務は何ですか?」と尋ねたことがあった。その時シーボルトは暫く思案した後、ラテン語で「コンデンスポンテ―ヲルテ」と答えた。その言葉の意味を二人は鳴滝塾の研究室にある辞書で調べて「機密調査官」と訳し衝撃を受ける。その後二人は身の危険を感じて塾を辞め、長崎から離れた。

岡研介はその後、蘭方医として大阪で開業し、その後帰郷して岩国藩主に召されて侍医となった。だが幻覚的被害妄想的な精神疾患にかかり静養していたが四十一歳で死去した。

一方で高野長英は、長崎を出た後に江戸で町医者となり蘭学塾も開くが、当時まだ二十七歳と若いこともあり業績は振るわなかった。生活も困窮するが、蘭学を通じて知り合った三河国田原藩の藩士、渡辺崋山から蘭学書の翻訳依頼があり、それで食いつないでいた。

やがて崋山と共に蘭学者の集まり『尚歯会《しょうしかい》』の中心的存在として政治や海防に関する研究に没頭した。そんな折、一八三七年（天保八年）に通商交渉と日本人漂流民七人を引き渡すために浦賀沖に来訪したアメリカの商船、モリソン号を異国船打払令に基づいて砲撃し退去させるという事件が起こった。長英らは、この件に関してそれぞれ著書を出し、長英は『戊戌《ぼじゅつ》夢物語』で幕府の政策を批判した。

これにより尚歯会は弾圧を受け崋山は国許蟄居、長英は永牢となり投獄された。（蛮社の獄）長英は五年後には蘭医師として獄内で認められ牢名主となり待遇は良くなったが、終身刑という絶望的状況はどうにもならなかった。

そこで長英は、なんと馴染みの雑役に金を渡し牢屋敷に放火させた。火災の際に罪人らの焼死を防ぐための『切り放し』で脱獄するためである。長英は当然のごとく掟の三日以内に牢へは戻らず、全国を逃避行した。

二宮敬作がいる宇和島藩では蘭学に理解のある藩主の判断でかくまってくれたりも

したが、幕府に疑いをかけられて再び逃亡。主に長崎時代の知り合いを頼って国中を転々とし、米沢の伊東昇迪の所にも立ち寄った。昇迪は歓迎し旅費まで渡している。

やがて妻子がいる江戸に戻った長英は硝酸で顔を焼き、偽名を使って生活のために町医者を営んでいた。しかし奉行所の捜査網にかかり、潜伏先に役人に踏み込まれて抵抗するも大勢から十手でしたたかに殴られた。その後瀕死の状態で籠に乗せられて南町奉行所に護送する最中に息絶えた。四十六歳であった。

シーボルトは再び顔を曇らせ、涙ぐんだ。

「そうか。私より若かったのに、彼らは死んでしまったのだな。しかもチョーエイの話はあまりにも悲惨だ。皆、志を持った優秀な人材だったのに、残念極まりない。私との出会いが、運命をそうさせてしまったのか……」

三十六年前、シーボルトが初来日の際にバタヴィア政庁のカペレン総督から受けた使命は、学術的に日本のあらゆることを徹底調査することであった。しかしそれは、国禁の品を入手したり、スパイ的行為を命じられたものでもなかった。

当時のオランダはヨーロッパ戦争の終結により独立を回復していたが、財政はまだ厳しい状態にあった。その対策の一つとして貿易の純益が高い日本との貿易を一層強化したいと画策した。

また、その利権を他国に奪われないためにも日本の政治体制はもちろんのこと、歴史、国土、生物学などの自然科学全般を詳しく調査する必要があった。そして、日本への印象をよくするために最新の医学、博物学の振興に寄与する政策も打ち出した。そこで白羽の矢が立ったのがシーボルトである。

カペレンはシーボルトに日本でのあらゆる学術調査の権限を与え、それに要する費用も負担することを約束した。また収集した資料の所有権はオランダ政府にあることについても契約を結んだ。

日本でこの任務に就いたシーボルトは、持ち前の強い探究心と優れた人格でカペレンの想像をはるかに超える働きをしたが、度を超えて国家機密である精密な日本地図などの禁制品に手を出してしまった。

その結果、シーボルトは幕府により国外追放の判決を受け、関係した多くの日本人が連座して処罰を受けた。しかもシーボルトが長崎奉行所の取り調べに対して黙秘するなどの非協力的な態度をとっていたため、一時期は蘭日関係の破綻も危ぶまれる事態まで陥った。

それはバタヴィア政庁にとっても本末転倒の事態であり、この事件の報告を受けたオランダ政府も当惑したのである。

敬作が穏やかな顔をして言った。

「先生のせいではありません。運命というものは、自分の行いによって決まるものではないでしょうか？　先生は私たちに無償で蘭学をご教示して下さり、何も強要はされなかった。私たちは自分で選んだ道を進んだのです。あまりご自分をお責めになりませんよう」

「……ありがとうケイサキ」

シーボルトは目に溜まった涙を指で拭うと思い出したように、

「そう言えば、ソーケンはどうしている？」

と三十年前に敬作や良斎と同じくシーボルトを見送り、滝や稲の世話を頼んだ石井宗謙の名を口にした。だが即座に敬作と周三の顔色が変わり、敬作の滑舌がさらに悪くなった。

「宗謙殿はあれから、故郷の美作国勝山藩の藩医になられ、一時期は岡山でも開業しておられましたが、現在は幕府から江戸に招かれ、蛮書調所でオランダ書物の翻訳に従事し、種痘所の開設にも関わったと聞いております」

　シーボルトは満足げに何度も頷いた。

「すごいことだ。死んでしまった者も多いが、鳴滝塾の塾生は皆、大成しているんだね」

「これもひとえに先生のおかげです。ところで、私も先生の帰国後の話をお聞きしとうございますな」

　敬作が作り笑いを浮かべて話題を変えた。シーボルトは、眠たそうにしているアレキサンドルに先に寝るように言い、「少し長くなるが」と前置きして語り出した。

「まず最初に言っておくが、私はオランダ人ではない。私は近国のバイエルン王国（のちにドイツになる）のヴュルツブルクという所で生まれ育ったんだ。医学もその街の大学で学んだ。そして、アジアの博物学に興味があったので、伝手を頼りにオランダ政府に医官として雇ってもらい、オランダ人としてバタヴィア、そして日本へ来ることになったのだよ」

「そうでしたか……。そう言えば、吉雄忠次郎さんら何人かの通詞が、先生のオランダ語はかなり訛りがあるとおっしゃっていました」

　シーボルト事件に連座し、永牢の罪となってすでに米沢の座敷牢で没している吉雄忠次郎の名前を聞くと、シーボルトは憂色をたたえた。

「忠次郎のことは忘れない。彼は私の……」

シーボルトは暫し言葉に詰まった。そしてコーヒーを飲み干すと、話を戻した。

「日本を出て一か月後の一八三〇年の一月末にはバタヴィアに着いた。しかし、私を日本へ送り出してくれたカペレン総督は任期が切れてすでに帰国し、代わりにファン・コークという人物が着任していたんだ」

シーボルトは政庁に出向いて日本で起こった事件の顚末を客観的に説明したが、蘭日貿易を危機的な目に合わせたシーボルトに対して冷ややかな目も少なくなかった。心身共に疲れ切っていたシーボルトは、三月初旬にはオランダへと向かった。

七月七日にオランダのフリシンゲン港に到着するとオランダ国王のウィレム一世に謁見した。王からは研究の賞賛と労をねぎらわれ、オランダ政府も無期限の有給休暇を与えた。シーボルトはさっそく日本で集めた大量の資料の整理を始め、また書籍として出版するための準備も進めた。

しかし、当時オランダは支配していたベルギーの独立運動で不安定な政情にあり、オランダの広い地域に分散して保管されていた資料を大学都市であるライデンという街に集め、協力者も得てそこで研究することになった。

出版予定の書籍は日本の政治、地理、歴史から文化、風俗など幅広い分野を網羅するため、ページ数や冊数が増えるであろうし、紙質も良いものを使用しなければならなかった。それには多くの資金が必要となるため、シーボルトは費用の確保のためにヨーロッパ各地の国王や貴族などを訪問し、協力を依頼した。

出版する『日本』はその膨大な内容から完結までには生涯をかけて二十二分冊以上を予定していた。また『日本植物誌』、『日本動物誌』も各分野における著名な研究者たちと共同出版したいと考えていた。

シーボルトが発表していった日本研究の著書や論文はヨーロッパ全域で大きな反響を呼び、シーボルトは名声を轟かせた。オランダ国王も喜び、シーボルトに勲章や貴族の称号を与え、植民省の日本問題における顧問に抜擢した。またヨーロッパ諸国の多くの学会がシーボルトを会員に迎えようとし、そのような活躍ぶりから母校のヴュルツブルク大学は名誉博士号を贈った。

敬作と周三は目を輝かせながら、夢物語のようなシーボルトの話に夢中になった。

「ご活躍はされているとは想像しておりましたが、そこまでとは……。それにしても、この日本の事がヨーロッパでそんなにも興味を持たれていることも意外です」

「発表をし始めた時期も良かったんだな。私がオランダに戻ったころはまだ日本は鎖国を維持していた。だから、とても価値のある研究だと評価を受けたんだ。これだけ歴史があって文化も発達した国なのに、ベールに包まれていた謎の国も珍しいからね」

敬作と周三は納得したように頷いた。

「そして開国を求めて日本に使節団を送った列強各国も、事前に私の研究を大いに参考にしたらしい。でもこの日本という国は色んな意味で奥深い。したがって開国後も、私の研究は多方面で重宝されていると自負している」

シーボルトは『日本』の資金集めと予約購買者を獲得するためにヨーロッパ各地を旅行した。その際に多くの貴族や政府要人、そし著名な学者と知り合った。

一八三四年にロシア帝国の首都サンクト・ペテルブルクでは、シーボルトが江戸参府の際に書物奉行兼天文方筆頭の高橋景保に『大日本沿海輿地全図』の写しを求めた際、その見返りとして差し出した『世界周航記』の著者であるロシア海軍の提督で探検家である、クルーゼンシュテルンと会うことができた。

シーボルトは日本で入手した間宮林蔵が測量した樺太の地図を見せ、樺太が島であることを示した。クルーゼンシュテルンは大変驚き、「日本人探検家の勝ちだ」と称賛した。

シーボルトは、その海峡にシーボルト事件での因縁があるにも拘わらず、間宮の名前を付けている。またモスクワでは皇帝のニコライ一世に謁見し、出版への援助を求めて了承を得る。またその時ロシアへの仕官を勧められたが、研究と執筆で多忙であるために辞退する。

そのほかにも、プロイセン王国ではヨーロッパで植物における最高権威者であったアレクサンダー・フォン・フンボルトやオーストリア皇帝のフランツ一世にも会うことができ、十カ月に及ぶ充実した旅となった。

さらにシーボルトは、出版以外にも日本で集めた多くの資料を展示し、ヨーロッパの人々に日本を紹介することも計画した。その場所は居を構えた大学都市のライデンが適当であると判断し、民族学博物館を建てるというその画期的な構想をオランダ国王に話して援助を依頼するが、財政難により博物館設立は見送られた。

あきらめきれないシーボルトは、自宅を改造して小規模ながら博物館を作り、日本から持ち帰った数百の植物を自宅の庭園や大学の植物園で栽培した。アジサイやツバキ、サザンカなどの植物は当時のヨーロッパでは大変珍しがられ、園芸業者を通じてヨーロッパ各地に広がった。
そんな研究に没頭していた一八四三年の十一月にシーボルトは植民大臣より相談を持ち掛けられた。それは、イギリスが日本に交易を求めるにあたり、強硬策に出る動きがあるという内容だった。その前年、イギリスはアヘン戦争により清国（中国）と南京条約を締結した。それにより上海などの五港を開港し、香港島を割譲、さらに付則の五港通商章程と虎門寨《こもんさつ》追加条約など、不平等条約を結ばせた。

オランダ政府は日本が清国のようにならないため、また東アジアが注目されている世界情勢も鑑み、日本へ開国を勧告する親書を送ることにした。これはヨーロッパで唯一の交易国としての好意もあるが、対日外交の主導権を握りたいと言う思惑もあった。その親書の草案作りをシーボルトに求めたのである。

欧米列強による日本の植民地化を危惧していたシーボルトは喜んでこれを引き受け、平和的な開国になるようにオランダ政府から顧問を送る用意があることなども盛り込んだ。親書は、オランダ政府が使節団を構成し、その護衛と返書を無事に持ち帰るための軍艦まで用意して派遣したが即答は得られず、翌年になってようやく幕府が出した回答は、丁重な謝絶だった。日本は、対応策として異国船打払令を廃止し薪水給与令を出してはいたが、交易を求める諸外国にとっては不十分な対応だった。

この頃（一八四五年七月）シーボルトは四十九歳の時にベルリンで結婚式を挙げた。相手はヘレーネ・ガーゲルンという二十五歳のプロシア貴族の娘だった。知り合った場所は、母のアポローニャの静養のために訪れていた温泉保養地のバード・キッシンゲンだった。

結婚を機にシーボルトは、ライデンのレイデルドルプに新居を建てた。ガラス張りの温室を備えた白壁の二階建てで、日本館と名付けた。母親のために別棟を造って住まわせたが、母親がそこで暮らせたのはわずか四カ月だった。十一月のある朝、眠るように息を引き取り、七十七歳の生涯を閉じた。

その一方で日本は結局、オランダの勧告からアメリカのペリー艦隊が浦賀にやってきて開国するまでの十年の間にもイギリス、ロシア、フランスなどから開国要求が出され続け、その圧力に屈した形でアメリカとの条約締結を皮切りに各国とも条約を結んでいったのである。

そして、日蘭修好通商条約によってシーボルトの追放が解けて再来日を果たしたのは日本が開国して五年後だった。当時日本は列強各国との不平等条約や国内からも攘夷運動によって混迷を極めており、幕府はその対策に苦慮していた。敬作が腕を組んで言った。

「そうでしたか。早くからオランダは日本のためにそのような勧告を出してくれていたのですね……。ところで、先生は今回、どのようなお役目で来日されたのですか?」

「うむ。今回はオランダ貿易会社の顧問として来たんだ。二年間の契約でね。本音を言えば、公使や領事として来日したかったのだが、本国でも色々とやっかみが多くてね」

言ってシーボルトは肩をすくめた。

「出る杭は打たれる、ってやつですか」

「うむ。でもまあ、再び日本へ来れただけでも十分幸せだ。仕事はそれほど忙しくはないだろうから、その間に日本研究の総仕上げと、懐かしい人たちとの再会を楽しむことにするよ」

「そうですか。では、私も先生がご滞在の間は長崎に居ることにします」

「そうしてもらえると嬉しいし、助かるよ」

二人は握手を交わした。敬作と周三は夜も更けてきたので引き上げることにした。

翌日の貿易会社の会議で、シーボルトは上海と長崎間へ蒸気船の定期航路を設ける案などを出したが、社員らは日本の国庫が現在深刻な金詰まりに陥っており、取引に活気がないことを理由に難色を示した。シーボルトは、日本がそのような状態になっているは不平等条約のせいだと強く思った。このままでは悪循環である。しかし、貿易会社の顧問の立場では外交問題にまで口を出せるはずもなく、もどかしさを感じた。

昼食後にシーボルトは緊張した面持ちで応接室の椅子に座っていた。時々腰を上げては窓から外の様子を伺う。つられてアレキサンドルまでそわそわとしていた。

やがて出島の通りに日本人五人の姿が現れた。男二人に、女二人と少女もいる。

「来たぞ」

シーボルトは鼓動が高鳴り、窓から離れてテーブルに着いた。間もなくドアがノックされ、商館員が来客を告げた。

アレキサンドルがドアを開けると、二人の美しい着物姿の女が目に飛び込んだ。その間には少女もいる。シーボルトは目を見開くと椅子から立ち上がり、三人へ歩み寄った。口は開くが言葉が出ない。背の高い、若い女の方がグレーの目を潤ませて言った。

「Vader（お父様）……」

シーボルトもようやく声が出る。

「イネ、イネなんだね……。ああ、なんて大きく、そして美しい女性になったんだ」

「シーボルト様、お久しゅうございます……」

傍らに立つ小柄な女が深くお辞儀をした。下げた頭の日本髪には白髪が交っていた。

「おタキさん、長く待たせてしまって……。イネを立派に育ててくれてありがとう」

そのあとは言葉にならなかった。シーボルトは両手で強く二人を抱き寄せた。三人の感涙と嗚咽が暫し続く。それを間近で見ていた敬作と周三も思わずもらい泣きした。

アレキサンドルと少女は、そんな大人たちの様子を困惑した面持ちで眺めていた。

「お母しゃま。お婆しゃま……」

母や祖母が涕泣している姿に、その少女のつぶらな瞳にも涙がにじんできた。それを見たアレキサンドルは少女の手を引いてテーブルの前に連れていき、置いてあった重厚な色合いと木目の小箱を渡した。

「これ、君にあげるよ。ふたを開けてみて」

言葉は通じないが、その手振りから少女は理解し、ふたを開いた。その瞬間、聞いたことのないやさしい音色の曲が流れだすと、少女はつぶらな瞳を一層丸くした。アレキサンドルが得意顔で説明する。

「オルゴールって言うんだよ。ほら、ふたの内側が鏡になっているし、箱の中の右側は小物入れとして使えるんだ。本当はイネお姉さんへのお土産だったんだけど、ひとつしかないから一緒に使ってね」

周三が通訳すると、今度は稲が驚きの顔になった。

「私が、この坊さんの姉？」

シーボルトが涙を拭いながら説明する。

「そうだよ。長男のアレキサンドルだ。十二歳でね。世界を見せるために連れて来たんだ。ところで、その子はイネの子供なのかね？」

「そうです。タダと言います。七歳です」

シーボルトは喜びを顔にみなぎらせた。

「なんと孫にも会えるとは……。今日は最良の日だ。さあ、テーブルに着いてゆっくり話そうじゃないか」

椅子に座るとシーボルトは、用意していた鞄の中から包を取り出して広げた。土産として滝に花柄の反物、稲には箱入りの化粧道具を渡した。敬作には最新の医学書を贈る。そして次に出した包を開けると、そこには、シーボルトが出国した翌年に滝が手紙の返事と共に贈った螺鈿合子《らでんごうす》があった。

それは、黒い漆を塗った器の表面にアワビなどの真珠色を放つ部分をはめ込んで細工したかぎたばこの容器で、ふたの表には滝の肖像が、そして裏には稲の肖像が描かれていた。それは、かつてシーボルトの専属絵師であった川原慶賀に頼んで描かせたものだった。

驚いた様子の滝を尻目に、さらにシーボルトは紙包を二つ出した。その中には。やはり滝が贈った自分と稲の毛髪があった。シーボルトはそれを胸にあてがい、

「いかなる日もいかなる日も、決してお前たちのことを忘れたことはない」

と言った。滝と稲は再び感激の涙を流す。シーボルトはそれらを丁寧に元に収めた。

「私はもう十分大切にしてきたので、今後は君らが記念に持っておくといい」

滝が受け取って尋ねた。

「貴方様がオランダで大成されていたことは敬作さんに聞きましたが、新しいご家族

もお持ちになったとですね」

「うむ。色々と忙しくて、向こうで妻をめとったのは四十九歳の時なんだ。妻は当時二十五歳でね。子供は息子三人、娘二人の五人で、このアレキサンドルが長男なんだよ」

滝は静かに頷いた。

「君はご亭主に先立たれたとケイサキから聞いたよ。残念だったね。さぞ寂しいだろう」

滝は微笑して首を横に振った。

「稲もタダもおるですし、敬作様や周三さんもいらっしゃるので寂しかことはなかですよ」

「ふむ。それならよかった。今日からは私や息子も加わらせてもらうのでよろしく頼むよ。ところで、イネの結婚相手はどんな人だね？」

滝と稲の表情が急に固くなった。敬作と周三の顔からも笑みが消えた。

「医者でしたが、訳あって離縁いたしました」

稲の日本語を周三が通訳した。稲は幼い頃よりオランダ語を学んではいたが、もっぱら医学書の翻訳を目的としたものだったので、会話は得意ではなかった。シーボルトは憂色を浮かべてタダに目をやった。

「そうか……。それは辛い経験をしたね。ところでイネは今、産科を開業していると聞いたが、その習得はやはりケイサキからかね？」

稲はしばらく間をおいて答えた。

「医学全般の基礎は二宮先生から教わりましたが、産科は二宮先生から紹介していただいた石井宗謙先生の元で学びました」

シーボルトは喜色をたたえた。

「おお、ソーケンから教わったのか。彼も逸材で、たしか歳は私と同じだったな。今は幕府に招かれて江戸に居ると聞いたが」

「シーボルト様」

滝は急に口を挟むと、懐から折紙を出した。

「ここに貴方様と別れたあとの稲が育った年譜を綴っております。大まかではありますが、どなたかにオランダ語に訳していただき、お暇なときにお読みくださいませ」

滝はシーボルト来日のうわさを耳にしたあと、三十年という長い空白期間を言葉で表すのは難しいと思い、少しずつ書き留めていた。

「ありがとう。あとからゆっくり読ませていただく」

「それでは、お忙しいでしょうから今日はこのへんでお暇します」

滝がそう言うと、シーボルトはいつでも遠慮なく尋ねて来るようにと伝え、落ち着いたら自分も滝や稲の家を訪れることを約束した。


長崎到着の十日後、朝九時に奉行所から使者の迎えがあり、立山役所に挨拶へ出かけた。シーボルトはオランダ陸軍大佐の正装をし、アレキサンドルは黒いビロードの上着姿だった。役所の前で駕籠を下りると、アレキサンドルが顔をしかめて言った。

「真夏なのにこの格好はきついね。それに僕、正座は苦手だよ。お辞儀の作法だって……」

シーボルトはアレキサンドルの肩を叩いた。

「さっき練習しただろう。いいかね、長崎で最も偉い人に会うんだ。足がしびれても姿勢を崩さずに我慢するんだぞ」

シーボルトにとっても長時間の正座は気が重いものであったが、それよりも気掛かりなのは長崎奉行所に招かれた理由だった。今回の来日は商館員としてではなく、外交官でもない。ましてや三十年前に国禁を犯して日本を追放された身分である。それ故に、奉行から行動制限などの戒めを受けるのではないかという懸念があった。

間もなく二人は与力に案内され、謁見の間へ入った。そこには奉行の岡部駿河守長常をはじめ代官などの重鎮らと通詞が正装して待っていた。部屋には椅子とテーブルが用意され、奉行も対面の椅子に座った。挨拶こそ昔と変わらず仰々しいものであったが、奉行は談話の冒頭に長旅の労をねぎらい、シーボルトの来日を歓迎する言葉を述べた。そして、

「時勢柄、商館長のクルティウス殿と共に御意見を頂戴することもあるやもしれませぬが、よろしくお頼み申す」

と言って頭を下げた。その後は茶と菓子が出され、和やかな雰囲気の中で会話は進んだ。奉行は三十年前の事件についても遺憾の意を表しただけで深く触れなかった。シーボルトは奉行所の対応に、良い意味で予想が外れたことを安堵した。

シーボルトは話の中で来日の目的や滞在予定期間を告げ、自分らの住居について、出島や外国人居留地以外の場所を希望した。奉行は承知し、数日後には筑後町にある本蓮寺《ほんれんじ》の別院一乗院を居宅として使用することが許された。そこは元イエズス会のサ

ン・ジョアン・バウチスタ教会があった場所で丘の中腹にあり、長崎港も見渡せる場所であった。

シーボルトの新たな長崎での生活が始まった。船で運んできた荷物の整理も行い、研究ができるようにした。また奉行所からの依頼で西役所にて通詞らにフランス語講習も始めた。アレキサンドルには、毎日の天候や温度、湿度の計測記録を課した。

一方でシーボルトは貿易会社顧問としての立場を忘れることなく、支店代表のボードウィンにも貿易発展の提案をいくつかしたが、ボードウィンの反応は相変わらず鈍かった。それどころか、

「会社の業務運営は通常、代表の私に任せてください。御意見やご提案は、こちらから相談をした場合のみで結構です」

とにべもなかった。この三十歳そこそこの若い代表にとって、シーボルトは早くも煙たい存在になっているようだった。シーボルトも、そのような扱いは不本意であったが、時局的に貿易を活性化するのは難しい状況にあるので、その分研究に打ち込むことにした。

シーボルトは日課のように、午前中は貿易会社の仕事や訪問客の応対をし、午後か

らは植物採集、夜の時間は研究や執筆にあてた。また、故人となったかつての門人や親しかった通詞らの墓にも足を運んだ。

家事には住み込みの下女を雇った。茂木という漁師町の若い娘で名をしおといい、目鼻立ちが整った十七歳であった。また周三も二人の生活を支援するため、まめに顔を出した。

シーボルトは弱冠二十歳だった周三の人柄と聡明さを気に入り、敬作とそろって訪れた日にアレキサンドルへの日本語教育を頼んだ。敬作と周三は、シーボルトの役に立てることやオランダ語の勉強にもなることから快諾した。また、アレキサンドルは基本的な英語力を身につけていたので、英語に興味を抱いていた周三に逆に教えたりもできる。

話がまとまったところで、シーボルトが滝から貰った手紙について尋ねた。

「おタキさんが書いたイネの成長の記録は、周三の蘭訳で理解できたよ。しかし、結婚や離婚の事については触れてなかった。私は父として、そこら辺の事情も知りたいのだが……」

敬作と周三は顔を見合わせた。敬作は観念したように頷くと。重い口を開いた。

「実は、稲さんのお相手は石井宗謙殿でした」

シーボルトは青い目を大きく見開いた。

「ソーケン？　あのソーケンがタダの父親だと言うのか？　しかし彼とは親子ほどの……」

敬作は床にひざまずいた。周三が支える。

「私のせいなのです。私が産科を学ばせるために宗謙殿の元に送ったばかりに……」

暫し静寂が流れた。アレキサンドルは、しおと買い出しに出かけていて留守であった。

「――と言うことは、正式な結婚ではなかったのだな？　イネは妾だったのかね？」

敬作は首を振り、声を絞り出した。

「稲さんは、手籠めにされたそうです」

通訳する周三は『手籠め』の訳に困り、乱暴（gewelddadig）とした。しかし、その場の雰囲気から真の意味は十分伝わったようだった。シーボルトは顔色を失う。

「なんということだ。まさか、娘が我が門人から犯されて子を宿していたなんて……。それで、彼はタダのことを知っているのかね？」

「はい。稲さんは妊娠していることが分かり、岡山から長崎に戻ってタダちゃんを産みました。その後、宗謙殿から何度か養育についての話し合いの場を求められたそうですが、稲さんはそれを拒み続けております」

シーボルトは涙を浮かべた。

「イネは健気にも、タダを一人で育てていく覚悟なのだな……」

敬作は顔を上げた。

「一人ではありません。滝さんはもちろんのこと、不肖ながらこの私も、またここにいる周三も微力ながら尽力させていただきます」

シーボルトは愁眉を開いた。

「ありがとうケイサキ……。それから、イネに起こった悲劇は、けして君のせいではない。私が日本を離れていた間に最もタキやイネを見守ってくれたのは君だ。心から感謝するよ」

「もったいないお言葉です。それから、この話を稲さんとするのは、もうしばらく日が経ってからの方がよろしいかと」

「うむ、分かっている。私の方からは口にしないよ。無論、タダは私のかわいい孫だ」

言ってシーボルトは手を差し伸べ、二人は両手を固く握りあった。

数日後、稲が一人でシーボルトを尋ねてきた。まだ日が高く、隣の部屋では周三がアレキサンドルに日本語の手ほどきをしていた。稲はシーボルトに、医学を学びたいと申し出、そして自分の所へ来る患者の中には手に負えないものもいるので診てほしいと頼んだ。シーボルトは優しい口調で言った。

「イネは産科以外に外科の患者も診ているんだね。まだ日本には、いやヨーロッパでも女医は珍しい。すごいことだと思うよ」

「では、ご教授をお願いできますか？」

シーボルトは腕を組み、暫く思案したあと、

「もちろん相談には乗るし、イネの医院に顔を出すのもかまわない。しかし、知っての通り私には貿易会社の仕事と研究があるので、そう簡単に時間は作れない」

オランダ語の会話が苦手だった稲だが、シーボルトの身振り手振りで言葉の意味はだいたい理解できた。肩を落とす稲にシーボルトは提案した。

「今、長崎ではポンペというオランダの軍医が医学伝習を行っている。彼に学んではどうかな？　近いうちに彼に会う予定があるから、イネが授業に参加できるように頼

むことは難しいことではないが」

うつむいていた稲の目が輝いた。

「私が、あの伝習所に通えるのですか？」

シーボルトは微笑んで頷いた。

「私が頼めばおそらく大丈夫だ。それに、私の医学の知識は今では古くなっているし、医療の現場からも遠ざかって久しい。教授については、彼に私の代わりをやってもらおう」

稲は立ち上がると深々とお辞儀した。

「ありがとうございます。お父様」

翌日の日曜日にシーボルトは商館長邸宅でポンペと会うことになった。クルティウスが伝習所の休みの日に合わせて手配してくれたのである。二人は意気投合し、ポンペはシーボルトの願いを快諾してくれた。そして、

「ちょうど来週に刑死した死体で解剖実習を行う予定です。めったにない機会ですので、娘さんにも参加してもらいましょう」

と言った。シーボルトは日本で人体の解剖ができるようになったことに驚き、時代

の流れを感じた。ポンぺは着任後の種痘の指導や、前年に長崎を起点に西日本にコレラが広まった時も予防法配布や献身的な治療にあたって成果を出していたため、長崎奉行からも信頼を得ていた。そのような理由から人体解剖や洋式の医学病院建立の許可も下りたのである。

長崎に来て四カ月が経過し、朝晩は冷え込むようになった。稲はこれまでに学んだことのない伝習所での化学や採鉱学の授業に戸惑いながらも充足を感じていた。当然ながら女は稲一人であったが、いつのまにか周囲も本人も気に掛けなくなっていた。

一方でアレキサンドルの日本語教育は行き詰っていた。特に文字の読み書きに関しては片仮名、平仮名がやっとで、漢字になるとお手上げ状態であった。文法の違いから会話の上達も進まなかった。

周三にも疲れが見え始めたのでシーボルトと敬作は話し合い、授業時間の短縮や休日を設けた。十二歳のアレキサンドルは、母国や家族との別離による寂しさや日本食を始めとする異文化になかなか馴染めずに元気をなくしていた。友達もなく、ヨーロッパから連れてきた猟犬のジュノーだけが遊び相手だった。だか、帰国したいとは口にしなかった。シーボルトは環境を変える必要を感じ、相談するために周三に頼んで滝と稲を呼び出した。二人はその日のうちにやってきた。

「急に呼び出して申し訳ない。早速だが、鳴滝塾は今、どうなっているのかね?」

シーボルトの問いに滝は、

「貴方様が日本を離れたあと、門人の方たちもそれぞれ帰郷したので、売却いたしました」

と申し訳なさそうに言った。

「うむ。それは仕方のないことだ。だが、私はあの思い出深き場所、そしてアレキサンドルのためにも環境の良い鳴滝の地にもう一度住みたいと思う。どうにかならないものかな?　金の心配なら大丈夫だ」

滝と稲は承知し、翌日からさっそく鳴滝へ足を運んだ。その調査によると、鳴滝塾だった邸宅は改築され大家族も住んでいたが、交渉により家主は売却に前向だったと話した。どうやら、破格の買い取り額提示が功を奏したらしい。シーボルトは顔をほころばせた。

「それはよかった。明日にでも久しぶりに現地を訪れたい」

滝は困り顔になった。

「明日ですか？　あいにくですが、私は法事に行く用がありますし、稲も授業がありますす」

「そうか。それならシオドンと行く。彼女にも場所を教えておいてくれ」

「しおと？」

シーボルトは大声でしおを呼んだ。程なくして姿を見せたしおを見て滝が眉を寄せた。しばらく見ない間に艶っぽくなり着物やかんざしも上質の物に変わっていた。しおは滝と稲にお辞儀をすると、シーボルトに媚びるような視線を送った。シーボルトは日本語で、

「シオドン。明日一緒ニ、鳴滝へ行コウ」

と言った。訳が分からずに小首を傾げるしおに稲が事情を説明した。しおは話が見えてくると、はにかんだような笑みを浮かべてシーボルトを見た。すると、話が終わらないうちに滝が椅子を引き、稲に退室を促した。

帰り道で滝は無言だった。不思議に思った稲がどうかしたのかと尋ねると、滝は前を向いたまま冷めた口調で言った。

「あの二人は出来とるばい」

「え？」

「どうりで、うち（私）が暇のある時に身の回りの世話ばするて言うても断るはずたい……」

　滝はそれ以上言わなかった。思ってもみなかったことに稲は頭が混乱した。


　その夜、滝は柄鏡に映る自分の顔をじっと見詰めた。そこには齢五十三の、老女に差し掛かった女の面様があった。頭は白髪が目立ち、目じりや頬、口元にはしわができている。

　シーボルトに初めて会ったのは十六歳の時だった。それからシーボルトが国外退去となる六年半のあいだ、女として最も美しい時期をシーボルトに捧げた。オランダ人相手の出島専属の遊女だった自分をシーボルトは愛してくれた。稲が産まれた時も心から喜んでくれた。しかし、シーボルトは事件の発覚で国外追放となり再入国も禁じられてしまった。

　シーボルトは財産を残していってくれたが、二歳半の稲を抱え、二度とシーボルトに会えないという悲しみと出島遊女だったという偏見から、身を寄せた伯父の家で引きこもった。

そんな滝を見初めて一緒になろうと言ってくれたのが伯父の知り合いで一つ年下の和三郎だった。和三郎は滝の過去にはこだわらず、稲も我が子のように可愛がってくれた。感謝しかなかった。シーボルトにはやむを得ず再婚したことや、稲の成長ぶりなど近況を知らせる手紙を何度か送ったが返事は来なかった。

――シーボルトさん。うちは、どがんすればよかったとですか？

滝の頬を涙が伝う。なおも回想は続いた。

稲は父親に似て聡明で、幼少の頃より勉学好きだった。十四歳の時に蘭学を志したいと言う本人の希望で信頼のおける二宮敬作に預けた。その後産科を極めたいということで、敬作はかつての門人仲間で産科を得意とする石井宗謙の元へ稲を送った。稲が十八歳の時だった。

宗謙も七年に渡って稲に産科を教え、開業できるまでに育てた。しかし、稲が二十五歳の時に宗謙は、以前より美麗な稲に抱いていた性的欲望を抑えきれずに体を求め、拒絶されると力づくで強姦し、稲は妊娠してしまう。

稲は心のひずみを抱え、身重のまま単身で長崎に帰ってきた。事情を知った滝は驚き狼狽したが、生まれてくる子供に罪はないとし、無事な出産を願って献身的に稲を支えた。

やがて元気な女児が産まれた。稲はその出生の事情を悲観的にとらえ、天が授けたただの子とし、タダと名付けた。

その二年後に公用で長崎に来た敬作は、滝と稲を尋ね、稲が宗謙から受けた仕打ちを聞き、憤怒と自責の念に体を震わせた。

「宗謙め。こともあろうに恩師の娘さんを手籠めにした挙句、子を産ませるとは……。私が、あ奴の所を紹介したばっかりに……」

その後、敬作はふさぎ込んでいる稲に、また自分の所へ来て外科や産科の経験を積まないかと言った。稲は将来の自立を考え、滝にタダを預けて再び伊予国へ向かった。

稲によれば、十年前と同じく伊予国の卯之町という所でまた修行を始めることとなった。ちょうどその時分、長州から宇和島藩に出仕していた村田蔵六（のちの大村益次郎）という男が蘭学の教授や兵書作り、翻訳に従事していた。

稲は敬作の甥である十六歳の弁次郎（のちの三瀬周三）と一緒に蔵六にオランダ語を

学んだ。

蔵六の講義はオランダ語の翻訳に主眼を置き、会話術はなかった。蔵六自身、オランダ人との会話の経験が無きに等しく、稲が長崎で耳にしていたオランダ語の発音とは、お世辞にもまともと言えるものではなかった。しかし翻訳の能力はずば抜けており、稲は授業についていくのがやっとだったが、弁次郎の吸収力は目を見張るものがあった。弁次郎は、蔵六から学べない発音や会話力は敬作から習った。また二人は敬作の助手をしながら医学も学んだ。

卯之町で四年を過ごしたある日、滝からシーボルトの再来日の可能性があるとの手紙が届いた。稲と敬作は驚喜し、すぐに長崎に行くことを決めたのだった。

そして三十年ぶりの親子の再会は感動的ではあったが、その長い空白期間は簡単に埋まるものではないことを滝は実感していた。

滝は鏡を置き、深いため息を吐いた。

二日後。周三を通してシーボルトから家の購入を決めたと連絡があった。外国人が家や土地を買うことはできなかったため、名義は稲にすることになった。

滝はシーボルトの話題をしなくなっていた。稲はしおとシーボルトの関係を確認するために、敬作と周三が住む家に行き問いただした。その答えは、滝の想像通りであった。加えて二人とも、とうに知っていた口ぶりだった。

「なぜ今まで教えてくれなかったのです。もう、あの娘には暇を出します」

息巻く稲に敬作が言った。

「稲さん、落ち着きなさい。先生ほどの権威と財力があれば、妾の一人や二人いても不思議ではない。世間でもよくある話ではないか」

「でも、あんな孫のような若い娘と……」

言いながら稲の顔が青ざめていった。

「まさか、父はあの娘を手籠めに……」

敬作と周三は困惑した。

「稲さん、それは考え過ぎだ。私や周三は毎日のように本蓮寺に顔を出している。そのような事があれば我々も分かるはずだ。いや、むしろあの二人の仲は睦《むつ》まじく――」

「もうやめてください。聞きたくありません」

稲は甲高い声を出して立ち上がると、

「私は認めません。絶対に」

と言い放って出て行った。周三が心配そうな面持ちでその後ろ姿を見遣った。

「あんなに興奮して、どうしたのかな？」

敬作もため息交じりに言う。

「稲さんは、男女の情交に対して拒絶感があるのだ。無理もないが……」

稲は休診中の自分の医院に入ると、診察部屋の畳に座り込んだ。悲しみと悔しさが入り混じった涙が頬を濡らす。

「やっと会えたのに……。ここで色々と教えてほしかったのに……。私やおっ母さんより、研究やあの娘の方が大事だなんて……」

稲は混血児だったために幼い頃から周囲から奇異な視線に晒されながら育った。『出島行き遊女の子』、『合いの子』と揶揄されることもしばしばだった。そんな稲が自暴自棄にならずに生きてこれたのは、シーボルトの娘という誇りがあったからだった。

滝は稲にシーボルトのことを国外追放とはなったが、それは学術研究に打ち込んだ結果であり、けして悪事は働いていないと言い聞かせた。またシーボルトを知る通詞や門人らからも、人間的にも尊敬できる偉大な医師であり学者であると聞かされ、それは稲が医師を志した動機となったことは言うまでもない。

稲は幼い頃のシーボルトの記憶はおぼろげであった。顔も川原慶賀が描いた肖像画から思い浮かべるしかなかったが、そこには軍服を着た若く凛々しい顔立ちがずっと脳裏に焼きついていた。だが、実際に目にしたのは想像とはかけ離れた老いた男の姿だった。

しかしそれは年齢を考えれば当然のことで、医者である稲も老いは仕方のないこととすぐに理解することはできた。だが、自分の父親が石井宗謙のように若い女を容易に自分のものにすることに嫌悪感を拭えなかった。

稲は再会した日にシーボルトが口にした、『いかなる日もいかなる日も、決してお前たちのことを忘れたことはない』という言葉を思い出し、両手で顔を覆って慟哭した。

その年、安政六年の十二月に出島の総領事にデ・ウイットが着任した。すでに長崎は独占的な貿易港としての地位は失っており、商館も領事館となっていた。クルティウスは在日オランダ全権特使となり江戸でしばらく執務することになった。シーボルトはデ・ウィットとも信頼を深めようと努力したが、気位の高い男だったので、反りが合わなかった。

年末になってシーボルトに思いがけない災難が起こった。しおが鍋に火をかけたまま雑用のために短時間外に出ている間に炊事場から出火したのだった。しおの叫び声で駆けつけたシーボルトは板戸に燃え移った炎をなんとか上着で払い消したが、両手の甲と頬に火傷を負ってしまった。その後シーボルトはこの火傷痕を隠すために顎鬚を貯えるようになった。

年が明けて安政七年一月（一八六〇年二月）になると、幕府は日米修好通商条約の批准書交換のために七七名から成る使節団をアメリカに派遣した。一行はアメリカ海軍のポーハタン号で太平洋を横断して渡米することになったが、護衛を目的に咸臨丸を随行させた。

ポーハタン号には使節団の正史で外国奉行の新見正興、目付の小栗忠順らが乗り、咸臨丸には軍艦奉行の木村喜毅《よしたけ》、艦長の勝海舟、また木村の従者として福沢諭吉、通訳のジョン万次郎らが乗船した。

このような開国後の急激な情勢の変化に負の側面も生じた。二月五日に横浜でオランダ人船長殺害事件が起こった。街で買い物をしていたオランダ人船長と同行していた商人が何者かにより惨殺された。前年にはその現場から近い場所でロシア海兵二名が同じように殺されており、いずれも犯人は攘夷派の武士と思われたが特定まではできなかった。

検死には江戸勤務のクルティウスが立ち会った。後日幕府は、オランダの要求に対して千七百両の賠償金を支払い、外国に対する賠償金支払いの初例となった。

ますます過激さを増していく尊王攘夷派の標的は幕府中枢にも向けられ、安政七年三月三日には桜田門外の変が起こった。これは大老井伊直弼が天皇の勅許を待たずに日米修好通商条約に調印したことや、その反対勢力を弾圧した安政の大獄を起こしたことが原因であった。

また将軍継嗣問題で紀州派と一橋（水戸）派との対立も絡んでおり、井伊はこの日、愛宕山に集合した水戸・薩摩の浪士十八名によって登城途中に襲撃され、殺害されたのである。この事件は波紋を呼び、幕威失墜の転機となった。このような江戸の情報も、クルティウスやデ・ウイットからシーボルトに伝えられていた。

桜田門外の変の直後に元号が安政から万延となった。開国による刃傷沙汰の多発と各地で起こった大地震やコレラの流行、江戸城本丸御殿の火災焼失などの度重なる災異が改元の理由だった。その後も幕末期の動乱を物語るように元号は文久、元治、慶応、と明治になるまで慌ただしく変わっていく。元号が皇位継承時のみに改められるようになったのは明治以降である。

初夏、シーボルトは鳴滝に引っ越した。家は改築され、広い庭も手入れされていた。シーボルトは国吉という長崎の山林に詳しい庭師を雇い、植物園を作り始めた。日本研究もはかどり、いくつかの論文もオランダへ送っていた。

滝と稲は次第にシーボルトと距離を置くようになっていた。不審に思ったシーボルトは、敬作や周三に理由を尋ねた。敬作は、しおとの関係が二人の感情を傷つけていると正直に話した。また交流不足も指摘した。シーボルトは滝らに釈明の手紙を書いたりしたが、やがてしおが妊娠していることが発覚し、それは一層溝を深めた。

シーボルトはやむを得ず、しおに金品を渡して暇を出した。しおは茂木に帰り、のちにマツという女児を産んだ。しおの代わりの下女は、少し年増で控えめなえいという女を稲が吟味して選んだ。

滝と稲との関係以外、シーボルトの鳴滝での生活は順調だった。近所付き合いも良好で、互いに行き来して親睦を深めた。アレキサンドルも近隣の子供たちと山や川で遊ぶようになり、日本語の会話能力が上達していった。

稲は複雑な心境のまま父への情愛を捨てきれないでいた。医学に関する質問状を手紙に認めたり、敬作からシーボルトの体調不良の話などを聞くと、鳴滝に足を運んで様子を見に行ったりした。滝も口には出さないが、シーボルトのことを気にかけているようだった。

シーボルトは二人と孫がなかなか会いに来てくれないことに不満を漏らしていたが、その一方で新しい下女も妾にし、稲と滝の神経を逆なでにしていた。滝はすでに諦めの境地となり、稲も幼い頃より抱いていた憧れの父親像を捨てた。二人はシーボルトと必要最小限の付き合いしかしなくなった。周三も少なからず影響を受け、鳴滝から足が遠のいていった。

しかし、シーボルトは若い女の肉体に溺れていただけではなかった。滝や稲たちの見えない所で日本研究はもちろんのこと、各国の領事や諸藩の著名な日本人との交流など情報交換も怠らず、また諸外国の使節団が乗った船が長崎に入港すると訪問し、時には招待を受けることもあった。シーボルトなりに日蘭両国の利益のために動いていたのである。

秋になるとシーボルトは長崎奉行所からの招請を受け、岡部駿河守と面談した。シーボルトはそれまで貿易問題に関する考えや入手した国際情報を書簡にして岡部に送っていた。岡部も意見や助言を求めることもあった。今回の呼び出しは、ロシアやイギリスによる対馬占領の風説に対するものであった。

シーボルトは、ロシアの極東での根拠地の獲得と中国をはじめとする南海航路の開拓拠点確保のために日本海の南端に位置する対馬に海軍基地を作る恐れがあることを知らせていた。シーボルトはその場でさらに、

「そうなるとロシアに軍事面でも対抗しているイギリスも黙ってはおらず、覇権争いによる武力衝突の危険があります」

と付け加えた。岡部も動揺を隠せなかった。

「なんと、それでは対馬が戦場に、そして植民地になる恐れもあると言われるのだな?」

岡部はシーボルトから直接話を聞くことでさらに危機感を募らせ、この情報を直ちに幕府に伝えた。

それから一カ月ほど過ぎたころシーボルトは再び奉行所に呼び出され、岡部が江戸の外国掛老中より学術及び外交について質問したいことがあるので、しばらくの間日

本に滞在するよう沙汰があったと伝えた。シーボルトは頬が緩みそうになるのを堪えて言った。

「これは、幕府からの下命と受け取ってよろしいか？」

「はい。しかし強制的ではなく、あくまで要望という形でござる。如何でござろう？」

シーボルトは即答した。

「もちろん承知します。日本国のために尽力できるのなら、私にとって無上の喜びです。来年の四月にオランダ貿易会社との契約が切れますから、その後は自由も利きます」

シーボルトはその日、夜になっても興奮冷めやらず、妻のヘレーネに手紙を書いた。その内容は、幕府からの要望で日本滞在が延びることになりそうだということと、アレキサンドルの将来のことだった。

シーボルトはこれから日本で多忙になるであろうし、攘夷派による外国人襲撃が多発していることから、アレキサンドルをロシア海軍に通訳官見習いとして預けようかと考え、根回しも始めていた。

シーボルトはロシア皇帝や海軍提督とも面識があり、友人も多数いることから、アレキサンドルの身の安全と教育、そして体を鍛える意味でも良策かと思い、妻へ相談したのである。シーボルトは、武力の差を見せつけて日本を開国させたアメリカや侵略で植民地を広げるイギリスよりはロシアに好感を持っていた。

翌年、文久元年一月十九日（一八六一年二月二十八日）。長崎奉行所にてシーボルトへ正式に江戸招聘《しょうへい》が伝えられた。表向きの招聘理由は学問伝授であった。その時に岡部より、この招聘にはかつての門人であり幕府の奥医師である伊東玄朴や戸塚静海などによる幕府老中らへの働きかけも大きかったと聞かされ、シーボルトは彼らの出世を喜び、その厚情に感謝した。

ちなみに伊東玄朴は、シーボルト事件において一枚目の地図を江戸から長崎まで運んだ人物であったが、運よく連座を免れていた。

二月三日（一八六一年三月十四日）。シーボルトの不安は的中しロシア海軍のポサドニック号が船体修理を口実に対馬の浅茅湾に侵入して測量を行い、翌月には芋崎に兵舎などを建設した。また退去を求める対馬藩に対して藩主への面会と租借権を要求し、付近の村や番所を襲って略奪行為も行い、日本人警備兵が射殺される事件も起こった。

報告を受けた幕府は、アメリカから戻っていた外国奉行の小栗忠順を咸臨丸で派遣して事態の収拾に当たらせたが交渉は難航した。しかし、イギリス公使のオールコックの提案で英艦二隻を現地へ派遣して威嚇行動を行ったことと、ロシア海軍のリハチョフ提督からの退去命令により、半年に渡って居座り続けたポサドニック号は対馬を去った。

この占領事件はロシア政府の指令ではなく、ロシア海軍の独走による行動であった。実はこの事件の二年ほど前にイギリス軍艦二隻が対馬沿岸の測量や乗組員の上陸、そして幕府に対して租借地を得ることを打診して断られるという経緯があり、ロシア海軍は後れを取るまいと焦っていたと思われる。またオールコックも対馬占領を本国政府に提案していたという裏話がある。

二、待望　幕府外交顧問

シーボルトは江戸行きの準備に取り掛かった。オランダ貿易会社顧問の任期更新はせず、鳴滝の家は国吉に管理を頼むことにした。妾となっていた下女のえいには暇を出し、フランス語の講師も適材のフランス人を見つけて交代した。またシーボルトは、通訳として周三を同行させたいと考えていた。

周三は伊予大洲の塩問屋の子に生まれ、母親は敬作の姉のくらだった。幼少期より学問を好み、私塾で国学を学んだ。また叔父の敬作や村田六蔵の下でオランダ語や医学、蘭学を学んでいたが、特に語学力に関しては長崎での遊学でさらに開花し、本職のオランダ通詞をもしのぐほどの実力を身につけていた。

シーボルトは稲や敬作、周三を呼び出して周三の江戸への同行を相談した。招聘の説明を聞いた敬作が言った。

「それでは、建前上は学問伝授ですが、外交上の相談の役目もあるというわけですね？」

「うむ。私は外交官でもないし、貿易会社の顧問の役職も辞した。であるから、表立って日本の政索に口を出せる立場ではないからね」

「お父様のご活躍は喜ばしいことですが、江戸は外国人にとって危険極まりないと聞きます。お父様やアレキさんのことはもちろんのこと、周三さんにまで危険が及ぶのではないかと私は心配です」

稲が不安げに言った。稲は以前よりタダと周三を夫婦にしたいと思っていた。周三は稲より十三歳年上だが、タダが十五になればまだ二十八であり、違和感もない。

「それは承知している。しかし、幕府の計らいで警護も付くだろうから、私はあまり心配していない」

親代わりの敬作が傍らにいる周三を見た。

「どうかな周三。危険をはらんではいるが貴重な体験にはなるだろう。あとは、お前次第だ」

周三は姿勢を正し、声を上擦らせて言った。

「憧れていた江戸に行き、しかも子供の頃より習練してきたオランダ語をシーボルト先生と日本国のために活かせるのなら、私はぜひお役に立ちとうございます」

周三の熱意に、異を唱える者はいなかった。

そうして周三の同行は決まったが、稲にはもう一つ心配事があった。それはシーボルトが江戸に勤めた際に石井宗謙と会う可能性があることだった。稲は、敬作がシーボルトに宗謙が起こした悪行を伝えていることを知らなかった。故に二人が再会した際、急にそのことが知れれば、シーボルトは逆上して宗謙に何か報復をするのではないかという懸念があった。したがって稲はシーボルトにタダの出生について説明が必要かと思った。

シーボルトの出発前夜、稲は一人でシーボルトを訪ねた。

「もう明日の準備はお済みですか?」

「ああ。横浜までイギリス船に乗って行くし、大きな荷物はあとでクニさんに船便で送ってもらうから、とりあえずは手荷物だけでいいんだ」

「そうですか。では、これもお持ちください」

稲は懐からお守りを三つ出した。シーボルトは思わず微笑んだ。

「お諏訪さん(諏訪神社)のだな。ありがとう」

そこで会話が止まった。稲はティーカップに視線を落としていた。シーボルトは、稲の気持ちを推し量ったように言った。

「イネ、何か話があるのなら言ってごらん」

その言葉に決意したように稲は顔を上げた。

「はい。実は、タダの父親のことについてお話ししたいと思いまして」

「ふむ。そう言えばまだ聞いていなかったな」

シーボルトは平静を装いながら足を組んだ。

「タダの父親は……石井宗謙様です。私が産科を修行していた時に……宗謙様から……」

そこまで言うと稲は再び伏目になった。顔が紅潮し、わずかに唇が震えていた。シーボルトは、この不憫な娘を抱きしめたいという衝動を抑えるのに必死だった。

「そうか……。ソーケンは鳴滝塾でも最も優秀な門人の一人だった。その血を引くタダもきっと将来有望だろう。大事に育て、好きな道を歩ませてあげなさい」

稲は涙目になり静かに頷いた。シーボルトは稲の手を優しく握り、

「オイネ、ヨカヨカ、大丈夫」

と精一杯の笑顔を作って見せた。


翌日の文久元年三月五日（一八六一年四月十四日）、シーボルトは滝、稲、タダと敬作に見送られてイギリス汽船スコットランド号で長崎港を出港した。シーボルトはその直前に、万一の事を考えて貿易会社代表のボードウィンに妻宛の遺書を預けていた。

船は荒天の中を南下し、薩摩半島を回ったところで佐多岬の近くの入り江に待機し

てシケがおさまるのを待った。そして天候の回復後は太平洋を北上し、三月十日の夕方に横浜港へ到着して船は錨を下ろした。辺りには外国船が十隻ほど停泊していた。甲板に出たアレキサンドルはまだ顔色が悪かった。

「この五日間、ひどい航海だったね。みんなずっと船酔いしていたし。早く上陸したいよ」

シーボルトは、以前と変容した景観を目の当たりに、感慨深げに言った。

「うむ。しかし、三十五年前の江戸参府では往路に二か月近くかかったからな。その時の苦労を考えれば何てことないさ」

翌朝、シーボルトは神奈川奉行宛の長崎奉行からの信任状を提出して上陸した。オランダ総領事のデ・ウイットは香港に出張中とのことであったため、副領事のボルスブルックを尋ねた。その際、周三は敬作から譲り受けた刀を身に着けていた。

ボルスブルックは朝食を用意して一行を歓迎し、最初に治安状況やヒュースケン殺害事件のことを話した。その出来事とは、四か月前にアメリカ駐日公使ハリスの通訳官でオランダ人のヒュースケンが、臨時に派遣されていたプロシア使節の赤羽接遇所から麻布善福寺のアメリカ公使館に騎馬で帰る途中に、攘夷派浪士らに襲われて殺害された事件である。

「結局幕府は、ヒュースケンの母親に弔慰金一万ドルを支払うことになりました」

シーボルトは頷きながら聞いていた。その事件のことは長崎で耳にして知っていた。

「やはり、外国人に対する目は厳しいのですね。長崎ではそれほどでもなかったですが」

「歴史的に長年外国人を受け入れてきた長崎とは違うでしょう。それに、外国人に危害を加えるのは攘夷を唱える浪士です。一般国民はそれほどでもないですが、変装して刀を隠し持っている場合もありますから、油断せずに外出時はピストルの携帯をお勧めします。幕府も外国人を守ろうとはしていますが、なにせ相手はいきなり襲ってきますからね」

その後三人は、オランダ人が経営するヨコハマ・ホテルへ移動した。外観は和風だが内部は洋風に改装してあり、レストランやバーもあった。バーには様々な国の男がやってきており、外国人らの社交場にもなっていた。

その中でシーボルトはヴィルヘルム・ハイネというドイツ系のアメリカ人と知り合った。彼は作家そして画家でもあり、ペリー艦隊に随行し、『ペリー提督横浜上陸の図』を描いた人物であった。その時はプロイセン使節団に随行しており、シーボルトはペリー来航時の様子を尋ね、興味深く話を聞いた。

ほかにもう一人、親しくなった男がいた。エドアルド・クラークというイギリス人で、デント商会の代表者でポルトガルの名誉領事でもあった。若い頃マインツで仕事をしたことがありドイツ語が堪能だった。気さくな男で横浜界隈の情報通でもあり、アレキサンドルもすぐに馴染んだ。

翌日は神奈川奉行・松平石見守康直と横浜運上所にて最初の会見をし、攘夷運動や不平等条約など多岐に渡って意見を交わした。最後に松平は満足げな顔で、

「やはり日本の事をよく知っておられるシーボルト殿とは話がしやすい。幕府は、貴殿を外交顧問として迎え入れる所存でござる。しばらくはお待ちいただくことになりますが、何卒よろしくお願い申す」

と言った。シーボルトは椅子から立ち上がり、「大変名誉に思います。その折は精一杯努めさせていただきます」と一礼した。

またシーボルトはこの時、同席した通詞に石井宗謙の所在確認の依頼をした。以前敬作に聞いた話によると、宗謙は幕府に招かれ、江戸の種痘所の開設に関わり、また

オランダ書の翻訳などに従事しているはずだった。

シーボルトは、宗謙の稲に対する不始末、そしてタダの養育についての責任を問うつもりだった。宗謙も役目柄シーボルトが再来日し、近々江戸に行くことは知っているはずで、その返答によっては罷免などの懲罰を科すことを幕府に依頼する考えでいた。

数日後に幕府はシーボルトに一軒家を用意した。間取りも十分でよく手入れされていた。また警護も四六時中配備された。

引っ越しが落ち着くと、シーボルトは情報収集のために諸外国の公使から商人に至るまで幅広く交流を始めた。シーボルトはヨーロッパでの要人らとの交際や出版も功を成し、日本通として名が知られていたので面会を求められることも多かった。またシーボルトはこれらで得た情報を分類し、長崎奉行やオランダ貿易会社、さらにはオランダ政府へも情報伝達を怠らなかった。

一方で、危険を顧みず遠出して植物採集なども行い研究も進めた。また日本の役人との会談では正規の通詞が列席するために周三の出番はあまりなかったが、シーボルトは周三に、日本の歴史書の一部をオランダ語に翻訳するように頼んだ。もともと国学を学んでいた周三にとっては得意分野であり、その手腕を振るった。

そんなある日、宗謙のことを尋ねた通詞より手紙が届き、宗謙は江戸の蕃書調所に勤めており、愛宕下に居住しているという報告を受けたが、体調を崩しているようだとも書かれていた。

三月末になると神奈川奉行より、江戸滞在中の居住は赤羽接遇所に決まったと伝えられた。そこは、ヒュースケンが襲われた場所の近くであった。

またこの頃より、外交についての評議も活発化していった。三月二十六日、運上所で外国奉行・小栗忠順ら重鎮に招かれ、遣米使節団の話などを聞く。その数日後には新任の神奈川奉行・滝川播磨守具知と会談し、フランス皇帝とオランダ国王宛の将軍書簡内容について意見交換を行った。

尚、このころ対馬ではロシア軍艦侵入事件で対馬藩が対応に苦慮し、ようやく幕府に指示を仰ぐために急使を江戸に派遣した時期で、小栗が咸臨丸で対馬に向かうのはこの約一か月後である。

四月十九日。幕府が立案している遣欧使節団に関連して外国奉行・竹内保徳、桑山元柔らと会見する。また、参列者にはほかにも通訳として遣欧使節団に定役通弁御用として参加する福地源一郎と翻訳方の福沢諭吉も同席した。シーボルト側もアレキサンドルと周三が出席した。

渡航の目的は幕府がオランダ、イギリス、フランス、プロイセン、ポルトガルとの修好通商条約で交わした新潟、兵庫の開港と江戸と大阪の開市の延期交渉、そしてロシアとの樺太の国境問題も含まれていた。

その理由として、勅許の案件や攘夷の広がりに対する懸念、また国内の政治、経済が安定するまでの時間が欲しかったのである。使節の派遣に関しては、イギリス公使のオールコックの提案が大きかった。

幕府は、シーボルトが日本を追放されて三十年間、ヨーロッパの国々を訪問して各国の皇帝や国王、政府高官と接していたことをクルティウスなどから耳にしていた。故に諸外国の情勢に詳しく、交渉方法や謁見時の儀礼に関しても精通していると見込んでいた。

会談は中身が濃いために、オランダ語の実用会話の経験が足りない菊池と福沢では話が滞る場面がたびたびあった。やむを得ずシーボルトは後ろに控えていた周三を側に呼んで通訳をさせた。幕府側はその語学力の高さに目を見張ったが、菊池と福沢にとっては不名誉な場となってしまった。

その後会談は順調に進み、終了時に竹内が穏やかな表情で、

「拙者は使節正使に就くことになっておりますゆえ、なにとぞ外交術に精通している貴殿からのご教示をお願いしたい」

と、シーボルトに使節団派遣の計画書や注意事項などの作成を依頼した。シーボルトは目を輝かせた。

「このような仕事を頂き、身に余る光栄です。早速、全力で取り掛かります」

シーボルトは承知すると共に、幕府による招聘を正式に受諾した。

会談が御開きとなり、シーボルトとアレキサンドルに続いて周三が部屋を出ようとした時、福沢が声を掛けてきた。

「三瀬殿。失礼ですが、貴殿は長崎でオランダ通詞をしておられたのですか？」

刀を持ち、武士同様の身なりをした周三は、

「いえ、私は長崎で蘭学は学んでおりましたが、通詞ではありません」

と答えた。次に菊池が尋ねる。

「では、どちらの御家中で？」

周三は少し間をおいて答えた。

「私は伊予、大洲藩の者です。叔父がかつてシーボルト先生の門人だったご縁でご一緒させていただいております」

菊池が、芝居がかった笑みを浮かべた。

「ほう、そうでしたか。もしよろしければ、叔父殿のお名前をお聞かせ願えますか？」

「はい。伊予、宇和島藩医の二宮敬作です。オランダ語の基礎は叔父から教わりました」

「なるほど。それでオランダ語がご堪能だったわけですね。いや、失礼しました。同じ通弁として、以後お見知りおきを」

福沢の言葉に、周三は一礼して退室した。

シーボルトは帰宅後すぐにペンを取り、寝食を忘れるほど草案作りに没頭した。そうして二日ほどでまとめると、書簡にして竹内に送った。具体的な文書は作成に時間がかかりそうなので、江戸で渡そうと考えた。

四月二十七日。神奈川奉行より書簡で江戸行きが近いことを知らされる。また今後は、幕府より月棒百両と別段手当として年二百両が支給されることも記してあった。

五月十一日。午前九時にシーボルトとアレキサンドルは迎えの駕籠に乗り江戸に向かう。周三は徒歩で後を追い、荷物は船便で送った。途中シーボルトは往来の多い品川あたりで駕籠を降り、列から離れて植物や貝類の採集を行ったりするので警護の者たちを困惑させた。

午後六時過ぎに赤羽接遇所に着いた。そこは幕府が外国人接対所として設けた施設であり、豪壮な構えで厳重な警備体制も敷かれていた。シーボルト一行は、外国方支配調役の役人や通詞らから出迎えを受け、夜には外国奉行主席の新見正興が将軍からの下賜品《かしひん》を持って訪問して来た。

新見は前年の遣米使節の正使を務めた経歴があり、渡航時に同乗したアメリカ海軍のある士官は新見の事を、『寡黙だが温和で気品があり、万国共通の上流社会の特徴を偲ばせる』と日記に書き残したほどの人物だった。

新見はシーボルトと握手を交わしながら、

「ご承知の通り、現在我が国は開国による様々な苦難に直面しております。どうかこの厳しい状況を打開できますよう、貴殿にお力添えを賜りたく存じます」

と、微笑しながらも真剣な眼差で言った。シーボルトは、かつて国禁事件で国外追放となった自分をここまで頼る幕府に惻隠の情を感じると共に、事態の深刻さを実感した。

「私にできることなら苦労は惜しみません。何なりとお申し付けください」

シーボルトは決然たる口調で答えた。

翌日、オランダ副領事のボルスブルックが、外国奉行宛にシーボルトの江戸への出仕の件に関して、領事館に通知がなかったことに苦情の書簡を送った。

五月十五日。シーボルトは江戸城に招かれ将軍家茂に謁見し、そのあとに外国掛老中・安藤信正に挨拶をした。その際、近日中に安藤の役宅での会談要請を受ける。

またシーボルトはこの時も通詞に、シーボルト事件で死罪となり獄死した高橋景保の墓の場所を調べてもらったが、高橋の亡骸はしばらく塩漬けされたあとに斬首され、その後『取り捨て』となったので遺体の行方は分からず建墓もされていないのだと伝えられた。シーボルトは、その悲惨な末路に涙した。

五月二十日。外国奉行・鳥居忠善と津田正路が来訪し、医学を始めとする蘭学の開講を依頼された。シーボルトはその晩熟考した上で、自分の蘭学全般の知識が古いことと、医者として長年従事していないことなどを理由に教鞭を執るのは辞退したい。その分、政治と外交問題に専念したいという旨の書簡を翌日送った。

医学伝習の世話役である外国奉行・水野忠徳は、対外的にも外交の専属顧問というわけにはいかないので、何らかの講義を開いてもらいたいと申し入れた。仕方なくシーボルトは採鉱学と治金学、さらに医者と自然学者への概説的な講義を随時行うことにした。

五月下旬になると伊東玄朴、戸塚静海などかつての門人などが訪れるようになった。彼らとの歓談でシーボルトは、西洋医学が確実に日本の医学界に浸透していることを実感した。話題が途切れたところでシーボルトが玄朴に尋ねた。

「ところで、君はソーケンの近況を知っているかね？　彼と会って話がしたいのだが」

急に玄朴の表情が硬くなった。

「はい……。実は、その件についてご報告がありまして」

玄朴は座り直した。

「石井宗謙殿は先日お亡くなりになりました」

思わぬ言葉にシーボルトは目を瞬いた

「なんだって？　君、今なんと？」

「宗謙殿は五月二十三日に病死されたそうです。私は昨夜、人伝にそれを耳にしました」

シーボルトは動揺を隠せなかった。

「ソーケンが……。いや、体調が悪いとは聞いていたんだが。病名は何だったのかね？」

「なんの病だったかは私も存じません。付き合いもありませんでしたし。宗謙殿は、先生の娘さんへの不祥事があってからは鳴滝塾の仲間内でも爪弾き者でしたからね」

その夜、シーボルトは接遇所の応接室にあったウイスキーを書斎に持ち込んだ。夜更けまでグラスを重ねるも、なかなか酔えなかった。ボトルを見詰めながら思いにふける。

――ソーケン……。君は三十数年前、私の研究を大いに助けてくれた。そう、『日本産昆虫図説』や『鯨の記』も君が蘭訳してくれたんだ。それに、私が日本を去ったあともしばらくは長崎に残って滝や稲を見守り、私宛の手紙の代筆もしてくれた。そして、君自身も私に心温まる手紙をくれた。嬉しかった。

シーボルトはグラスを置くと沈痛な面持ちになった。

――ソーケン、私は稲の件で君を心底恨んではいなかった。いや、恨み切れなかった。ただ、きちんとした形で稲に謝罪し、タダの養育にも責任を持ってもらいたかった。それだけだ……。


シーボルトは急に酔いが回り、ベッドに倒れこんだ。薄れていく意識の中で呟く。

「私の再来日が君の死を早めてしまったのか？　だとしたら、私は、心が痛い……」

翌日、シーボルトは周三に、宗謙の死を二宮敬作に手紙で伝えるよう頼んだ。


数日後の文久元年五月二十八日、在住する外国人らを震撼させる一大事件が起こる。

その晩、シーボルトは彗星の観察をしていた。周三は日本では箒星《ほうき》と呼ばれ、不吉の前兆とされていると言った。その直後の午後十時ごろ、水戸藩の攘夷派浪士十四名が江戸高輪にある東禅寺のイギリス公使館内に侵入し、公使オールコックらを襲撃した。


その理由は、前日にオールコックが出張先の香港から長崎を経由して戻る際に、幕府の反対を押し切って東海道を陸路で移動し、また前年に富士山にも登った行動に対して『神州を汚した』と激憤したものだった。尚、この旅行にはオランダ総領事のデ・ウイットも同行していたが、この時は領事館がある神奈川に居て難を逃れた。

この強襲で書記官のオリファントは腕と首を、長崎駐在領事のモリソンが頭を負傷し、公使のオールコックは公使館員のピストルによる応戦で危うく難を逃れた。また浪士らも警備の藩兵により殺傷、捕縛された。また逃げ切れずに切腹した者もいた。

この事件の一報はシーボルトが滞在する赤羽接遇所にも直ちに伝えられた。東禅寺との距離はわずか九町（一キロメートル弱）であった。シーボルトは負傷者の手当のために東禅寺に向かうことを希望したが、警備の番頭より危険度が高いことから阻止された。

夜が明けるころ、ようやく許可が下りた。シーボルトは二十五人の警備兵に護衛され、通訳兼医療助手に周三と、一人にしておけないアレキサンドルを連れて東禅寺に向かった。

現場に到着すると、シーボルト一行はその凄惨な光景に息を呑んだ。寺の入り口には死骸が幾つも横たえられており、境内では深手を負った襲撃側の負傷者がまともな手当もされず本堂前の地面に集められ呻いていた。シーボルトはその中の一人に、

「大丈夫カ？　ドコガ痛ムカ？」

と声をかけたが、その男は憎しみに満ちた表情で、

「触るな！　痛みなどない」とはねのけた。

シーボルトは、拒絶する力もない負傷者に止血や包帯を巻くなどの応急処置をした。次に本堂を覗くと、そこにいる藩兵の応急手当は済んでいたようなので、その脇を通って公使館の家屋に向かった。入り口には頭蓋骨を割られた英国犬が倒れていた。館員に案内されて中に入ると、内部はまだ荒れたままだった。障子や襖は壊されて調度品が散乱し、壁や床には生々しい血しぶきの跡があった。

館員は顔色を失っているシーボルトらを治療部屋に案内した。しかし、すでに負傷した者には応急処置が施されていた。聞けばオールコックはシーボルトと同様に軍医の経験があり、負傷者の救護に孤軍奮闘して今は疲れ果てて深い眠りについていると言う。

シーボルトが包帯の交換などを行っていると、フランス軍やイギリス軍が守備隊を編成して向かっており、軍医も同行しているということだったのでシーボルトらは引き上げることにした。刀による殺傷の酷たらしさを目の当たりにした三人は、帰路は言葉少なげだった。アレキサンドルが震え声で言った。

「僕、もう刀を扱うのはやめるよ」

シーボルトは帰路に麻布の善福寺に置かれているアメリカ公使館に出向き、タウンゼント・ハリスと面談した。ハリスとは江戸に来て間もない頃に来訪を受けて挨拶を交わしていた。ハリスは貧困家庭に育ち、苦学の末にニューヨークの教育局長の経歴もあり、人間味のある人柄と、日本への親和感情を抱いていたことからシーボルトは好感を持っていた。

シーボルトは挨拶もそこそこに、東禅寺で見聞きしたことを伝え、ハリスに日本における外国人排斥運動に対する意見を求めた。ハリスは、顎鬚を撫でながら言った。

「半年ほど前のヒュースケン君が殺害された事件と同様、非常に憂慮すべき事態ではありますが、日本側の立場になって考えれば必然的な成り行きとも言えます。しかし日本は今後、国際社会、そして世界経済の一員に加わるためにもこの困難を乗り越えなければならない。私も、日米修好通商条約の際に取り決めた為替に関する金銀比価において配慮が欠けていたと自省し、是正を行いました。しかし、急務は日本政治安定化ですね。現状では開港開市も延期せざるを得ない」

シーボルトは大きく頷いた。

「同感です。私はこの改革が円滑に進むよう幕府に招聘され、汗水を流している次第です。幕府も、朝廷の伝統的権威との結びつきで幕藩体制の再編強化を図ろうとしています」

「承知しています。将軍に対する皇妹の降嫁策ですね。うまくいけばいいですが……。我がアメリカ合衆国も日本開国への先陣を切った立場上、日本に対して助力を惜しまない考えでありますが、現在本国で大きな問題が発生しておりまして……」

「南部と北部の戦争のことですか？」

ハリスは渋面を作った。

「ええ。黒人奴隷を使用して自由貿易を主張する南部と、奴隷解放そして国内市場の統一と保護貿易を主張する北部の対立です」

「長引きそうですか？」

「そうですね。なにせアメリカは広いですし、兵隊の数も徴兵制が実施されれば南北合わせれば百万は軽く超えるでしょう。戦局は、戦力が大きい北部が優位に進むでしょうが、いつまで続くのかは予測できません」

その後も会談は続き、二人は今後も時々会うことを約束した。帰り際、ハリスは席を立ったシーボルトに言った。

「シーボルト博士、僭越ながらご忠告申し上げますが、貴方の日本外交顧問という立場に対し、各国の公使や領事から批判的な目が向けられています。そして、あまり目立ちすぎると過激派浪士からも狙われる危険が増すでしょう。この点をご留意なさってください」

シーボルトは微笑して右手を差し出した。

「分かりました。ご厚意感謝します」

赤羽接遇所に着くと、警備体制がこれまで以上に強固となっていた。夕方に新見正興が来訪し、六月三日の午後に外国掛老中・安藤信正の役宅での会談に正式に招かれた。

事件二日後の五月三十日。シーボルトはオールコックを見舞った。オールコックは荒らされた館内の片付けや本国と幕府へ送る書類の作成で多忙のようだった。

「一昨日は、こちらに駆けつけてもらい負傷者の手当をしていただいたとか。ありがとうございました」

オールコックは初対面のシーボルトに謝意を示したが、その態度は儀礼的であった。

「ご無事でなによりです。公使館側に死者が出なかったのは不幸中の幸いでしたね」

オールコックは首を横に振った。

「これは由々しき事です。私は日本政府に厳重な抗議と共に警備増強と、イギリス兵の公使館駐屯を要求する。そして当然、この屈辱と被害に見合った賠償金の請求も忘れない」

と言い放ち、不満をあらわにした。シーボルトは冷静な口調で言った。

「今、日本は開国後の外交政策の行き詰まりと、国内政治の動乱が重なり混迷の時期です。列強各国はその元凶ともいえる不平等条約を改め、日本の改革を支援する必要があると思います。まずは、関税自主権を持たせ――」

「シーボルトさん」

オールコックは話を遮った。

「失礼だが、外交官でない貴方と政治の話をするつもりはありません。貴方は日本政府に外交顧問として雇われたようだが、それはオランダ政府にも了承を得ているものではないと、デ・ウイット氏から聞きました。彼も貴方の身勝手な行動に困惑していましたよ」

シーボルトは顔を紅潮させた。

「返事はまだですが、オランダ政府の植民大臣や東インド提督には手紙で事情を説明しています。幕府も、デ・ウイット氏には本国へ報告するよう伝えていると聞いています」

「しかし、現時点ではどこからも正式な許可は得ていないのではないですか?」

シーボルトは口をつぐんだ。どうやらハリスの忠告は当たっているようだった。だが、怯《ひる》むわけにもいかない。

「では、こちらも遠慮なく言わせてもらいます。私はイギリスがこの動乱に乗じて日本を侵蝕するのではないかと危惧しています」

オールコックはパイプを吹かして言った。

「それは心外ですな。遣欧使節を送る話や、ロシアによる対馬侵入事件に関しても私は日本政府に助言をし、協力している」

「しかしそれは日本の為でなく、自国の利権のためでは?」

オールコックは冷笑を浮かべた。

「貴方もおかしなことをおっしゃる。外交政策とは本来そういうものでしょう。――申し訳ないが、ご覧の通り立て込んでいますので、今日の所はお引き取り願えますか」

シーボルトが無言で席を立つとオールコックは椅子に腰かけたまま、

「シーボルトさん。私も軍医の経験があり、若い頃は留学先のパリで博物学も学びました。その方面でも第一人者である博士の卓説を今度ぜひ承りたいものですな」

と、言った。シーボルトは釈然としないまま軽く会釈し、イギリス公使館をあとにした。

その後シーボルトはフランス公使のドゥ・ベルクールにも会ったが、オールコック寄りの考えであることが分かった。それに加えてフランス、イギリス、アメリカ、オランダの各公使間で日本に対する外交方針がまとまらないということで、その調停役を依頼される始末だった。

ドゥ・ベルクールが特に懸念していたのは、ハリスとオールコックの不和だった。半年前にハリスの通訳官であるヒュースケンが攘夷派によって殺害された時、オールコックは外国人をまともに警護できない幕府への抗議として外交団が揃って横浜に引き移ることを提案した。だが、当事者であるハリスが反対したためにやむなくオールコックはドゥ・ベルクールと共に一カ月間ほど横浜に移った経緯があった。この頃からハリスとオールコックの関係は目に見えて悪化したらしい。

シーボルトは接遇所に戻ると、その日のうちに外国奉行へ襲撃事件に関する意見や忠告を提供できる用意があると手紙を書いた。

六月一日。外国奉行の竹内保徳が来訪し、シーボルトの手紙に対する謝意を述べて返書を渡すと共に、特別手当を月々四百両支給することを将軍家茂が許可したことを伝えた。

その日の夕方、警備の番頭より赤羽接遇所が襲撃されるという情報が入ったと知らされた。番頭はシーボルトに、その晩は安全確保のために厩舎《きゅうしゃ》に隠れていてもらいたいと申し出た。シーボルトは珍しく顔色を変えた。

「なんだと？　君は私に馬小屋に隠れて怯えていろと言うのか？　見くびらないでもらいたい。老いたとはいえ、私はオランダ陸軍将校だ。暴徒が襲ってきたら私は逃げずに戦う」

めったに見ることのないシーボルトの興奮した姿に、アレキサンドルと周三は身をすくませた。結局、シーボルトだけは厩舎には行かず、幸いなことに襲撃もなかった。

六月三日。シーボルトは先日の約束通りに安藤信正の役宅で行われる会談に出席するためにオランダ陸軍大佐の軍服を身に着けた。だが、出がけに軍服の付属品でもあるサーベルの刃を研ぎ師が折ったために、ピストルを用意して駕籠に乗った。また通訳の周三にも駕籠が用意されており、護衛は八十名という異例の数であった。

無事に到着して客間に通されると、大きなテーブルと椅子が用意されており、幕府側の顔ぶれは外国掛老中・安藤信正、若年寄・酒井右京亮、外国奉行・新見正興らと、通詞は長崎出身でペリー来航時の通訳も務めた森山栄之助だった。

森山は偽装漂着して日本に上陸したアメリカ捕鯨船の乗組員であるラナルド・マクドナルドに英語を学び、蘭・英の二か国語に対応できる有能な通詞であった。かつてシーボルト事件に連座して永牢の罪となった通詞・吉雄忠次郎に勝るとも劣らない才器と言われた人物であり、遣欧使節にも参加予定であった。

その日の会談は本来、遣欧使節団の話が主な議題となるはずだったが、まずは数日前に起こった東禅寺のイギリス公使館襲撃事件について話し合われた。

幕府はイギリスの報復を危惧しており、最悪の場合、武力紛争やロシアと同様に対馬などに租借地を求めるなどの暴挙に出るのではないかと懸念を抱いていた。シーボルトは周三を傍らに置いて丁寧に答えた。

「先日の手紙にも書きましたが、幸い公使は無事でしたので、武力による報復の可能性は少ないと思います。租借地の件もロシアの行動を非難している立場なので、大胆な行動には出られないはずです」

幕府の重鎮らは揃って胸を撫でおろしたような表情になった。

「しかしながら、このような問題が発生した場合はできるだけ早い段階での誠意を持った対応が必要です。まずは高官がイギリス公使館に出向いて負傷者に対する見舞いと公使への謝罪ですが、もうお済みですか？」

新見が答える。

「はい。先日、外国奉行主席の私が行って参りました。かなりご立腹の様子でしたが……」

「ふむ。あとは今後の防止策を具体的に示すことや、逃亡犯の捜索と処罰の報告。それから賠償金については、法外な請求でなければ相手の提示額を支払うべきでしょう」

幾らか緊張が解けた面持ちの安藤が言った。

「それらの件に関しましても、貴殿の手紙を参考にさせていただき取り掛かる所存です。いや、それにしても貴殿という相談相手がいて我々は本当に心強い。改めて御礼を申す」

シーボルトも頭を下げて言った。

「私はそのために幕府からお声をかけて頂いたと自負しております。各国公使との交渉後の調整は私にお任せください」

次に議題は対馬で起こっているロシア軍艦の件に移った。膠着状態が続いており、幕府は箱館に居るロシア総領事にポサドニック号の退去を要求すると共に外国奉行の小栗忠順を現地に派遣したが、解決には至らなかった。

江戸に戻った小栗は安藤ら老中に対馬を直轄領とし、今後の折衝は正式な外交形式で行う事や国際世論に訴えることなどを提言したが受け入れられず、七月に辞任することになる。

シーボルトは、粘り強い交渉を続け租借を容認しない対馬藩と幕府に対し賞賛の言葉を述べ、ロシア海軍の独断による行動であれば、ロシア政府へ退去命令を出すよう促すのが得策だとも言った。

その後オールコックと幕府が協議し、イギリス東洋艦隊の軍艦を対馬へ派遣すると決まったのは七月下旬である。この行動とロシア海軍提督の命令により、ポサドニック号は八月十五日に対馬を去ることになる。

会談はようやく本題である遣欧使節の話になった。シーボルトは先に送っていた草案の中身に触れ、乗船する蒸気船の準備から旅程、準備する書類、儀礼と交渉の手順、軍事、工業についての視察の必要性などを論説し、これらを書簡にして後日渡すことを約束した。

そのほかにシーボルトは為替問題や、長崎を主要貿易港に高めることなどについても意見を述べた。途中、周三の語学力の高さに幕府側が関心を示し、シーボルトも自分の息子の事のように自慢げに話す一面があった。

かなりの時間を費やしたが、双方にとって有意義な会談であった。シーボルトは幕府に信頼を得ていることに満足感を覚えていた。

夕方近くに会談は終わり、茶と菓子が用意される間、それぞれが厠や外の空気を吸いに席を離れ、束の間ではあったが周三と森山が二人きりになった時があった。森山が笑みを浮かべて周三の側に来て言った。

「通詞仲間からうわさでは聞いておりましたが、三瀬殿のオランダ語には感服いたしました。失礼ながら、少々文語調にも思えましたが、それだけ多くのオランダ語の書物を読まれてこられたのだと感じ入りました」

周三は、はにかんだような笑みを浮かべた。

「ありがとうございます。私こそ、森山様の正確な発音と熟達した通弁には恐れ入りました。今日は、本来ならお目通りできぬお偉い方々ばかりの前でしたので緊張の連続でした」

森山は頷きながら周三の隣に座った。

「三瀬殿。不しつけながら、老婆心で申し上げるのですが……。貴方様のオランダ語の才能は立派なものです。しかし、通詞としてはいささか不備なものを感じました」

周三は神妙な顔つきになった。

「どのような点でございましょう?」

「はあ。先程シーボルト殿が貴方のことを語った時、『周三は幼い頃より国学も学んでいたそうで、それは私が日本の歴史を研究するのに大いに役立っている』と言われました。しかし、貴方はそれに言葉を継ぎ足し、現在は〈日本歴史〉、〈幕府建設史〉などをオランダ語訳している、と通弁なさった」

「はい。私は補足のつもりでしたが……」

森山の顔からは、いつのまにか笑顔が消えていた。

「通詞には守秘義務の一つとして、国防や政治関連などの機密については、特に外国人には漏らさぬよう細心の注意が必要なのです。貴方もシーボルト殿が日本研究の学者でもあり、三十年前に一線を越えた行為によって国外追放となった事はご存じのはず。シーボルト殿は研究結果については発表するでしょうし、ひいては世界中に知れ渡るという事です」

周三は青ざめた。

「私は、まずいことを言ったのでしょうか？」

「幕閣らにどう受け止められたかは私には分かりません。これはあくまで忠告です。今後も今回のような高官との会談が続くと思いますので、目を付けられぬよう気を付けて下さいという話です」

「はい……。肝に銘じておきます」

恐縮する周三の肩に森山は手をやった。

「私は貴方に大きな将来性を感じます。ですから差し出がましくお話しさせていただいた次第。どうかお気を悪くなさらずに」

二日後の六月五日。イギリス公使のオールコックが来訪し、外国掛老中の役宅で行われた会談のうち、自分も関与している遣欧使節やロシア海軍の対馬占領事件についてどのような話が出たのか尋ねられた。

しかし、東禅寺で事件直後に会った時とは違ってその態度は友好的であり、シーボルトも丁寧に応対した。これは両者共に相手の懐を探るため、そして相互利益のためでもあった。オールコックは元軍医で博物学の教養もあり、話してみれば共通の話題も多かった。

シーボルトはアレキサンドルにも挨拶をさせたが、流暢な英語を話す上に日本語もかなりできると聞き、オールコックを感心させた。

一方、その時期よりオランダ総領事のデ・ウイットは、シーボルトや外国奉行に対してシーボルトの職務や江戸滞在に対する質問状を横浜から執拗に送り付けていた。その内容は、シーボルトは外交官ではなくオランダ帰属の民間人であり、それを幕府が雇用するのは現状において、公人以外の外国人に江戸居住を許可しないという条約の一部に抵触するというものであった。

しかも、表向きは学問伝授という名目だが実際には政治・外交の顧問であることは明白である。各国公使からも条約違反であり、日本との外交交渉の妨げになるという非難の声が上がっていると書かれていた。幕府は苦し言い訳を続けていたが、次第に不利な立場に追い込まれていった。

片やシーボルトは、幕府から招聘されていることはすでにオランダ政府や公使館にも報告済みであり、またオランダは他国と違って日本とは二百五十年余りの交流があり、開国について尽力を注ぐことはオランダ国王や政府の意向でもあるはずだと書面で反論した。

二人の応酬は平行線を辿った。シーボルトはこの面倒なやり取りを始め各国公使や幕府からの多岐に渡る相談、そして遣欧使節の計画案の作成、さらには学術講義と多忙を極めた。六十五歳のシーボルトは、心身共に疲弊していった。

六月二十四日。妻のヘレーネからの手紙が横浜より回送されてきた。シーボルトは、救いを求めるような心境でその手紙を開いた。そこには懐かしい文字で家族の近況が細かく書かれており、皆元気そうなので安堵した。

最後の方に、以前手紙に書いたアレキサンドルをロシア海軍へ入隊させたいというシーボルトの希望に対する考えが記されていた。そこには、単身で異国の軍隊に入れることに憂慮する母親の心情が強く綴られいた。シーボルトは、対馬占領事件のこともあったので再考を余儀なくされた。

七月十日。デ・ウイットより、シーボルトに江戸を離れるよう勧告文が届く。その理由として、外国人排斥運動が高まりつつある現状において、オランダ政府の被保護者としてのシーボルトの身の安全にはこれ以上責任が持てないというものだった。さらに、このまま江戸に留まるのであれば、シーボルトからオランダ政府による外交的保護権を放棄せざるを得ないとも書かれていた。シーボルトは憤慨し、その手紙をくしゃくしゃに丸めた。

「馬鹿げた話だ。江戸にオランダ公使館があるにも拘《かか》わらず自分は横浜に引きこもっているくせに、なにが保護権だ」

シーボルトは、オランダ政府が保護をできないと言うのであれば、自分は幕府の保護下に入るつもりであると返答した。

翌日はアレキサンドルの十五歳の誕生日だった。シーボルトはその祝いとして二連発銃を贈った。アレキサンドルは複雑な面持ちで、

「これって、人を撃つためのものだよね……」

と言った。日本に来て二年の間に身長も伸び、声変わりもして立派な青年になっていた。

「あくまで護身用だ。だがサムライに襲われた時は、ためらわずに引き金を引くんだぞ。それから前にも話したが、お前をロシア海軍に入隊させる件で先日、極東遠征隊司令官のリハチョフ氏から許可する旨の通知書が届いた。お母さんは反対のようだが、お前の正直な気持ちを聞かせてほしい」

アレキサンドルはピストルを置いた。

「お父さん。僕はロシア海軍に入隊するよりまだ日本に居たい。お父さんが昔から言っていた通り、この国には不思議な魅力がある。日本語が分かるようになってからは特にそう思うようになったんだ。だから……」

「しかし、先の見えない改革中の日本で、我々外国人にとっては危うい日が続くが、それでもいいのか？」

アレキサンドルは凛として言った。

「はい。僕はこの国の改革を見届けたいと思う気持ちの方が強いです。それに、このピストルが守ってくれるから、きっと大丈夫です」

シーボルトは息子の成長ぶりに頬を緩めた。

「分かった。ロシア側には私が丁重な詫び状を書いておこう」

「ごめんなさい、お父さん」

「いいんだ。お前やお母さんの気持ちをよく確かめずに先走った私が悪かった」

七月十七日。シーボルトは外国掛老中に遣欧使節団に関する計画書を提出した。先に話した草案を十数項目に分け詳細に解説し、その中には使節団の派遣が首尾よく運ぶように自分も同行する意思があることも書き入れた。

幾分肩の荷が下りたシーボルトは翌日、幕府に病気療養として横浜行きの休暇願を出した。また他の理由として、江戸滞在の件で折り合いがつかないデ・ウイットと会う必要性を感じていたからである。

三、失墜　短すぎた栄光

七月二十二日。シーボルト一行は幕府が用意した船で横浜まで移動した。横浜では以前利用したヨコハマ・ホテルに滞在することになった。到着するとさっそく使いを出し、翌日にデ・ウイットに会う約束を取り付けた。

翌朝、シーボルトは単身で長延寺内にあるオランダ領事館を訪問した。副領事のボルスブルックが出迎えたが、以前会った時と違い事務的な態度であった。応接の間に通されるとデ・ウイットが椅子から立ち上がり、こちらも微笑まずに右手を差し出した。シーボルトも同じような表情で握手した。デ・ウイットはすぐに手を放して腰を落とした。

「少しお痩せになりましたね。そう言えば、横浜へは病気療養のためだと聞きましたが？」

「ええ。私のような老人でも幕府からは色々と頼られ、結構多忙なのですよ」

「承知しています。しかし、体を壊してしまっては元も子もないでしょう。いっそのこと、このまま帰国されたらいかがです？」

シーボルトは椅子に座り、真顔で言った。

「デ・ウイットさん。貴方は私を執拗に幕府から切り放そうとしているが、それは誰かの指示ですか？　それとも何かの圧力ですか？」

デ・ウイットも強い眼差しを向ける。

「言うまでもありません。はっきりと申し上げてあなたの身勝手な行動は、オランダ政府はもとより各国公使からも反感を買っている。各国はまだ日本と多方面で交渉中であり、日本寄りのあなたが間に入ることで話がややこしくなり、ひいては利益を損なうことになる」

シーボルトはテーブル上の拳を握った。

「私はこれ以上、不平等条約で日本が苦しむのを看過できない。考えてもみなさい、外国人が襲われるのも元はと言えば、それが原因ではないですか。私の理念は日本を平和的に開国させ、各国と対等な立場で世界の貿易網に組み入れることだ」

デ・ウイットはため息交じりに言った。

「シーボルトさん、もっと現実を見てほしい。あなたは私が各国の公使からやり玉に挙げられているのをご存じない。オランダには列強国と張り合う国力はないし、日本もそのことに気付き、列強国との付き合いを重視するようになっている。現に、総領事である私に相談もなく民間人のあなたを外交顧問とし、条約からも逸脱した形を取っている。これが、あなたが擁護したいという日本外交の姿だ」

シーボルトは顔を赤らめテーブルを叩いた。

「そうせざるを得ないというところまで日本を追い詰めているのは、日本を食い物にしようと企む欧米諸国ではないか。だがオランダは日本と二百五十年余りの交流があり貿易で恩恵を受けてきたのだから、その責務として今こそ不平等条約改正の先駆者となるべきだ」

デ・ウイットも声を荒立てる。

「貴方が言っていることは我が国の置かれている立場からしてみれば非現実的だ。そもそも日本は、十七年前にあなたの草案で作った『開国勧告状』をオランダ国王より将軍への親書として送ったのに、無礼にもそれを拒絶したではないですか。それをお忘れか？　それでも我が国はそれ以降も日本へアメリカのペリー艦隊の来航などの情報を送っていたし、今後もイギリスなどの動向にも目を光らせて知らせるでしょう。そんな我が国の誠意ある行為に背信してるのはむしろ日本だ」

「いや、貴方こそ日本の苦境が見えていない。今は昔と違い日本に公使館まで構えているのだから、単に情報を提供するだけでなく、外交に不慣れな日本へ対応策を助言するまで行うのが本当の誠意だと私は思うが？」

しばし沈黙が流れる。デ・ウイットはため息をつき、コーヒーを一口飲んで言った。

「これでは水掛け論ですな。貴方の身体にも障るので、この件はまた日を改めて話し合うとしましょう」

その晩シーボルトは、以前ヨコハマ・ホテルで知り合い、江戸に行ってからも手紙のやり取りをしていたイギリス商人でポルトガルの名誉領事でもあるエドアルド・クラークを誘ってバーで飲んだ。シーボルトからの話を聞き終えたクラークが言った。

「そうですか。しかし、私はオランダ同様に同じ列強国の仲間に入れない国の総領事として、彼に同情するところもありますがね」

「ふむ。私も正直、彼の立場がそこまで深刻なものだとは思っていなかった。彼は単に嫉妬心から私を幕府から遠ざけようとしているとばかり思っていましたからね」

クラークはパイプに火をつけて言った。

「江戸に居ては貴方の身が危険だという話にも頷けます。その点は私も同感です」

「ありがとうございます。しかし、私が外交顧問を辞めて江戸から離れてしまったら幕府は途方に暮れるでしょう。クラークさん。私はね、自分が公使や領事の身分であったならと、つくづく思いますよ……」

言ってシーボルトは悔しさをにじませた。

七月もあと数日となった。太陽暦では八月の下旬であり、朝晩は少しずつ涼しくなった。シーボルトは、植物調査をするために一人で近郊を散策することもあった。

ある日、残暑が厳しい日にシーボルトは穏やかな佇まいの農家に水を求めて立ち寄った。

「コンニチハ。水ヲ一杯頂ケマスカ?」

ちょうど昼時で野良仕事から戻っていた若い夫婦は、いきなりの外国人訪問に初めは狼狽したが、白い髭を貯えたシーボルトの屈託のない笑顔にすぐに表情を緩めた。そして、片言で言葉を交わすうちに一緒に昼食をとらないかと勧められた。シーボルトは遠慮したが、結局その厚意に甘えることにした。

出されたのは、野菜くずが入った大麦の粥に煮豆と茄子の漬物だった。質素ではあったが、どこか懐かしさを感じる味わいだった。

「ウーン、トテモオイシイデス」

夫婦は素直に喜んだ。その農家の内部は開放的で風通しが良く居心地が良かった。夫婦の会話はほとんど聞き取れないが、その雰囲気からは庶民の平穏な幸福が伝わってくる。外へ目をやると、長閑《のどか》な田園の風景や鶏の鳴き声がまた心を癒してくれた。ここには一片の偏見も束縛もない。

——ああ、こんな気分は実に久しぶりだ。

シーボルトは充足感を覚えた。帰り際、いくらか金を渡そうとしたが、夫婦そろって首を横に振り、最後まで受け取らなかった。

一方でアレキサンドルの日本語の勉強や周三の歴史書などの蘭訳もはかどっていた。二人は時々横浜の町を歩き、買い物なども楽しんだ。シーボルトの体調も回復し、遣欧使節団が使用する汽船の手配に向けて動き出した。

八月五日。オランダ領事館にて二回目の会談があった。デ・ウイットは立会人として神奈川奉行と目付を呼んでいた。デ・ウイットは国際法や条約を持ち出して雄弁に語ったが、学術発表や多くの外国訪問で弁論する経験を積んできたシーボルトも負けてはいなかった。

先日のように頭に血が上る場面はなかったが、互いに譲らず交渉は決裂した。デ・ウイットは神奈川奉行にも意見を求めたが、『日蘭双方の国益となるよう熟慮し、穏便な解決を望む』という曖昧な言葉にとどめられたので失望し、会談を打ち切った。

その後デ・ウイットは、シーボルトの処遇について外国掛老中宛に最後通告とも言える書簡を送りつけた。それには『蘭日関係に多大な影響をもたらす憂慮すべき事態』

であると記されており、幕閣内でもようやく本腰を入れた議論が始まった。

シーボルトの招聘については当初より幕閣内でも反対意見が少なくなかったが、長崎奉行の岡部長常や伊東玄朴ら門人らの推薦に外国掛・安藤信正が感化され、反対派を説き伏せた経緯があった。

八月十日。シーボルトは神奈川奉行所に外国奉行宛の手紙を提出した。そこには復調の報告と、江戸に戻る考えが記されていた。そして十四日には陸路で江戸に向かった。

赤羽接遇所に着くと、シーボルトは出迎えた世話役の外国奉行らに、いつでも講義を再開する用意があると伝えた。だが、その態度はどこかぎこちなかった。

体調を取り戻したシーボルトは、伝習所の門人たちに政治学も教授するようになった。この集められた優秀な人材の中から将来、外交官になる者が出てくるかもしれないからである。その一方で、幕府からシーボルトへの相談はめっきり減っていった。

そして九月一日、安藤信正ら幕府要人八名の連名による書簡を受け取った。そこにはデ・ウイットからの抗議に対する幕府側の苦悩が綴られており、近日中に安藤の役宅で対談が予定されていると記されていた。

シーボルトは、自分が日本の外交問題に関与していることが逆に幕府を窮地に追い込んでいるということをひしひしと感じ始めた。おそらくその対談でデ・ウイットは幕府が態度を変えない場合、公使館や領事館の閉鎖を公言するかもしれない。それでは日蘭の関係が破綻へと向かい、本末転倒である。シーボルトはその後、眠れぬ夜を過ごす。

数日後、アメリカ公使のハリスが来訪した。ハリスはシーボルトから横浜での出来事や復調して江戸に戻ったという手紙をもらい様子を見に来たのだった。だが、対面したシーボルトは病人のように面やつれしていた。どうしたのかと尋ねるハリスに、シーボルトは事情を説明し、今後の去就について相談した。

「そうですか。デ・ウイット氏ともめているという手紙を読んで気掛かりではあったのですが、事態はそこまで悪化していたのですね。実は私もある外国奉行から、シーボルトさんが日本の外交顧問をしていることに対しての不満や批判が諸藩からも多く寄せられていると聞き、行く末を案じていたのです」

シーボルトはテーブルの上で頭を抱えた。

「ハリスさん。私はどうすればいいのか……。いや、私が幕府や江戸から遠のけば良いことは分かります。ただ、その後の日本が心配なのです。狼の群れに囲まれた子羊のような、この国のことが」

「貴方のお気持ちはよく分かりますが、前にも言いましたように、それはこの国が乗り越えなければならない試練なのではないでしょうか？　ご存じのように、世界の国々も戦争や革命を乗り越えて新しい国作りをしてきました。現に我がアメリカも内戦という事態に陥っています。しかし、終結後は団結力のある国家に生まれ変わるものと信じています」

シーボルトは、ぱっと顔を上げた。

「そこです。私は、日本の内戦勃発にも危惧しているのです」

「幕府側と尊王攘夷派とのことですか？」

「そうです。そこで政治が乱れ国力が弱まるとイギリスなどから付け込まれ、最悪の場合は植民地支配されるのではないかと……」

ハリスは少し考える仕草をして言った。

「まあ、無きにしも非ずというところですが、失礼ながらシーボルトさんは少々心配のし過ぎにも感じますな」

「いや、しかし、私は植民地化だけは……」

「清国の場合は、イギリスとの戦争に敗れて香港島を割譲することになり不平等条約も結ばされましたが、日本は戦争をせずに和親条約、そして修好通商条約を各国と結んでいます。ですからイギリスとて身勝手な単独行動には出にくいでしょうし、仮にそうなった場合、各国が黙って見過ごすはずはありません。我が国も条約において、日本がヨーロッパ諸国との間に紛争が起こった場合は介入することになっています」

ハリスはそのほかにも不平等条約に関しては日本が今後、外交と対外貿易のしくみを学び改正していくことになるだろうと予測した。また、その点において遣欧使節団の派遣はヨーロッパの国々に日本を知ってもらい、また日本側も知見を広げる良い機会だと言った。

「日本人の礼儀正しさと聡明さ、そして文化の高さはきっとヨーロッパでも賞賛されるでしょう。それを最も知っているのはシーボルトさん、貴方ではないですか。もっと日本を信頼してもいいのでは？」

その言葉にシーボルトは心を動かされた。

——遣欧使節……そうだ。一旦江戸を離れて長崎に戻り、使節団が日本を発つ時に合流して同行すればいいのだ。そうすれば訪問する各国との交渉で役に立てるし、オランダ国王に謁見の際は公使として再び日本へ戻れるよう嘆願できる！

シーボルトは、この新たな希望に胸を躍らせハリスに伝えようとしたが、外部に漏れることを恐れて顔にも口にも出さなかった。

「分かりました。自分の身の振り方については今夜ゆっくりと考えてみます」

シーボルトは、翌日から身辺整理を始めた。料理人や画家、周三にも賃銭を支払い、外国奉行宛に遣欧使節の渡航用に考えていた汽船の資料を作成し、以前提出した遣欧使節に関する私案を採用してもらうよう書簡を出した。

またその日、シーボルトの処遇について、デ・ウイットと安藤信正の会談が行われた。シーボルトはその結論が予測できたので、ハリスに別離の挨拶をするためにアメリカ公使館を訪問した。

「ハリスさん。これまで色々とご相談に乗っていただき、ありがとうございました」

「決心がついたのですか？」

「ええ。まだ幕府には言っていませんが、江戸を離れることにしました」

「そうですか……。それで、今後はどうなさるおつもりで？」

「はい。長崎に行き、研究をまとめたら一旦オランダに戻ってまた出直そうかと思います。できれば今度は公人として」

　ハリスは目を見張った。

「まだそんな情熱が……。いや、敬服します」

「その際はまた、ご一緒に仕事がしたいものですな」

「そうですね。しかし、私もそろそろ帰国を考えているところでしてね。本国の内戦も気になるし、体調も今ひとつなもので」

「そうですか。でも貴方とはぜひ今後も交友関係を続けさせていただきたい。手紙を出してもよろしいですか？」

「もちろんです。こちらもあらゆる情報をお伝えします」

　二人は固い握手を交わした。

　九月十日。外国奉行・水野忠徳が来訪し、シーボルトに対して幕府が江戸退去を要望する旨を伝えた。理由は今後シーボルトの身の安全が保障できないということと、外交に関する諸般の事情というものだった。水野は終始、沈痛な面持ちだった。シーボルトは取り乱すことなく受け止め、

「承知しました。但し、学術講義を途中で打ち切るのは門人たちに申し訳ないし、私

にとっても不本意であるので、月末までの猶予をいただきたい」

と申し出て、その後聞き入れられた。

九月三十日。最後の講義を終え、シーボルトは旅立つのは自分の方であったが、門人らにはなむけの言葉を贈った。その中でシーボルトは日本という国の素晴らしさと可能性を熱く語り、途中で声を詰まらせる場面があった。門人側にも涙する者が多くいた。

その日をもって幕府はシーボルトの雇用を解いた。また新見正興を始めとする外国奉行八名からなる連名の手紙が届けられ、それには突然の解任に対する謝罪と、駐日オランダ政府代表としての再訪を望んでいると書かれていた。

また近日中に老中安藤の邸宅で別れの宴が開かれるとも記されていた。シーボルトは承諾し、遣欧使節用に購入の話を進めていた汽船についての商談から身を引くことを告げた。

翌日からは多くの新旧の門人らが訪れて別れを惜しんだ。彼らはシーボルトへ嗜好品から研究の役に立ちそうな資料を贈った。シーボルトも医学書や医療器具などを分け与えた。

そんなある晩、荷物の整理をしていると周三がシーボルトの部屋に顔を出し、

「先生、高橋様という御仁が面会を希望され、番士の許可も下りましたのでお連れしました」

と言い、初老の武士を案内して来た。

「タカハシ？」

シーボルトは振り向き、ランプの灯りに照らし出されたその男の顔を見てぞくりとする。

「あ、貴方はグロビウス……高橋景保殿。生きておられたのか？　いや、しかし貴方はあまり歳を取っていない……」

呆然とするシーボルトにその男は近付き、微笑を浮かべた。

「私は高橋小太郎と申します。亡き父、景保の長男にございます」

シーボルトは暫し黙考し、ようやく口を開いた。

「景保殿の息子さんでしたか……。いや、あまりにもお父上に似ておられるので驚きました。たしか、景保殿には二人の息子さんがいて、事件の連座により共に流刑に処されたと聞いておりましたが？」

「はい。弟の作次郎と共に三宅島へ流刑となり九年後に特赦で江戸に戻りました。弟は島の過酷な生活がたたってすぐに死んでしまいましたが、私は幸いなことに叔父を始めとする多くの方々のご尽力を賜り、下級職ではありますが天文方に復帰することができました」

　シーボルトは朗色を浮かべた。

「そうですか。お父上と同じく、また天文方の道を……」

「シーボルト様が江戸に参られて以来、お会いしたい気持ちが募っていたのですが、なかなか踏ん切りがつかず、いたずらに日が過ぎておりました。しかし先日、江戸を離れるという話を耳にしてようやく決心がついたのです。このような突然の訪問をお許しください」

「とんでもない。私の方こそご遺族を探し出して謝罪しなければならなかったのです。けして許されるものではないですが……」

　うなだれるシーボルトに小太郎は、穏やかな眼差しを向けた。

「父は、貴方様と交際している頃が最も幸せそうでした。天文方として、ひとりの人間として、心から貴方を尊敬していました。あのような最期にはなってしまいましたが、父は貴方との出会いに悔いはなかったと思います」

「小太郎さん……」

シーボルトは感泣し、小太郎の手を握った。

「罪深い私にとって身に余るお言葉です……。貴方のお父上は国の将来を思う立派な方だった。その業績はいつかきっと高く評価されることでしょう」

別れ際、シーボルトは最新の天文書二冊を贈った。小太郎は心のしこりが取れたような清々しい顔をして帰って行った。シーボルトはその姿を見送った後に、周三へある決意を示した。

「小太郎さんのおかげで私の複雑だった思いも救われた気がする。そして、私自身も江戸を去る前にあの件を清算しなければならない」

十月九日。シーボルトは安藤信正の邸宅で開かれた宴に出向いた。応接の間には閣老全員が列席し、宴は友好的な雰囲気の中で始まった。安藤がシーボルトの功労に謝意を述べ、将軍家茂からの名誉太刀と大和錦五巻などが下賜された。そして、今回はオランダ総領事デ・ウイットの抗議によりこのような処遇となったが、公人として再び帰還することを切望するという言葉を貰った。

シーボルトも謝辞を述べ、その意思があることを明言し、遣欧使節団への同行を要望する旨を付け足した。それに対し安藤は、

「その儀につきましては審議中のため、暫しご猶予をいただきたい」

と述べるにとどめた。シーボルトは承諾し、安藤へ宴の終了後に個人的な事で話がしたいと申し出、安藤も了承した。

宴は無事に終わり解散した。シーボルトと通訳の周三は座敷に案内された。しばらくして裃を脱いだ安藤が現れた。

「お待たせいたした。お話とは何でござろう?」

シーボルトは正座し両手をついた。

「本日の宴、誠にありがとうございました。私は再び江戸に戻ってくる所存ではありますが、何分にもこの歳でありますし、不慮の事故で命を落とすこともありますので、この場をお借りして閣下にお尋ねしたいことがございます」

周三は慎重に通訳した。シーボルトの畏まった態度に安藤も姿勢を正した。

「どうぞ、何なりと」

「はい。お聞きしたいのは、三十三年前に私が引き起こした事件についてです」

安藤は怪訝そうな顔を作った。

「貴殿の追放令なら、日蘭修好通商条約を機に解除されておりますが？」

「いいえ、私のことではなく、高橋景保殿や吉雄忠次郎、馬場為八郎、稲部市五郎の三通詞など、連座したすべての人たちに関係することです」

「はあ。されど、今名前が出た者は全員すでに獄死しております。他の者もほとんど往生しておるでしょう」

「存じ上げております。私がお聞きしたいのは、あの事件の真相です」

安藤は首を傾げた。

「はて。それならば当事者である貴殿が誰よりもご存じのはずでは？」

「私が国禁である日本や北方の地図を景保殿から譲与され、それを国外に持ち出そうとしたことの発覚により多くの関係者が連座されました。この事件の経緯そのものは、閣下の言われるように当然私は熟知しています」

「では、何を知りたいと？」

「私は国外追放となった罰に不服を申しているのではありません。私の疑念は、あの事件には、裏があったのではないかということです」

安藤は眉を寄せた。

「裏？　それは何か仕組まれたものがあった、ということでござるか？」

「はい。地図の受け渡しについては、まぎれもなく私と景保殿の所業です。しかし、事件発覚後の異常なほど執拗な捜査や取り調べは、まるで私たち以外の者や重大な案件に対する警告だったように思えるのです。つまり、そのために私たちは当時の幕府に『見せしめ』として利用されたのではないかという懐疑心がずっと拭いきれないのです」

安藤は暫し沈黙し、太息を漏らして言った。

「左様にござるか。三十年以上もお悩みに……。それは難儀でしたな」

「閣下、やはりあの一件はオランダ人との癒着による機密漏洩や密貿易を――」

「シーボルト殿」

安藤はシーボルトの話を遮った。

「貴殿を幕府に招聘する際に、実は拙者もかの事件について調べてみたのです。しかし、罪状や取り調べの中身は載録してありましたが、いわゆる裏事情のようなものはありませんでした。もっとも、そのようなものがあったとしても、それを文書で残すことは稀です」

「では、当時の事情を知る方はいらっしゃらないのですか？」

安藤は首を横に振った。

「事件発覚の文政十一年は、拙者はまだ二十歳の若輩者で役にも就いておりませんでした。他の老中や奉行の中にはまだ元服前だった者もいます。そして、事件当時の幕閣らは隠居どころか、ほとんどのお方がご逝去されていて話を聞くことは叶いませんでした。普請役でした間宮林蔵にしても同様です」

シーボルトは肩を落とした。

「真相は闇の中、という訳ですか……」

「外国船の来航が頻繁となり、某藩による密貿易が横行していた当時の時勢から鑑みれば、貴殿の推測はあながち間違ってはないと感ずるところはあります。ですが、憶測での断定はできかねます。申し訳ござらん」

シーボルトは諦めの境地で再び畳に手をついた。

「いえ。調べてくださったことには感謝いたします。お時間を取らせましてして申し訳ありませんでした。それでは、これで失礼します」

シーボルトが立ち上がろうとすると、安藤は言葉を添えた。

「貴殿のお気持ちはお察し申す。されど、貴殿は再び日本へ参られ幕政に関わり、また高橋景保の子息も天文方に復帰したと聞き及んでおります。これは天の導きか何かの因果かは分かりませぬが、事件の真実については日本がこの国難を超克した先の世に見直されることもあるやも知れぬと、勝手ながら予見しております。それまでどうかご自愛くだされ」

そう言うと安藤はシーボルトに一礼した。シーボルトは満足な答えを得ることはできなかったが、安藤の気遣いに溜飲が下がる思いだった。

十月十六日。江戸を発つ日が来た。出発前に外国奉行の水野が来訪し、幕府より特別手当、七百両が贈られると告げる。シーボルトも老中らに猟銃を、外国奉行らにも進物を贈った。シーボルトは赤羽接遇所の役人に別れの挨拶をし、厳重な警備体制のもと駕籠に乗った。江戸の滞在はわずか五カ月であった。

ヨコハマ・ホテルに着くとすぐにクラークが会いに来た。クラークはシーボルトの労をねぎらい、晩餐に招いてくれた。シーボルトは礼を言い、その前にデ・ウイットトに会わなければならないと思った。

翌日、オランダ領事館を訪問すると、デ・ウイットは自分の目的が達成したことで態度が変化していた。

「無事に江戸での役目を終えられて何よりです。これからは日本研究に集中できますな。長崎へはいつ戻られるのですか？」

「まだしばらくは横浜にいるつもりです。今回の江戸滞在で幕府高官や各国公使と幅広い人脈ができたので、今後のためにも少しでも交流を深めておきたいのでね」

デ・ウイットの頬がピクリと反応した。

「今後のため？　それはどういう意味ですか？」

「私はオランダ政府へ正式に日本で公使となれるよう申請するつもりです。今回の滞在で私はより日本を理解することができた。私は誰よりも日本に精通している外国人であると自負しているし、蘭日両国の発展のために貢献できると確信している」

デ・ウイットはあきれ顔で首を振った。

「貴方も懲りない人だ。その独りよがりの自信が、ご自身や周囲を窮地に立たせているということがまだ分からないのですか？」

「先ほど交流を深めたいと言ったのは、そうならないようにするためです。胸襟を開いて対話し意思疎通を図る。私も少しは外交というものを学んだつもりです」

「シーボルトさん。外交というものはそのような生易しいものではありません。それに、貴方は最も意思疎通を図るべき私とすらうまくいっていないではないですか」

シーボルトは顔を上気させて席を立った。

「私はこれまでも常に本音を語ってきた。それを頭から否定してきたのは誰ですか？もう結構だ。これで失礼する」

その夜、シーボルトはクラークの邸宅で開かれた晩餐にアレキサンドルと共に出席した。久しぶりの西洋料理を堪能したあと、コーヒーを飲みながらクラークが言った。

「――そうですか。江戸を離れてもデ・ウイット氏とは溝が埋まりませんでしたか」

シーボルトは、コーヒーにウイスキーを垂らしながら答える。

「どうも彼とは相性がよくないです。いや、悪い人ではないというのは分かっていますが」

「ふむ。彼もイギリス公使のオールコック氏とは馬が合うようですがね……。そうだ、オールコック氏といえば彼から頼まれていることがありましてね。実は、アレキサンンドル君をイギリス公使館の日本語通訳に採用したいらしいのです」

「イギリス公使館がアレキサンドルを？」

シーボルトとアレキサンドルは目を丸くして顔を見合わせた。

「ええ。本気のようでした。現在各国は日本側との会談時にオランダ語を使用しています。これは、日本の通訳がオランダ語以外の言葉をまだ十分身に付けていないからです。そこで、オランダ語、英語、日本語ができる息子さんに着目したという訳です」

シーボルトは困惑した。

「いや、しかし、急な話でなんとも……」

「今ちょうどオールコック氏は横浜の領事館に来ています。明日にでもお会いになったらいかがです？　連絡は私が取りますよ」

ホテルに戻った二人は部屋で向き合った。

「アレキサンドル。さっきの件だが、お前はどう思うかね？　その気がないのならきっぱりと断っていいんだよ」

アレキサンドルはすぐさま答えた。

「僕、オールコックさんに会って話を聞いてみたいな。自分が評価されていることは正直嬉しいし、語学能力を活かして仕事に就けるのなら幸せなことだと思うんだ」

いつにないアレキサンドルの真剣な眼差しに、シーボルトも心を動かされた。

「分かった。イギリスという点が少し気掛かりだが、とにかく公使に会ってみよう」

翌日。シーボルトとアレキサンドルは浄瀧寺に置かれているイギリス領事館に出かけた。オールコックは二人を歓迎し温かく迎えたが、シーボルトが幕府から雇用を解かれた件にはあまり触れなかった。

「ご子息におかれてましては難解な日本語が話せ、しかも読み書きまで修得しているとか。これは貴重な存在です。ぜひイギリス公使館で採用させていただきたい」

「大変ありがたいお話ですが、日本語と英語のレベルはまだ日常会話程度です。それに年齢もまだ十五ですし、重責を担う公使館の通訳としてお役に立てるとは思えませんが」

「いや、こちらとしても即戦力を求めているわけではありません。それに、年齢的にも今が最も学業を吸収できる時期です。とにかく、貴方が日本にいる間だけでも試採用という形で私共に預からさせていただけませんか？　もちろん、安全面には十二分に配慮しますし、オランダ側への手続きも当方が行います」

シーボルトは後日返事をすると言い、イギリス公使館をあとにした。シーボルト自身の気持ちの整理も必要だったからである。まず懸念するところは、イギリスが日本にとって脅威となる可能性が排除できない国であるということ。それはすなわち、攘夷派からも命を狙われやすいということである。

だが、アレキサンドルが江戸や横浜に勤務することで日本や諸外国の最新の情報を入手することが可能となる。そして何より息子の能力を向上させ、経歴を高めることができる。

シーボルトは帰り道で、アレキサンドルに通訳の職に就くことに対しての本心を尋ねた。すると、

「僕は通訳官になりたい。でもそれはイギリスのためじゃなく、日本のために役立ちたいと思っているからだよ。お父さんのようにね」

と言い切った。シーボルトは顔をほころばせ、アレキサンドルの肩を抱いた。

ホテルに戻ると、アレキサンドルはイギリス公使館採用について周三に報告した。周三は自分のことのように喜んだ。

「よかったね、アレキ。公使館の通訳官なんて羨ましい限りだよ」

「周三のおかげだよ。僕も周三みたいに第一線で活躍できる通訳官を目指すよ」

「うん。でも俺は正式な通訳官ではなく、あくまでシーボルト先生の私用の通訳者だ。日本の通詞は基本的に世襲制だから難しいんだ。だから西洋医学の道を選ぶかもしれない。でも、そっちだってやりがいがあるからいいんだ」

二人は遅くまで将来の夢を語り合った。だが、周三の身には暗雲が立ち込め始める。

十一月二日。ホテルに神奈川奉行所の役人が来訪し周三が出頭命令を受ける。その理由は、江戸の大洲藩邸での喚問があるため奉行所の役人と共に江戸へ向かうと説示があった。

シーボルトはその役人に、何の喚問かと尋ねると、身分確認だと言う。シーボルトは行き先が奉行所ではなく大洲藩邸でもあったので、周三に下知通り出向くよう命じたが周三の胸中には不安が渦巻いていた。

以前、幕府専属の通詞である福地源一郎と福沢諭吉に自分は大津藩の者だと言ったが、商家の出である周三は藩士ではないし、森山栄之助には日本の歴史書をオランダ語訳していると口にしたことを指摘された。

周三は、三十三年年前のシーボルト事件で多くの通詞や塾生が連座したことを敬作から聞いていた。その恐怖にも似た憂苦が頭から離れなかった。

その翌日、シーボルトの指示でアレキサンドルが奉行所まで周三に同行したが、途中で目を離した隙に周三の姿は消えていた。失踪の連絡を受けた神奈川奉行所は懸命の捜索を行い、その身柄はすぐに拘束された。シーボルトは神奈川奉行所に出向いて穏便なる処遇を願い出、また面会を希望したが拒絶された。間もなく周三は江戸に押送された。

──一月四日。シーボルト親子はイギリス領事館を訪問し、アレキサンドルは雇用契約を結んで任命書を受け取った。身分は定員外日本語通訳官で棒給三百ポンド、官舎住まいで食事付きであった。ほどなくしてアレキサンドルは領事館へ引っ越した。

十一月十日。周三の事で悶々としているところへ珍客がやってきた。元鳴滝塾の門人で蘭医師であり本草学者でもある名古屋の伊藤圭介が訪ねてきたのである。二人は三十三年ぶりの再会を喜び合った。聞けば、江戸の蛮書調所に幕府から登用されたのだと言う。

「そうか。もしかしたら君は、ソーケンの後任なのかな……」

「そうかもしれませんね。鳴滝塾の門人たちは実に不思議なほど縁が深いのですよ。

もちろん好縁だと思っておりますが」

二人は昔話や植物の研究について語り合い、束の間の心休まる時間を過ごした。

それから間もなくして江戸の大洲藩邸にお預けとなっている周三から手紙が届いた。それにはこれまで厳しい吟味は行われておらず、達者であると書かれていた。また、問われている罪科は商家の出でありながら苗字を名乗り帯刀していたことと、〈日本歴史〉、〈幕府建設史〉などを国家機密に関わる書物を蘭訳したかどであったと書き綴られていた。

シーボルトは無事の知らせに安堵すると共に違和感を覚えた。国禁を犯した三十三年前の事件とは比較にならないほど軽微な罪科であるし、しかも周三が蘭訳した文書も没収どころか検閲すらされていない。

十一月十九日。シーボルトは再び神奈川奉行所に赴き、奉行の松平康直に面談を申し込んだ。姿を現した松平にシーボルトは、苗字帯刀については叔父である宇和島藩医、二宮敬作の養子になっており、その資格があるはずだと擁護したが、調べでは宇和島藩にも大洲藩にもそのような届け出はなかったとして一蹴された。

また松平は、シーボルトも認めた歴史書などの蘭訳については吟味中であり、いずれにしてもこの案件は神奈川奉行所の管轄外であるので対応しかねるという素っ気無い返事しか得られなかった。シーボルトは失望したが、幕府老中や外国奉行らに人脈があることから、手紙で周三の釈放を嘆願することにした。

その夜シーボルトは、ホテルのバーでクラークへ周三のことを話した。

「ふむ。確かに妙な話ですね。日本の身分制度はかなり封建的のようですが、それにしても厳しい処置に思えます。翻訳の件にしても、日本政府も諸外国の学術や歴史、文化について専用の部署を作ってまで翻訳しているというではありませんか」

「そうです。しかも私が翻訳させていたのは比較的容易に入手可能な本ばかりです」

クラークはスコッチウィスキーを飲み干して言った。

「シーボルトさん、これは私のまったくの推測なのですがね……。周三さんは日本政府の正規の通訳官ではないし身分も武士や医師でもない、言わば一般人です。そして歳もまだ若い。そんな彼が日本政府の高官と貴方の重要な会談の通訳をしていた。これは異例なことだったでしょう」

「ええ、確かに。しかし、日本側の通訳の中には語学力が不十分な者もいたので、シューゾウの存在には幕府側も助けられたはずです」

「そうでしょうが、日本の通訳官にとっては感情を損なう場面もあったかもしれませんね。いや、そんなことよりも顕著に感じるのは、会談の中身には、外交や政治についての機密的な内容もあったはずです。それを一般人である周三さんが知ってしまったのが問題だったのだと思います。正式な通訳なら守秘義務も心得ているでしょうが、周三さんにそのような概念があるかどうか、日本政府にとっては不安要素だったのではないでしょうか？」

シーボルトは音を立ててグラスを置いた。

「馬鹿な。会談の内容が外部に漏れるのを防ぐため幕府はシューゾウを拘束したと言われるのですか？　それではいつ釈放されるかも分からないではないですか。第一彼は、そのような浅はかな人間ではない」

クラークが目配せして言った。

「シーボルトさん、落ち着いてください。あくまで私の推測なのですから」

「いや、きっとそうだ。これで謎が解けましたよ。しかし、この見解を幕府に突き付けてもあっさりとは認めないでしょうな。そのあたりの幕府の体質は昔のままだ」

「では、どうされますか？」

「とにかく幕閣へ出す嘆願書は彼の高潔で思慮深い人間性を伝え、守秘義務については私が責任を持って遵守するという内容にしましょう。それで幕府の出方を見ることにします」

シーボルトは嘆願書を提出後、その返答を待ちながら研究論文の執筆に勤しんだ。アレキサンドルは早くも江戸のイギリス公使館に出仕したりすることもあった。和暦では十一月下旬であったが、太陽暦では年末であり、クラークの計らいでクリスマスを一緒に祝ったりした。一方でオランダ領事館には次第に足が遠のくようになった。

一八六二年の新年を迎えたが、嘆願書の返事は来なかった。神奈川奉行所に依頼していた一軒家へ移りたいという願い出も、紹介された家屋は以前とは段違いで狭く、状態も悪かった。シーボルトは、冷遇とも言える対応に気分を害し、入居をきっぱりと断った。

その頃からシーボルトは虚無感に苛まれるようになっていた。江戸での幕府外交顧問としての働きに対し将軍や幕閣から感謝され、再任希望の言葉まで賜ったのは何だったのか？　江戸を離れたと同時に周三は拘束され、自分はぞんざいな扱いを受けるようになっている。これはどういうことか？

シーボルトは精神的な疲労から身内や知友がいる長崎へ戻ることを考えた。幕府とのやり取りは長崎奉行を介して可能でもある。

シーボルトは決意を固め、アレキサンドルにその思いを手紙で伝えた。また外国掛老中・安藤に周三の釈放について改めて哀訴嘆願をした。そして、疎遠となっていたオランダ総領事のデ・ウイットには、関係が修復できなかったことに遺憾の意を表し、横浜を離れるに際し、幕府への支援とアレキサンドルへの配慮を懇請《こんせい》した。

十二月十三日。沖に碇泊する汽船セントルイス号に乗船し、アレキサンドルも参加して横浜在中の各国公使や領事の共催による夕食会に出席した。オランダ側からはデ・ウイットが出張中とのことで、副領事のボルスブルックが列席した。その後、父と子は抱擁して別れた。

翌日は荒天のために出港が見送られた。アレキサンドルはセントルイス号がまだ碇泊中であることに気付き、船着き場にいた伝馬船の船頭に金を見せ、セントルイス号に行くように頼んだ。船頭は承知し船を出してくれたが、港内にはまだ強風が吹き荒れ、伝馬船は波に翻弄されながらゆっくりと進んだ。

その時、ちょうど外の空気を吸いに甲板に出ていたシーボルトは、近付く小舟にアレキサンドルが乗っていることに気が付いた。だが、今にも転覆しそうである。アレキサンドルもシーボルトの姿を認めて大声で叫んだ。

「お父さーん」

シーボルトは、熱いものが込み上げてくるのを感じながら、両手で大きく払うような仕草をした。

「危ないから引き返すんだー」

やがて舟は舳先の向きを変え、陸へと戻っていった。その後、この父と子が再び会うことはなかった。翌朝、セントルイス号は錨を上げ、長崎へ向けて出港した。

セントルイス号は大シケの太平洋を南下した。船体はかなり動揺し、往路と同様に船酔いに苦しめられる。潮岬を通過後に変針して瀬戸内海へ向かうと、ようやく波は穏やかになった。シーボルトは、かつて江戸参府の時に通った瀬戸内の懐かしい風景を感慨深く眺めた。二十一日には関門海峡を通過し、横浜を出て十日後の二十四日に長崎に入港した。

シーボルトは到着後すぐに長崎奉行・高橋美作守和貫宛に手紙を書き、大量に運ばれてきた荷物の輸入税免除を願い出た。シーボルトの良き理解者であった前任の長崎奉行・岡部駿河守長常は、シーボルトが江戸を離れた直後に外国奉行に登用され上府していた。高橋は長崎奉行に着任後にシーボルトに挨拶状を出し、何度か手紙のやり取りをしていた。

長崎に戻ることは稲に手紙で知らせていたが、はっきりとした日時までは伝えきれなかったので当然出迎えはなく、シーボルトは旅行鞄のみ持って鳴滝に徒歩で向かった。波止場からのんびりと歩いても一時間とかからない。

久しぶりの邸宅に着くと、留守の管理を任せていた国吉が干していた布団を取り込んでいた。シーボルトの姿を見ると笑顔を作った。

「お帰りなさいまし旦那さん。稲さんからの言い付けで、御帰宅の用意ばしとりました」

「アリガトウ。クニサン。アトデ私ノ到着ヲ、イネニ知ラセテ下サイ」

「分かりました。あの、犬のジュノーは三か月ほど前に死んでしもうたです。申し訳ありません。旦那さんたちが江戸に行ってからは日に日に元気がのうなっていってですね」

「ソウデスカ……。犬ハ寂シガリヤデスカラ仕方アリマセン」

その日の夕方、帰着の話を耳にした稲が、料理が入った重箱を抱えてやってきた。

「お父様、ご無事で何よりです。しかし、周三さんは大丈夫なのでしょうか？」

稲は医師のポンペに指導を受けていたため、オランダ語の会話力を上げていた。また、八月には小島郷という長崎港を見下ろせる場所に日本初の西洋式医学教育病院である長崎養生所が開設され、ポンペが教鞭を執っていた。

「うむ。手紙に書いた通り、今は大洲藩邸にお預かりとなっているので差し当たっての危険はないだろう。幕府にも釈放の嘆願書を出しているが、返事もなく先が見えない。今後も長崎奉行に相談していくよ。ところで、おタキさんやタダ、ケイサキは元気かね？」

稲の表情は曇ったままだった。

「お母様とタダは元気です。でも二宮先生は、初冬に脳卒中を再発されて寝たきりになられています……」

「え？　何で知らせてくれなかったんだ？」

「二宮先生に口止めされました。お父様のお仕事の妨げになってはいけないからと」

「そうか……。シューゾウについての説明もあるので、近いうちに見舞うよ」

シーボルトはテーブルに置かれた重箱のふたを開け、かまぼこを一つ摘まんで言った。

「イネ、江戸でソーケンには会えなかったよ。いや、会おうとはしたんだが、彼は……」

シーボルトが言葉に詰まると、稲は毅然として言った。

「お気を使っていただきありがとうございます。宗謙様の件につきましては二宮先生から伺っております。私は元々からタダを一人で育て上げたいと思っていましたし、タダにも父親はとうに死んでいると話しております。ですから、これまでと何も変わることはありません。どうぞご心配なさらずに」

シーボルトは、気丈な娘を頼もしく思った。

翌日。シーボルトは長崎奉行所に出向き、奉行の高橋に謁見した。荷物の輸入税免除は了解されていた。シーボルトは江戸での顛末を報告し、ここでも周三の釈放を切願した。高橋は理解を示したものの、

「お気持ちは察しまするが、長崎奉行の権限では如何ともし難い。されど、貴殿から陳情があったことは書状にて江戸にお伝え申す」

と言うにとどまった。そして、

「別件ですが、近日中に遣欧使節団が乗った船が補給のために長崎へ寄港することになっております。使節団派遣については、貴殿も大いに寄与されたと聞き及んでおりますので、訪船してみてはいかかでござろう？」

と言葉を継いだ。シーボルトは驚きを隠せなかった。

「もう出発していたのですか？　いつの間に……。船はどう準備したのでしょう？」

高橋によれば、渡航にはイギリス海軍の蒸気フリゲート・オーディン号が使われ、二十二日に品川を出港していたらしい。シーボルトは、幕府が水面下でイギリス公使のオールコックと話を進めていたことに衝撃を受ける。

十二月二十九日。高橋の言う通りオーディン号が入港した。その日の夕方近くに、シーボルトは奉行所が用意してくれた通詞を同行させて乗艦した。舷門で若い士官に迎えられ、応接室に案内されると、そこには正史の竹内保徳、副使の松平康直など江戸や横浜で何度も顔を合わせていた顔ぶれが揃っていた。通弁は福地源一郎だった。

挨拶後にシーボルトは、

「使節団の派遣がこんなに早い時期になるとは思ってもみませんでした。私の知らないところで話は進んでいたのですね」

と少し皮肉を込めて言ったが、竹内は事もなげに微笑を浮かべ、

「イギリス公使、オールコック氏の多大なるご尽力がありましたゆえ、早期実現の運びと相成りました」

と言った。シーボルトは、オールコックがアレキサンドルにも内密にしていたことが容易に想像できた。そして以前、デ・ウイットが口にした、日本は列強国との付き合いを重視しているという言葉を思い起こした。

竹内は、オールコックがあとから休暇帰国で通詞の森山栄之助と共にロンドンに向かい、現地で合流することになっていることをシーボルトには伝えなかった。だが、使節団の行動予定は、ほぼシーボルトの計画案に沿って実施する予定であることを告げたので、シーボルトは安堵した。そして、

「私が使節団に加われれば、さらに成果は上がるでしょう。同行の許可をお願いしたい」

と売り込んだが、竹内は、自分の一存では決められず、出港が三日後のために江戸の老中に問い合わせる間もないこと。さらには船が客船ではなくイギリス軍艦であるために、乗艦させるにはイギリス側の許可も必要であり、同行させるのは困難であると体よく断られた。シーボルトは落胆し、後ろ髪を引かれる思いで艦を下りた。

　年が明けて文久二年になった。元日は滝の家で正月料理を馳走になり、翌日に二宮敬作を見舞った。敬作は諏訪町の診療所兼居宅で床に伏していた。稲の手配で住み込みの下女を雇っており、稲や滝がちょくちょく様子を見に来ていたが、回復の見込みはなかった。

「ケイサキ、来るのが遅れてすまない。具合はどうだね？　どこか痛むところはないか？」

「先生、お帰り……なさいませ。痛むと言うよりは、体が思うように動かせないのが……難儀です。それに……下の世話を受けるのも情けのうございます」

　弱弱しく苦笑しながら語る敬作は、言葉を話すのも一層不自由になっていた。

「シューゾウの件は申し訳ない。幕閣には釈放を働きかけている最中だが、もう少しかかりそうだ」

「ありがとうございます……。藩邸にお預かりとなっていると稲さんから聞いていますので、深刻な状況ではないと思っておりますが」

「うむ。最善を尽くすよ。それから君の方だが、小島の西洋式病院に入院しないか？あそこなら名医のポンペ氏に診てもらえる」

敬作は首を横に振った。

「せっかくのご厚意ですが、憚《はばか》りながら私も医者です。自分の身体のことは自分が一番知っています……。私には、もう手の施しようはありません……。それに、私にとっての名医はシーボルト先生、貴方だけです」

「ケイサキ……」

シーボルトは、敬作の言葉に目を潤ませた。


シーボルトは日本研究を再開した。江戸へ出ていた間に入手した資料もあり、あと二年ほど日本に滞在して総まとめをするつもりだった。もちろん、長崎奉行を始め、各国の公人や商人との交流も怠らなかった。

また長崎では警護がつかなかったが、江戸や横浜に比べて危険度は少なく、自由気ままに動けて良かった。ただし、下女は住み込みではない年増の女を稲が用意し、シーボルトが手を出さないよう注視していた。

周三のような専属の通訳がいないのは少し不便であったが、稲もオランダ語の会話力が上がっていたし、長崎には通詞はたくさんいるので、特に困ることはなかった。

一月十五日。老中・安藤信正が江戸城坂下門外にて水戸浪士から襲撃を受けて負傷した。井伊直弼の開国路線を継承し、和宮降嫁による公武合体を推進していることに対する反発だった。安藤は背中を刺されたが、場内に逃げ込み軽傷で済んだ。浪士ら六名は五十人ほどの警護の供回りに斬殺された。

また、各浪士らが懐に持っていた斬奸趣意書には、シーボルトを外交顧問に登用したことを非難する一文もあった。シーボルトの命が危険にさらされていたのは紛れもない事実だったのである。シーボルトはこの事件のことを副領事代理のメットマンから聞き、幕府の権威失墜が加速することを危惧した。

すっかり春めいてきた三月十一日。長崎に来訪したデ・ウイットから、オランダ領東インド総督ファン・デル・ベーグからの指令書が同封された書簡が届けられた。そこには、シーボルトを日本外交の相談役としてバタヴィアへ召喚し、その後はオランダ外交官として日本へ派遣する用意があると記されていた。

シーボルトは歓喜した。外交顧問や遣欧使節団から外され、意気消沈していた心の闇に一気に光が差し込んだ気分だった。

指令書には書簡を受領後、四週間以内にバタヴィアへ来るように書かれていたのですぐに準備に取り掛からなければならなかった。出島のデ・ウイットには、承諾する旨の手紙を送った。お互いのために会わない方がいいと判断したからである。

シーボルトはさっそく準備に着手した。だが、バタヴィアへ赴任しても再び日本に戻ってくることは確かなので、全ての荷を送る必要はないと考えた。また、邸宅も引き続き国吉に管理してもらうことにした。たとえ自分の身にもしものことがあっても、名義は稲になっているので問題はない。

そして翌日の三月十二日の夕方。荷物整理をしていたシーボルトのところに敬作の家に雇われている下女が走りこんできた。

「大変です。敬作様が急にお亡くなりになりました」

シーボルトは手を止め、眉をひそめた。

「何？　ユックリ話シテクダサイ」

「私が買い物から戻ったら息ばしとりませんでした。先に稲さんに知らせに行ったら、シーボルト先生ば呼んできてと頼まれて……」

下女は息を弾ませながら報告した。

シーボルトは外衣を羽織ると下女と共に敬作の家に急いだ。

――頼む。何かの間違いであってくれ。

敬作の家には稲のほかに滝とタダも来ていた。三人共、敬作の布団の前で涕泣している。シーボルトは前に進んで枕元にひざまずいた。

敬作は眠っているかのように瞑目し、その両手は胸の上で組まれていた。シーボルトは脈を取ろうと手首をつかんだが、すでに体温は辺りの冷気に奪われていた。

「ああ、ケイサキ……なんてことだ。誰にも看取られることなく、こんなにひっそりと逝ってしまうなんて……」

シーボルトは冷たくなった敬作の手を握り、悲嘆の涙にくれた。享年五十八であった。

敬作の遺言には、墓は敬愛していた鳴滝塾初代塾頭で、コレラ罹患により長崎で病没した美馬順三と同じ墓地にしてほしいとあった。稲は遺体を荼毘に伏してその場所に埋葬し、その後、分骨して自分の菩提寺である晧台寺に墓を建てた。

三月の末になると赴任の準備も整い、長崎奉行や各国の公使、領事らとの別離の会見が毎日のように行われた。出発の前日には鳴滝の邸宅に身内が集まり、送別会を開いて団らんのひと時を過ごした。

いよいよ出国の日が来た。大波止の通船が発着する岸壁には滝、稲、タダが見送りに来た。シーボルトは、まず滝の肩に手を置いて言った。

「じゃあ、バタヴィアに行ってくる。おタキさん、次に会う時まで元気でいてくれ。君も歳なんだから、無理はしないように」

滝はいたずらっぽく微笑み、

「うちは貴方様より十《とお》は若かとですよ。まだまだ大丈夫です。そちらこそ、お体をお大事になさいませ」

と答えた。三十二年前のような別れの涙や抱擁はなかった。次にシーボルトは稲の方を向いた。

「イネ、周三のことで何か情報が入ったら知らせてくれ。私も釈放への働きかけは今後も続ける。それから、アレキサンドルとは繋《つな》がっていてほしい。イネとは血を分けた弟だ。何分よろしく頼む」

「分かっております。実は、手紙のやり取りはずっとしているんです」

シーボルトは満足げに頷いたあと、言葉を足した。

「血を分けた兄弟と言えば、シオドン(しお)が産んだ私の子供のことも気に掛けてやってもらいたい。女の子だそうだが、どんな家庭で暮らしているのか分からない。悪い環境にいるのなら救ってやってほしい」

稲はしばらく考えたあと、

「承知しました。今度様子を見に行きます」

と答えた。シーボルトは稲を見据え、

「それからイネ、今後も西洋医学をしっかり学んでほしい。私は、逆境に負けずに志を貫くお前のことを本当に誇りに思っているよ」

と言って微笑んだ。思いがけないシーボルトの言葉に、稲は感動で胸が一杯になり、涙をこらえながら頷いた。最後にシーボルトはタダに、

「初対面の時は七歳だったが、もう十歳になったんだね。琴を習っているんだって？今度来た時に、おじいちゃんに聞かせておくれ」

と優しく言った。稲が通訳するとタダは、

「Hou je goed,opa.（おじいちゃん、元気でね）」

とオランダ語を披露してシーボルトを喜ばせた。最後にシーボルトは一人ずつ抱き寄せ、頬にキスをして通船に乗った。時に文久二年四月九日（一八六二年五月七日）。シーボルト六十六歳であった。再来日の滞在期間は二年九カ月だった。

小さくなっていく船上のシーボルトの姿を見遣りながら、滝がぽつりと言った。

「これが今生の別れのごたる気のする……」

シーボルトを乗せたセントルイス号は夜に錨を上げ、長崎港を出港していった。その機を見計らっていたように周三は石川島寄場に投獄された。その後、苛酷な獄中生活を送ることになる。

四、終幕　永遠の日本《NIPPON》

太陽暦の六月十七日、上海や香港、シンガポールを経由してようやくバタヴィアに到着した。総督のファン・デル・ベーグは、シーボルトの日本に関する報告や進言に耳を傾け、理解を示して労をねぎらった。

「今回の滞在でも大変ご苦労されたのですね。しばらくは当地で静養を兼ねてゆっくりと日本研究でもおやりになってください。そして、私共も時には日本との外交問題についてご相談をさせていただきます」

シーボルトは謝意を述べ、官舎で研究の傍《かたわ》ら出島のオランダ貿易会社に通商に関する情報を送り、またオランダ植民省にも日本の内情を報告し、対応策を具申したりした。だが、いずれも簡単な礼状が届くだけであった。バタヴィア政庁からも特に相談はなかった。

そんな味気ない日々を送っていた十月の初旬、シーボルトはファン・デル・ベーグから目を疑うような書簡を受け取る。その内容は、オランダ政府からの通達で日本及び清国の問題に関する所管が植民省から外務省に移ったというもので、加えてシーボルトにも帰国を促しているとあった。

それは植民省の下級官庁であるバタヴィア政庁には対日貿易や外交に関する権限が失われることを意味する。シーボルトは自分の処遇がどうなるか心配になり、直ちに総督へ面会を求めた。ファン・デル・ベーグが現れると、シーボルトはいきなり不安をぶつけた。

「私の扱いはどうなるのですか？　なぜ帰国しなければならないのですか？」

ファン・デル・ベーグも困惑の色をにじませていた。

「今の時点では何とも……。はっきり言えることは、私にはもう日本外交関連の人事権もなくなったということです」

「それでは話が違う。私は日本で外交任務に就くことを見込んでこの地へ来たのですよ」

「お気持ちは分かりますが、今申し上げた通り、私には権限がない。ここは貴方がオランダへ戻り、外務省でご自分のお考えを陳述して協議されるのが得策だと思いますが……」

シーボルトは迷った挙句、オランダへ戻ることにした。出国して三年が経っており、一旦帰国して家族にも会いたかった。そしてオランダ国王に謁見し、また外務省にも真意を伝えて正式な外交官としての辞令を貰いたいと思った。

シーボルトは日本のアレキサンドルと稲に事情を説明する手紙を書いた。シーボルトがバタヴィアに向かってから、日本では寺田屋事件や生麦事件が起こり、幕末の動乱は一層深刻化していた。

十一月十四日。シーボルトはバタヴィアを離れ、カイロ経由で翌年（一八六三年）の一月十日、プロイセン（のちのドイツ）のボンにある邸宅に帰り着き家族との再会を喜んだ。四人の子供たちはすっかり大きくなっており、妻のヘレーネも四十歳を超えて女盛りを迎えていた。シーボルトは人心地が付くと同時に長旅の疲れが出てしばらく寝込んだ。

一月下旬になると体調も戻り、内務大臣や外務大臣への日本の現状報告と意見書、そして外交官としての登用を自薦する請願書を書いて送った。

二月上旬。バーグの政庁に出頭したシーボルトは、内務省や外務省を回って口頭での説明を行った。応対した幹部職員らはシーボルトの話を熱心に聞いてはくれたが、両大臣には会えず、外交官への登用については検討中であるという素っ気無い返答のみであった。

一月二十六日。シーボルトはオランダ陸軍の参謀部付き名誉少将に昇進する。だが、シーボルトにとってそのような肩書はすでにどうでもよく、外務省からの登用通知を一日千秋の思いで待っていた。シーボルトは外務大臣や国王の副官へ面会を求める手紙を出し続けた。その一方でバタヴィア政庁総督のファン・デル・ベーグやヘンドリック王子からの推薦もあったが、政府内でのシーボルトの評価が上がることはなかった。

そしてようやく九月下旬、シーボルトはオランダ政府より召喚され、期待に胸を膨らませて政庁に出向いた。しかし、応対した内務大臣のトールベックの口から出た言葉は、駐日外交代表部への任命を正式に拒否するという失望に満ちたものだった。シーボルトは食い下がった。

「なぜですか？　ヨーロッパでもっとも日本を知り尽くしているのはこの私です。日本の将軍や高官とも面識や交流があります。手紙に何度も書きましたが、私ほどの適任者はいないと自負しております。どうかご再考を」

トールベックは、外務省による対日外交の政索は新体制の下で進めていく方針であり、その構想にシーボルトは入っていない。しかし、これまでの実績と数多く出された報告書や提案は高価値なので、今後参考にさせてもらうと言った。そして、

「代替案として、外務省の非常勤相談役の職を用意しておりますが、いかがでしょうか？」

と平然とした顔で提示した。

「また相談役……」

シーボルトは、視界が歪んで見えるほど絶望のどん底に突き落とされたような感覚を覚えた。もう異議を唱える気さえ起らなかった。

シーボルトは失意のまま自宅に戻ると迷うことなく辞表を認め、最後に国王のウィ

レム三世に謁見してこれまでの謝意と別れの言葉を告げたいと書き添えて送った。

十月七日。シーボルトは政庁に招かれ、ようやく外務大臣のカテェクォチンに会うことができた。面談時、シーボルトは無念さをあらわにした。

「大臣、あなた方は日本という国を知らない。あなた方が考えているよりも日本人はずっと思慮深く、そして芯が強い。武士道と騎士道の違いがお分かりか？　あまり日本を追いつめて彼らを怒らせると暴発しますぞ」

カテェクォチンは気圧されずに言い返した。

「思慮深いなら列強相手に暴発はしないでしょう。それに、貴方こそ日本に対する考えを改めるべきだ。あの国は結構したたかですよ。それに、はっきり申し上げて貴方の日本に対する愛着、いや執着は異常だ。影で貴方はどう呼ばれているかご存じですか？　シーボルト氏は『日本狂』だと言われているのですよ」

「ふん。日本狂ですと？　私にとってはむしろ誉め言葉だ。よろしい。私は私のやり方で、これからも日本に関与していく」

カテェクォチンと物別れに終わったシーボルトは、内務大臣のトールベックの所へ行った。トールベックからは辞表を受理する旨と、四〇年間にわたる在職期間中の功績を称賛する言葉をもらい、年間四千グルデンの終身年金証書が渡された。シーボルトは敗北感でいっぱいだった。

続いて謁見の間に通された。ウィレム三世は、シーボルトの長きに渡るオランダへの奉仕に厚く礼を述べ、駐日外交官への登用が叶わなかったことに遺憾の意を表した。シーボルトも三代の国王から支援してもらったことに拝謝した。最後に互いの健康を祈って謁見が終わると、四十代の国王はシーボルトの背中に手をやってドアの所まで送った。

陸軍も退役して官職がなくなったシーボルトは、まだ出版していない分野がある『日本』の編纂に精を出した。だが、鳴滝の邸宅に残してきた資料も多く、船便で送ってもらわなければならなかった。また、各界の学者からの問い合わせや訪問も多く、のんびりとする暇はなかった。

その一方で、アレキサンドルからの手紙によりアメリカ公使・ハリスの解任や、薩摩藩の島津久光一行の行列を騎馬のまま横切ったイギリス人四人が殺傷された生麦事件の詳細などが伝えられていた。その中でシーボルトが心を痛めたのは長州藩による馬関海峡（関門海峡）を航行する米・仏・蘭の商船を砲撃した下関事件であった。生麦事件はのちに薩英戦争に、下関事件は英国を加えての四国艦隊下関砲撃事件に発展する。

「なんということだ。あの美しい海峡が戦場になるとは……。幕府は長州一藩を止める力もないのか」

翌年（一八六四年）の春にシーボルトは生まれ故郷のヴュルツブルクに移った。その直後には古巣のメナーニア学生団主催の式典にも来賓として出席し、講演で再び日本へ行くことを宣言したりした。

その後も日本との繋がりを探りながら研究三昧の日々を送っていた五月初旬、シーボルトは新聞で日本からの二回目の使節団がフランスのパリに到着したことを知った。記事によると、使節の目的は横浜の鎖港交渉と井土ヶ谷で起きたフランス人士官殺傷事件及び馬関海峡でのフランス船に対する砲撃への謝罪と賠償交渉であった。使節の正使は池田筑後守長発で外国奉行ではあったが、二十七歳という若さだった。

シーボルトは、横浜鎖港については前年に考明天皇が発した攘夷勅命や下関事件が絡んでいると推測した。しかし、前回の使節が新潟、兵庫の開港と江戸と大阪の開市をやっとのことで五年間延期させたのに、今回の申し入れが受け入れられるとは到底思えなかった。

また、若い正使では交渉が難航するどころか、逆に不当な条約を結ばされる恐れもあると思うとシーボルトは居ても立っても居られずパリへと向かった。

到着後、直ちに正使の池田長発、副使の河津祐邦、目付の河田煕《ひろむ》らと面談した。三人共初対面であったが、相手側は三年前にシーボルトが幕府の外交顧問であったことや、解任された経緯は当然知っている。

シーボルトは交渉に協力を惜しまないことを伝えたが、池田らは当初なかなか心を開かなかった。シーボルトは、

「私はフランスの外務大臣とは知り合いであり、皇帝・ナポレオン三世への謁見も可能です。必ず使節のお役に立つことができますよ」

と誠意を込めて説得した。

シーボルトの話を聞いているうちに、池田らはその真摯さに次第に打ち解けていった。正直なところ、前回の使節団の主要参加者がおらず、外交経験が未熟な池田らにとってシーボルトの来訪は渡りに船だったのである。

交渉は予想通り厳しいものだった。フランス側の反発は相当なもので、武力行使も

辞さない姿勢を示した。シーボルトは決裂だけは回避しようと仲介に入り、日本の内情や朝廷に抗しがたい幕府の苦しい立場を丁寧に説明した。

その甲斐があってか、使節と謁見したナポレオン三世は、幕府の立場に一定の理解を示し、（長州などの）反政府軍を鎮圧するのに我が国の軍事力を提供する用意があるとまで言った。

やがてフランス側の態度は幾分軟化したが、横浜鎖港については最後まで聞き入れられなかった。そして一八六四年六月二十日、長い交渉の末パリ約定が結ばれた。その内容は、

◎フランス船への砲撃に対して幕府は十万ドル、長州は四万ドルの賠償を支払うこと
◎フランス船の馬関海峡の自由航行の保証
◎輸入品の関税率低減（一部の品目については無税）

という不本意な結果に終わった。池田はパリ滞在を通じてヨーロッパの文明と軍事力の強大さを目の当たりにし、攘夷など到底不可能であることを悟った。そして、日本を富国強兵とするには開国して欧米の文化を参考にし、技術を吸収する必要があると肌で感じた。

池田は副使の河津と目付の河田に言った。

「我々はまるで当て馬だ。このまま旅を続けても堂々巡りになるだけとは思わぬか?」

使節は約定の調印後、予定していたイギリス訪問を中止して帰路に就くことにした。

池田らとシーボルトの関係は親密となっていた。使節の出立前にシーボルトは、ヨーロッパでの日本の外交代理人に任命してもらいたいと申し出た。池田らは幕府に推薦することを約束し覚書を作成した。また、パリにおける報奨金として四百ドルを贈った。

その後、使節団は元治元年七月二十二日(一八六四年八月二十三日)に帰国し、幕府にパリでの顚末を報告した。だが幕府は横浜鎖港の使命を果たせなかったことを責任問題とし、正史の池田長常を半知召上げ・蟄居とし、副使の河津祐邦も免職・蟄居を命ぜられた。

また幕府は、約定の内容を不満として批准を行わずにこれを破棄した。当然ながら、シーボルトの外交代理人への話も反故にされた。

これにより四国(米・英・仏・蘭)艦隊下関砲撃事件が勃発し、長州藩の砲台は艦砲射撃と陸戦隊の攻撃により完全に無力化された。

以後、長州藩は列強に対する武力での攘夷をあきらめ、欧米からの知識や技術を積極的に導入して軍備軍制を近代化していく。のちに坂本龍馬などの仲介により薩摩藩と薩長同盟を締結し、共に討幕のへの道を進んで行く。

ほかにもシーボルトはアレキサンドルからの手紙で、禁門の変や幕府による長州征討のことも知り愕然となる。ついに列強との紛争だけでなく、内乱まで発生してしまったのだ。

「とうとう私がもっとも恐れていたことが起こってしまった……」

シーボルトは世論を喚起しようと、アウグスブルグ発行の新聞に『日出る国日本の政治的視野における展望』という論文を十三回に渡って掲載した。そこでは日本の政治体制が転換期を迎えていることや、欧米諸国の軍事力による内政干渉に警鐘を鳴らした。そして不平等条約を否定し、諸外国と日本が対等の立場で共に利益を得ることの必要性を訴えた。

この記事は大きな反響を呼んだ。その願いが通じたのか、半年後の一八六五年五月に米・英・仏・蘭は来たるべき幕長戦争に際し、
◎日本の内戦に対する厳正中立
◎絶対不干渉

◎密貿易（開港場以外での貿易）禁止

を取り決めた。密貿易の禁止については、イギリスの長州藩に対する下関における小銃等の武器密輸出を禁止したものであった。この輸出は長崎で貿易会社を経営していたトーマス・グラバーによるものだった。

グラバーは覚書が作られた後も長州側に、藩の船による上海での武器買い付けなど脱法行為を提示していた。またこの手口は薩摩にも利用され、ミニエー銃などの新式兵器は幕府側との戦いで相手を凌駕することになる。

その年の十月、シーボルトはナポレオン三世に謁見し、日仏貿易会社の設立を提案した。

ナポレオン三世はイギリスへの対抗心もあり、日本市場の獲得に前向きな姿勢を見せた。だが、この時期フランスではプロイセンとの戦争が危ぶまれており、賛同したのもごく一部の富裕階級の人々だけだったので計画は頓挫した。

シーボルトは再び日本へ行くために貿易会社の役員に就き、また長崎に商工学校を設立することも発案していたが、いずれも立ち消えてしまい落胆する。

一八六六年二月十七日。シーボルトはヴュルツブルグの自宅で七十歳の誕生日を迎え、家族を始め多くの人々から祝福された。

五月、シーボルトはバイエルン王国の首都ミュンヘンに足を運び、民族学資料管理責任者と国王参事官の仲介により国王のルートヴィヒ二世に謁見した。シーボルトは、王宮庭園隣接の旧絵画館において日本で収集したコレクションの展示会開催を願い出た。国王は快諾し、追って政府による展示物の購入も約束した。

その翌月の六月十四日にプロイセンとオーストリアとの間でドイツ統一の主導権をめぐっての普墺《ふおう》戦争が勃発した。バイエルン王国はオーストリアと同盟を結んでいたが、七週間の戦いであっけなく敗北した。しかし、わずかな領土の割譲と三千万グルデンの賠償金で講和した。シーボルトのコレクションも戦火を逃れ無事だった。

シーボルトは、再び展示会の準備に勤しんだ。展示品の梱包リストを作成し、ヴュルツブルクからの鉄道輸送計画から展示方法まで休日も返上して懸命に取り組んだ。

展示品のリストを見ていると、その品々を入手した時の記憶が思い起こされた。若かりし日の長崎での充実した日々や、江戸参府での多くの人たちとの素晴らしい出会いも想起され、それは、日本への再渡航を断念しかけていたシーボルトにある行動を起こさせた。

八月の末にシーボルトは、江戸の外国掛老中に手紙を書き、その中で日本の学者や留学生をミュンヘンに招き、シーボルトの管理下で修学させることを提案した。日本からの良い返事を期待しながら、その後のシーボルトはさらに展示会に向けての課業に奮励した。

十月に入り、海抜五百メートルを超える大陸性気候のミュンヘンの街は一気に気温が下がっていった。シーボルトは風邪をこじらせ、咳をしながら仕事を続けた。周囲から休むように促されても、自分は医者でもあるから病の程度は分かると言って聞かなかった。

十月十八日、シーボルトは体調不良を理由に昼過ぎに宿舎へ戻った。顔色がかなり悪かった。夕食時にシーボルトが姿を見せないので宿主の夫人が部屋を訪れるとベッドの脇に倒れているところを発見した。

驚いた夫人は宿主を呼び、二人掛りで大柄なシーボルトをベッドに寝かせた。宿主は夫人に医者を呼んでくると言って足早に出て行った。

「シーボルトさん、しっかり。すぐにお医者が来ますからね」

夫人が声をかけると、シーボルトは白い髭に覆われた口をわずかに動かし、うわ言で、

「ヘレーネ……悲しまないでくれ……これでやっと行ける……あの美しい国へ……永遠に」

と妻に語り掛けるように言った。

間もなく医者が到着し、すぐさま脈を取り、聴診器を胸に当てたりしたが表情は硬かった。

「風邪をこじらせていると聞いたが、敗血症も起こしているようなので、もっと以前に別の感染症にかかっていたのかもしれませんな。今夜が山ですので、私も側についておきます」

その夜、日付が変わる頃にシーボルトは静かに息を引き取った。日本との出会いにより波乱に満ちた七十年の生涯であった。

十月二十一日。シーボルトはミュンヘンのタール教会通りにある旧南墓地にバイエルン陸軍が栄誉礼を捧げる中、厳かに埋葬された。親族は、ヘレーネ夫人、長女イーダ・ヘレーネ、次女マルチデ・アボローニャ、次男ハインリッヒ、三男マクシミリアンが参列した。

長男のアレキサンドルは、シーボルトと別れた翌年にイギリスの国家試験に合格して正式の通訳・翻訳官に任命され、下関戦争や薩英戦争時にも任務に当たった。またシーボルト没後の慶応三年（一八六七年）に開催されたパリ万博の使節団にも同行した。その時の帰路に弟のハインリッヒを伴って日本へ戻った。このハインリッヒも後に外交官や考古学者として活躍することになる。また兄弟は、父の著書で未完結だった『日本』の再版にも力を注ぎ新版として発刊した。

明治三年に英国公使館を辞職したアレキサンドルは日本の新政府に雇用され、ロンドンやフランクフルトに派遣された。また明治八年には大蔵省専属の翻訳官となる。母へレーネの死をきっかけに一時期ヨーロッパに戻るが明治十四年に日本に戻り、長きに渡り条約改正など日本の外交に尽力する。

明治四十三年、ベルリンにて日本政府勤務四十年の記念式典が開催され、勲二等瑞宝章が贈られ、ドイツからもプロイセン第二等宝冠章を贈られた。その翌年の一九一一年、イタリアで死去、享年六十五であった。

楠本滝は明治二年四月、娘の稲に看取られて病没。子宮がんであった。享年六十三。

シーボルトの訃報を聞いた頃から元気がなくなり、老け込んでいったという。

死の床で滝は「おらんだ苺ば食べたか……」と、うわ言を呟くようになった。その苺は、シーボルトが新婚時代に植物園で育てた苺を愛妻の滝に食べさせていたものだった。人生で最も幸せだったその時期の記憶がそのような言葉を出させたのかもしれない。

稲は苦労の末にポルトガル領事の邸宅に栽培されていた苺を手に入れ、それを匙《さじ》でつぶして滝に与えた。

「ああ、これでもう思い残すことはなか……」

その夜、滝は数奇な運命をたどった人生に幕を下ろした。


楠本稲はシーボルトと別れた後もポンペやアントニウス・ボードウインから産科と病理学を学んだ。そしてのちに、二宮敬作が仕えていた宇和島藩に徴され、前藩主の伊達宗城から厚遇を受け臨時の藩医として召し抱えられた。謁見の際、稲は三瀬周三の釈放を懇願した。宗城は、目をかけてきた二宮敬作の甥でもあり、また元より蘭学に理解があったので、大洲藩主と共に周三の救出に動き出す。

また十二歳になる娘のタダも御殿女中に採用されることになる。二人はその時期に宗城から改名を提案され、稲は伊篤《いとく》、娘のタダも高《たか》（のちに高子）と名を変えた。また、稲はシーボルトが下女のしおに産ませたマツ（松子）を引き取り養育している。

明治三年、稲は東京に出てアレキサンドルやハインリッヒの支援で築地に産科を開業した。稲の医院は大評判となり、明治六年には明治天皇の女官・葉室光子の出産時に宮内省より御用掛を命じられる。その後は一旦長崎へ戻り、産婆免許鑑札願を出す。六十歳を超えた稲は再び東京へ移り住み、晩年は孫の面倒を見た。明治三十六年、家族に看取られて永眠。享年七十六であった。

楠本高子は十五歳で三瀬周三と結婚した。周三の出獄はその前年の慶応元年（一八六五年）の八月で、シーボルトと別れて三年九か月後だった。周三は、獄中での重労働や不衛生により一時は危篤になるほど体を壊していた。

帰郷した周三は大洲藩に三人扶持で召し抱えられ士族となる。その後、伊達宗城の要請で宇和島藩お雇い洋学者として蘭英学稽古場で教授することになる。

その年、慶応二年の六月に英国公使ハリー・パークス卿を乗せた英国艦隊三隻が公式訪問として宇和島に来航した。英国側の通訳はアレキサンドルで、宇和島藩の通訳は周三だった。

二人はプリンセス・ロイヤル号の甲板で抱き合って四年半ぶりの再会を喜んだ。また翌日、新妻の高子も叔父のアレキサンドルに会い、周三との結婚を報告した。

明治二年、周三は新政府に仕えて大阪医学校の創設にあたる。その後も名を諸淵《もろぶち》と改めて東京医学校の文部助教を務めた。明治六年に官を退いて大阪で病院を開くが、明治十年に胃腸カタルにより三十九歳で死去した。

夫の急死により、子もおらず茫然自失となっていた高子を見兼ねた母の稲は、高子の父である石井宗謙が妾に産ませた長男で、周三と共に交流があった医学者の石井信義に産科を学ばせようと東京に送った。

しかし、信義の門弟だった医師の片桐重明に強姦されて身ごもってしまう。事もあろうに母の稲と共に親子二代にわたっての悲劇であった。信義は激怒し、片桐に詫証文を書かせて破門する。生まれた子供は男子で、高子は立派な医者になるように周三と名付けた。

長崎に戻った高子はその後に長崎医学校の助教である医師・山脇泰助に見初められ

て再婚した。山脇との間にはすぐに男子を授かるが、生後八カ月で夭折してしまう。しかし間もなく妊娠して今度は女子が生まれた。高子は強く生きるように、その子には滝と名前を付けた。やがて二女の種《たね》も産まれて充足した日々を送るが、結婚七年目にして山脇も病死してしまう。

不幸が続いた高子は、母の稲と子供三人と共に東京に出て、オーストリア大使館に勤務する甥のハインリッヒの持ち家に腰を落ち着けた。その後親子三代、仲睦まじく暮らした。

息子の周三は、のちに願い通りに舞鶴海軍病院の医師となったが、父親と同様に四十一歳の若さで病没する。一方で高子は長寿を全うし、昭和十三年に八十六歳で死去した。

シーボルトの血脈は、その後も日本とドイツで受け継がれている。

〈了〉

●参考文献

『シーボルトの生涯をめぐる人びと』石山禎一（長崎文献社）
『シーボルト「NIPPON」の書誌学研究』宮崎克則（花乱社）
『シーボルト』板沢武雄（吉川弘文館）
『シーボルト、波瀾の生涯』ヴェルナー・シーボルト〈酒井幸子訳〉（どうぶつ社）
『シーボルトのみたニッポン』シーボルト記念館（千里文化財団出版部）
『ふぉん・しいほるとの娘』吉村昭（新潮社）
『歳月―シーボルトの生涯』今村明生（新人物往来社）
『幕末の女医　楠本イネ　シーボルトの娘と家族の肖像』宇神幸男（現代書館）
『シーボルト日記　再来日時の幕末見聞録』〈石山禎一　牧幸一訳〉八坂書房
『シーボルトの生涯とその業績関係年表Ⅰ～Ⅳ』
石山禎一　宮崎勝則（西南学院大学 国際文化論集 第26～27巻 第1～2号）

あとがき

この小説の原稿を執筆した令和五年（二〇二三年）はシーボルトの来日二〇〇周年ということで、長崎市では関連する多くのイベントが行われた。私自身も、創作中に長崎歴史文化博物館で開催された『大シーボルト展』を訪れ、彼の功績と足跡に触れて感慨もひとしおだった。

私がシーボルトの話を書きたいと思ったのは、昨年に長崎文献社から出版した『奉行と甲比丹《カピタン》』という長崎・出島が舞台となった小説の中で彼を登場させたのがきっかけだった。その作中では来日したばかりで、日本の研究に勤しみながら惜しみなく蘭学を伝授する若き商館医という一般的に知られている彼の人物像であった。

だが好奇心からその後のことを調べると、シーボルト事件による国外追放や、日本の開国による三〇年後の再来日時の滝や稲との再会、そして幕末の動乱期であった当時、幕府に外交顧問として登用されるなど実にさまざまな出来事があり、まさに波乱万丈であったことが分かった。そしてそれは、書き手としての私の感情を高ぶらせた。

そこで彼の日本にまつわる物語を描くにあたり、その膨大な情報量からシーボルト事件をテーマとした『シーボルトの親友（Beste Vriend）』と再来日と晩年を描いた『NIPPON』の二部構成としたが、彼の軌跡をたどればたどるほどその人生がいかに日本を基軸としたものであり、心血を注いだものかが分かって感銘を受けた。

他方で、並外れた探究心のために禁制品である日本地図などを貪欲に収集するという一面があれば、その事件の発覚後は連座した人々を救おうと入手経路について口を割らずに帰化願いまで出すという一面もある。つまり、強烈な利己心と利他心が同居している人格であり、それが人々の心を魅了する一方で、吉雄忠次郎や高橋景保など彼の運命の歯車に巻き込まれて悲惨な末路をたどった人たちも少なくない。またこれは、因縁のように門人たちや滝や稲、高子、三瀬周三らの人生にも影響を与えている。

この様なシーボルトの光と影を小説としてうまく書き表すことができたかは読者の皆様に委ねることになるが、作者の私としては、とにかく歴史的人物と事件を扱った作品を最後まで書き切ったことに安堵するとともに、達成感を得た次第である。

最後に、このような機会を私に与えてくださった長崎文献社の皆様と、前作と同じく装画を描いてくださった赤間龍太さんに心よりお礼を申し上げたい。

二〇二四年　早春　　中野和久

著者略歴

◆中野 和久（なかのかずひさ）
昭和38（1963）年　長崎市生まれ　放送大学卒
九州郵船株式会社勤務（機関長）
九州文学同人
九州芸術祭文学賞　北九州市地区優秀作
「テッポウさん」で第四回安川電気九州文学賞　大賞を受賞
福岡県北九州市在住

◆装画　赤間 龍太
◆装幀　酒村 勇輝

シーボルトの親友

発行日	2024年4月23日　初版第1刷発行
著者	中野 和久
発行人	片山 仁志
編集人	山本 正興
発行所	株式会社　長崎文献社 〒850-0057　長崎市大黒町3-1　長崎交通産業ビル5階 TEL：095-823-5247　FAX：095-823-5252 本書をお読みになったご意見・ご感想を 下記URLまたは右記QRコードよりお寄せください。 ホームページ　https://www.e-bunken.com
印刷所	日本紙工印刷株式会社

ISBN978-4-88851-405-7 C0093